脚本・宇田学
ノベライズ・百瀬しのぶ

●●

日曜劇場『99.9』刑事専門弁護士 SEASONⅡ(下)

扶桑社文庫
0749

斑目法律事務所

本書はTBS系ドラマ日曜劇場『99.9 ―刑事専門弁護士― SEASONⅡ』のシナリオ（第6話～第9話）をもとに小説化したものです。

小説化にあたり、内容には若干の変更と創作が加えられておりますことをご了承ください。

なお、この物語はフィクションです。実在の人物・団体とは関係ありません。

日本の刑事裁判における有罪率は九十九・九％。
いったん起訴されたらほぼ有罪が確定してしまう。
このドラマは、残りの〇・一％に隠された事実にたどり着くために、
難事件に挑む弁護士たちの物語である。

第6話 舞子の弟が殺人犯!? 真相の鍵は二年前の事件にあった!!

ある朝、弁護士・尾崎舞子はいつもより早起きをして、中央線の立川駅で降りた。駅前の商店街を歩いていくと、開店前の『大西寿司』の前で、仕事着姿の青年が、店の表を掃き清めているのが見えた。舞子は慌てて電柱の陰に隠れた。掃除を終えた青年が店の中に入っていくと、舞子も電柱の陰から顔を出し、店の中をのぞいた。青年はカウンターを丁寧に拭いている。その横顔を見ていると、二年前のあの雨の夜の光景が蘇ってきた。

*

「すいません、すいません！」

舞子が野次馬をかき分けて前に進んでいくと、アパートから刑事が出てくるところだった。刑事に続いて、カーキ色のコートを着た青年が出てきた。両手には手錠がかけられ、腰縄がつけられている。

「雄太！」

舞子は弟の名を叫んだ。すると、うつむいていた雄太が顔を上げた。二人の視線は交わったが、それはほんの一瞬で、雄太はパトカーに乗せられ、連行されていった。

＊

あの晩のことを思い出しながら、寿司店で働く雄太を見つめていると、すぐ近くに、黒いコート姿の男が二人、舞子と同じように店の中の様子を気にしていることに気づいた。朝食がわりなのか、片手にはパン、片手にはパック入りの飲み物を持ち、口にしている。そんな彼らの様子に、舞子は胸騒ぎを覚えた。

と、店の奥から大将の新井英之（あらいひでゆき）が出てきて、雄太に声をかけた。上着を着て、手に小さなバッグを持っているところを見ると、どこかに出かけるのだろう。雄太は頷き、頭を下げた。新井が店の外に出てくると、舞子のそばにいた男たちは何気ない様子を装いながら背を向けた。舞子もすぐに踵を返し、駅の方向へと歩きだした。

＊

深山が出勤すると、ちょうど目の前から斑目が歩いてきた。

「おはよう」

「あ、おはようございます」

二人が挨拶を交わしたところに、自動ドアが開き、佐田が現れた。

「おはようございます」

周りにいた従業員たちはびくりとして足を止め、佐田の進路を開けて、深く頭を下げた。

「ああ、おはよう」

佐田がみんなの開けてくれた道を歩いてくる様子を、深山と斑目は無言で見ていた。

「おはようございます」

佐田は、斑目に気づいて挨拶をした。

「怖いなあ」

深山はニヤつきながら佐田の顔を見た。佐田は憮然とした表情を浮かべて深山を見返す。

「佐田先生、君は圧が強すぎるんじゃないか？」

斑目が言った。

「私のどこに圧があるというんですか」

「顔」

「態度」

斑目に続いて、深山もすかさず言った。

佐田は「おまえは黙ってろ」とすかさず言い返した。

「佐田先生は『北風と太陽』って知ってる？」

斑目が穏やかな口調で尋ねた。

「ええ、もちろん知ってますよ。その意味で言ったら僕は立派な太陽ですよ。相手の気持ちを常に考えて……」

深山は、「いや、北風でしょう」と即座に否定した。

「何を言ってんだ、わかってないな。どこをどう見ても太陽だろう」

「あっ、寒い」

深山はコートの襟を合わせる仕草をした。

「すぐコート脱がすぞ、おまえ」

「いやー、寒いなあ……」

深山はふざけていたが、

「そんなことどうでもいい」

佐田はすぐに真顔に戻り、斑目を見た。

「あ、ご報告遅れました。来週、アメリカの音楽製作会社と大型の顧問契約をすることができそうです。来週、サインを交わします」

「それは素晴らしいね。お祝いにコーヒーでも飲みに行こうか」

斑目は佐田の返事も聞かずに、階段を下りていった。

「お祝いにコーヒーって。しかも今……」

ぶつぶつ言いながらも佐田は斑目の後に続いたが、数歩行ったところで振り返った。

「深山！　私は今週はこの契約に専念するから、刑事事件は、全部おまえに任せるからな、いいな！」

「もうそのまま専念してもらっててかまわないですよ！」

深山が叫ぶと、

「私だってそうしたいんだよ！」

佐田も叫び返しながら、階段を下りていった。深山が刑事事件専門ルームに向かおう

とすると、

「尾崎舞子先生をお願いしたいんですが」

受付で初老の男性が尋ねているのが聞こえた。

「お約束ですか？」

「ええ」

新井と名乗ったその男性を、深山はじっと見ていた。

舞子は小さめの応接室に新井を案内した。

「どうぞ」

椅子を勧めながら不安な面持ちで、新井と向かい合った。

「弟が何かご迷惑をおかけしましたか？」

「迷惑なんてとんでもない。雄太くんは本当に一生懸命よくやってくれてる」

笑顔で応えながら、新井は廊下を見た。深山が会議室のガラスの壁に顔をくっつけるようにして、中を気にしている。

「そうですか」

深山に背を向けている舞子は、気づいていなかった。

「あれ以来、連絡はとってないのかい？」

「……ええ」

「お姉さんが心配してるとは言ってるんだけどね」

「……ご用というのは？」

舞子は尋ねた。

「ああ。実はある殺人事件で警察から私が犯人じゃないかと疑われてるようで」

「殺人事件？」

あまりにも意外な言葉に、これまで冷静だった舞子は素っ頓狂な声を上げた。先程、店の前にいた男たちは刑事だったのだ。

「どうも、弁護士の深山です」

そこに、深山がノックもなしにドアを開けた。

「ちょっとお待ちください」

舞子は反射的に立ち上がった。

「殺人事件の犯人って疑われてるんですか？」

深山は興味津々といった表情で新井に尋ねた。

「この方は依頼人ではありません！」

舞子は深山を突き飛ばし、ドアを閉めようとした。しかし、ドアの把手をしっかり握っている深山は、またすぐに顔を出す。

「弁護のご依頼ですよね？」

舞子は「もう！」と言って再び深山を押し出そうとする。

「どんな事件か教えてもらってもいいですか？」

「話は私が聞きますからあっち行って！」

「僕も聞かせてよ」

深山は引き下がらない。

「わかりました！　少々……十秒、お待ちください」

「十、九、八、七……」

深山がカウントダウンを始める中、舞子は急いでドアを閉めて鍵をかけ、新井に近づいていった。

「……三、二、一、ゼロ！」

カウントダウンを終えた深山が「あれ、開かないよ？」と、ドアをガンガン叩いてくる。

「彼には弟の話はしないでください」

「はい」

新井がうなずくのを確認し、舞子は仕方なくドアを開けに行った。

深山はリュックを下ろし、コートを脱いだ。そしてノートと筆記用具を取り出すと、生き生きとした表情で新井と向かい合った。

「では、どうぞ」

深山はいつもそうするように、片手を耳に当てた。

「はい……先日、ある殺人事件の第一発見者になって、私がどうやら警察から疑われてるんじゃないかと……」

「何があったんですか？」

「事件当日、不動産屋の平田さんと会う約束をしていて、十三時三十分に平田さんの事務所に行ったんです。そうしたら、事務所の中がグチャグチャに荒らされてて……」

新井は平田の姿を探し、トイレのドアを開けた。すると……。

「平田さんがトイレで頭から血を流して死んでたんです」

死体を発見した新井は（……なんじゃこりゃ！）と声を上げ、事務所を飛び出したのだという。

「で、慌てて近くのたばこ屋に駆け込んで……」

（大変だ！　大変だ！　警察に電話してくれ！　平田さんが殺されてる！）

（え――？）

暇そうに店番をしていた店主の飯田は、驚きの声を上げ、一一〇番をした。

「警察に電話してもらったというわけです」

新井は言った。どうやら新井は第一発見者なので疑われているらしい。

「ほかに、疑われた理由に覚えはありますか？」

深山は尋ねた。

「……土地の取引のことを聞かれたかなぁ」

「というのは？」

「うちの寿司屋がある場所は、平田さんから借りている土地で……最近、その辺一帯が再開発の対象となって、平田さんからは立ち退いてくれないかと相談されていたんです」

（すいませんが、立ち退いてください）

平田はあるとき、新井にそう持ち掛けてきたのだという。

「そのことで揉めていたんですか?」

舞子は尋ねた。

「揉めていたなんてとんでもない。なのに警察は執拗にその話を聞いてきて……」

新井は困惑しきっていた。

＊

午後、深山と舞子は新井が通報を頼んだというたばこ屋に行ってみることにした。たばこ屋のある立川北の商店街はかなりさびれていて、シャッターが閉まっている店が多い。

「ここだ」

深山は小さなたばこ屋を指した。向かいはカフェで、外の道にも白い丸テーブルと椅子がある。とはいえ寒い季節だし、そもそもほとんど人通りがないので、誰も座っていない。

深山がたばこ屋の前に立つと、ピンポーンと電子音が鳴り『いらっしゃい～』という声が流れた。

「はーい、なんにします?」

中から飯田の声が聞こえてきた。

「どうも。斑目法律事務所の……」

深山がたばこ屋の小窓に近づいていくと、『ピンポーン』『いらっしゃい～』とまたセンサーが反応した。

「斑目……」

『ピンポーン』『いらっしゃい～』

小窓から身を乗り出そうとするたびに、センサーが鳴る。

「このセンサーって……」

舞子は壁に取り付けてある、監視カメラのような形をしたセンサーを見上げた。

「ああ、動かないように。このセンサーすごい感度がいいんだよね。ここだけにしてくれって言ったのに、道の向こう側まで全部カバーしてんだよ」

飯田が言うと、深山はセンサーに向かって何度も手をかざしてみた。その度にセンサーは、『ピンポーン』『いらっしゃい～』を繰り返す。かなり耳障りだ。

「なるほどー」

深山はそう言い「どうも。斑目法律事務所の深山です」と、センサーを見上げたまま言った。その間もずっと『ピンポーン』『いらっしゃい～』『ピンポーン』『いらっしゃ

い～』『ピンポーン』『いらっしゃい～』と鳴っている。

「弁護士さん？」

意外そうに問いかけてくる飯田に、深山は笑顔で頷いた。

「殺害現場になった平田さんの事務所は突き当り左に行って……」

店の外に出てきた飯田は、左方向に歩き、突き当りまでやってきた。突き当りには牧田スポーツ店と妻美枝豆腐店の看板が出ているが、やはりシャッターは閉まっていて、落書きがしてある。

「あそこだよ」

飯田は突き当りを左に曲がったところにある平田の事務所『城壇不動産』を指さした。ロープが張り巡らされ、警官が一人、立っている。

「寒いなあ」

飯田は腕をさすりながら、また自分の店の方に戻っていった。

「あの、平田さんの事務所に行ける道は、この道だけですか？」

「平田さんとこに行くには、必ず、うちの前を通るしかないね」

飯田が言うように『城壇不動産』の先は行き止まりになっている。

「あの、事件当日の二月十八日、この方がここを通ったことを覚えてますか？」

深山は新井の写真を見せた。

「覚えてるよ。てか、大西寿司の大将だろ？　あの日は十一時に店を開けて、ずっと窓口で店番をしてたんだ。で、昼過ぎに弁当食ってたら、大将が来てね」

飯田はその日の様子を話し始めた。

好物のパクチー弁当を買ってきて、食べようとふたを開けたときに、センサーが鳴ったのだという。

（はい、なんにします？）

（こんちは。いつもの二つ）

そう言って新井は千円札を出した。

（おお、大将。まだランチ営業中だろ？）

（ちょっと平田さんに用事があってさ。店任せてきた）

（はい、Ｉｔｓｕｍｏｎｏね）

飯田は新井からお金をもらい、いつもの銘柄の煙草、Ｉｔｓｕｍｏｎｏを渡した。

（あれ？　そのパクチー弁当……）

新井は店の中をのぞきこんで言った。

（団地の横で売ってたんだよ）

（ああ。あの派手なパクチーマミレとかいう店のキッチンカー）

移動販売車は、まさにパクチーの色をしていた。

（そうそう。聞いたらよ、全国転々としてんだってさ）

飯田が言った。


二人は店先でそんな会話を交わしたのだという。

深山はノートにメモを取りながら、話を聞いていた。

「それは何時ですか？」

三人が店の近くまで来たので、『ピンポーン』『いらっしゃい〜』とまたセンサーが反応した。

「はい、なんにしますか……あ、ごめんなさいね、つい癖で」

飯田は口を押さえた。舞子は「センサー切りませんか？」と呆れた様子で提案した。

「そうだよね」

飯田は店の中に駆け込んでいったが、その間にもまた何度も『ピンポーン』『いらっしゃい〜』と、センサーが反応してしまう。深山もふざけて近づいて行ったので、音が鳴りまくっているが「深山先生」と、舞子が注意した。

飯田は『閉店時はかならずスイッチをＯＦＦにする‼』と貼り紙がしてあるスイッチを切った。

「で、何時ですか？」

深山はたばこ屋の小窓から中をのぞいた。

「十三時二十八分だよ」

飯田は腕組みをしながら得意げに答えた。

「なぜ、そんなに正確な時間を覚えているんですか？」

舞子は怪訝そうに顔をしかめた。

「そのときにな、あの時計を指して」

飯田は振り向いて店の奥の時計を指した。

（あの時計、合ってる？）

新井は飯田に尋ねた。

（合ってるよ）

飯田は自信満々に言った。

(まずい。約束の時間に遅れちゃうよ)

一時半の約束があると言う飯田は、礼を言い、去っていった。

「って、早足で事務所に向かっていったよ」

飯田は深山に言った。深山は店先にノートを広げ、メモをしていた。

「それから五分もしないうちに血相変えて戻ってきて、平田さんが死んでたから、警察を呼んでくれって。あ、一一〇番をした通信履歴が残ってたはずだよ。ええっと……ほら」

飯田は携帯を出してきた。

「お借りしますね」

舞子は深山の背後からさっと手を出して奪い取り、携帯を操作した。

「十三時三十一分になってます。約三分なので、新井さんの証言は正しいですね」

舞子が深山に言った。

「新井さんより前に、この道を通った人はいますか?」

深山は飯田に尋ねた。

「若い男が通ったよ」

「若い男？」

舞子は尋ねた。

「うん。十二時半頃だったかな。そいつは二十分ほどで戻ってきた。二十歳そこらの感じかな。茶色のブルゾン着てた」

「若い男怪しいですね」

舞子は深山にささやいた。

「二人以外に店を開けてから、ここを通った人はいますか？」

深山が尋ねると、飯田は「いない」と、きっぱりと首を振った。そして、さっき切ったセンサーのスイッチを入れた。すると深山たちの動きにセンサーが反応して『ピンポーン』『いらっしゃい〜』が鳴り響く。

「気づかないわけないでしょ」

「なるほどね」

深山はたばこ屋の前の道を眺めた。

「もういいかな」

「ありがとうございました」

礼を言い、深山と舞子が歩きだすと『ピンポーン』『いらっしゃい〜』と、また電子音が響いた。深山は立ち去りながらわざとセンサーに反応するように片手を上げてみた。するとまた『ピンポーン』『いらっしゃい〜』とセンサーが鳴り、飯田は反射的に「はい、なんにします?」と反応している。「本当に二人しかここを通れなかったのか……」

足を止めた深山は携帯を取り出し、電話をかけた。

「何やってんの? 待ってるよ」

深山が呼ぶと、数十分後に明石がやってきた。

「明石、行きまーす」

「はい回ってまーす」

カメラをセッティングした舞子は、カフェで買ったテイクアウトのコーヒーを飲みながら言った。深山は白いテーブルセットの椅子に座り、やはりコーヒーを飲んでいる。

明石は、センサーを反応させないよう、たばこ屋の向かいのレストランの壁伝いに歩いていったが、たばこ屋に近づいたところで『ピンポーン』『いらっしゃい〜』とセンサーが反応してしまう。

「はーい、なんにします?」

店の中から飯田の声が聞こえてきた。

どうやら深山たちは、センサーを鳴らさないでたばこ屋の前を通る方法があるのかどうか検証しているようだ。

「明石さん、もう一回」

深山は言った。

「明石、行きまーす」

「はいどうぞー」

「回ってまーす」

深山と舞子が言うと、明石は匍匐前進(ほふくぜんしん)でたばこ屋の前の道を進み始めた。

「低くね」

深山は注意した。しかしまたもやセンサーが鳴ってしまい、つられた飯田が「はーい、なんにしますか?」と反応する。「はいカット」と舞子がカメラの停止ボタンを押した。

「明石、行きまーす!」

今度はたばこ屋の手前に脚立を立て、その上に登ると、明石は勢いよく飛びあがった。空中で回転をし、数メートル先に着地したが、衝撃を吸収するために敷いてあったマットよりわずかに手前だった。

「あ、痛〜〜〜」

地面に直接着地したので足に衝撃が走り、明石は声を上げた。

『ピンポーン』『いらっしゃい〜』

しかもセンサーは反応している。

「いや、回らなかったら届いたじゃん」

深山は言った。

「こんなに反応するんだから、二人以外にここは通れませんよね」

舞子は冷めた口調で言った。

「うん」

深山も同意した。

「俺の心配しろよ！　地面！　直で地面！」

痛みに震えていた明石は、地面をたたいて主張した。

「次は新井さんの証言を検証してみるか」

深山は明石の頭に小型カメラのベルトを巻き付けた。

「ＯＫ」

深山はベルトがきちんと装着できたことを確認して、言った。

「事務所の中も見たいから、二人で行ってきて」

「え?」

舞子は三脚に立てたカメラを見た。自分が行ってしまったらカメラを回す役が誰もいなくなる。

「回してください」

深山は外に出てきていた飯田に頼んだ。

「無理ですよ。まだ警察がいて事務所には立ち入り禁止になってますから」

舞子は深山に抗議した。

「つべこべいうな! 行くぞ!」

明石はやる気満々だ。

「はい、行って」

深山は舞子に、明石と一緒に行くよう手で示した。

「カメラ回ったよ~」

レンズをのぞきながら、飯田が合図を出す。

「じゃあいつでもいいよ。どうぞ」

「よーいドンとか言え」

文句を言いながらも、明石は早足で歩きだした。深山がストップウォッチを押し、舞子に目で行け、と合図をした。舞子はムッとしながら明石を追いかけた。

「急ぎ足ってこんな感じ？」

舞子は、急いでいたという新井の様子をイメージし、首をかしげながら走っている。そして突き当りを左に曲がっていった。

しばらくすると……。

「あ、死んでる！　誰か呼ばなきゃ！」

「君、何してるんだ、おい！」

明石と、見張りの警察官の怒鳴り声が聞こえてきたかと思うと……。二人は急いで角を曲がって戻ってきた。

「はい、カットしました〜」

飯田が言い、深山はストップウォッチを止めた。

「事務所の入口まで行った？」

「行ってきたぞ！」

「行ってきましたよ！」

明石も舞子も肩でハアハア息をしている。

「で、時間は？」

明石が尋ねる。

「一分二十秒」

深山はストップウォッチを見せた。

「新井さんが三分で戻って来たとするなら、事務所にいられた時間は二分弱。遺体を確認していた時間を考えればそれくらいが妥当か……」

「……新井さんの犯行ではありませんね」

舞子が腕組みをして言った。深山は耳を触りながら考えていた。

＊

刑事事件専門ルームに帰ってきた深山たちは、明石のカメラで撮った動画を再生していた。そこには角を曲がってからの光景が映っている。

(たしかに行き止まりだ、この道を行くしかないな)

明石の声が入る。

「ガダルカナル歯科……」

藤野は不動産屋の隣に映っている歯医者を見て呟いた。

（すみません。あの、場所を教えていただきたいんですけど……）

舞子が不動産屋の前に立つ警官に口から出まかせを言いながら近づく姿が再生されている。その隙に明石は不動産屋のガラス戸越しに中の光景を映した。棚からファイルがすべて落ち、床に散らばっている。

「ずいぶん荒らされてるな……ん？　平田さんはどこに倒れてたんだ？」

深山は画面を見ながら首をかしげた。

（あ、人が倒れてる、平田さんだ……）

映像では、明石が新井の行動を再現し、声を上げていた。

（あ、死んでる！　誰か呼ばなきゃ！）

（何してるんだ、君）

ついに警察官が、明石が撮影していることに気づいて声を上げた。怒鳴られた明石と舞子は、急いで踵を返す。明石が走っているので、画面が激しく揺れている。

「ああー怒られた」

「怒られますよ！」

深山は笑った。

「めちゃくちゃ怒られました！」

舞子と明石は抗議の声を上げた。

「こんな動画撮るなんて……どうがしてるな！」

深山はひとりで噴き出しているが、

『五点』

明石と舞子が同時に言った。

「いいコンビだね」

深山が二人に言うと、

『どこがですか！』

明石と舞子は声を合わせた。

「ほら」

深山が二人に言ったところに、

「書けました」

ホワイトボードに事件の概要と、深山がノートにメモしてきたことを写していた中塚が声をかけた。

『被害者　平田賢一（50）不動産会社社長』『容疑者　新井英之（78）寿司屋店主（大西寿司）』とあり『十一時　たばこ屋開店』『十二時三十分　茶色のブルゾンを着た二十

歳ぐらいの男が通る（たばこ屋店主証言）』『十三時二十八分 新井さんたばこ屋店主と話す』など、先ほど聞いてきたことが時系列で書き込まれている。

「やっぱり十二時半に現れたっていう若い男の犯行か？」

「その線も当たらないとね」

明石と深山が頷き合ったとき、いきなり『ゲコゲコ……電話ですよ』と、声がした。

舞子の携帯の着信音だ。

「あ、すいません」

舞子が立ち上がる。

「この声、いっこく堂？」

明石が目を丸くしているが、舞子は淡々と自席に戻っていき、携帯を手に取った。

「はい、もしもし……新井さん、どうしました？」

舞子が尋ねている。

「深山先生。この事件のことニュースでやってますよ」

藤野に声をかけられ、深山もテレビ画面を見た。

『先日、立川市で不動産業を営む平田賢一さんが殺害された事件で……』

キャスターがニュースを読み上げている途中、電話で話していた舞子は、「え!?」と驚きの声を上げた。

『警視庁は都内の寿司屋に勤務する尾崎雄太容疑者を逮捕しました』

ニュースで、雄太の顔写真がアップになる。

「この子……」

「あ、あの写真の子ですよ！」

藤野と明石は、先日、舞子の手帳から落ちた写真を思い出して声を上げた。テレビの画面に注目すると、顔写真の下に『尾崎雄太容疑者（二十二歳）』と出ている。

『逮捕された尾崎雄太容疑者は、二年前にも窃盗事件で逮捕、起訴されており、懲役二年、執行猶予三年の有罪判決を受けていました……』

「尾崎雄太……尾崎って、え、弟？」

藤野が言い、メンバーたちは、まだ電話をしている舞子を見た。

「今すぐ行きますから、ちょっと待っててください」

舞子は電話を切り、飛び出していった。深山もすぐに、後を追った。

＊

「深山先生、深山先生、あの！」

舞子は前を歩く深山に追いつき、前に回った。

「興味本位で私の家族に関わらないでください！」

「少し落ち着いたら？」

深山はステンカラーコートのポケットに両手を突っ込みながら言った。

「弟さんが犯人だと決まったわけじゃないでしょ？　事実はまだ何も見えてない」

深山は歩きだし、やがて立川南警察署に到着した。すると、ちょうど入り口のドア付近から新井が出てくるのが見えた。刑事に頭を下げ、外に出てくる。舞子は新井に駆け寄り、「新井さん、雄太は？」と尋ねた。

「今、聴いたら取り調べ中だって」

「何があったんですか？」

「いや、昼過ぎに警察から電話があって、検死の結果、平田さんは即死。死亡推定時刻が十二時から十三時の間だということがわかって、私の容疑は晴れたんだ。そのあとすぐに店に警察が来て雄太が逮捕されちゃって」

「そんな……」

舞子は動揺を隠しきれずにいた。

「警察は雄太さんの逮捕に関して何か言ってましたか？」

深山は冷静に尋ねた。

「雄太と平田さんの関係を聞かれたな」

「雄太は平田さんと面識があったんですか？」

舞子は尋ねた。

「雄太は前科のせいで、なかなかアパートを借りられなくてさ。で、不動産屋の平田さんに相談してやったんだよ。そしたら平田さんが、前科があっても大丈夫だって言ってくれて。だから紹介したんだよ」

「……事件のあった日に会いに行ってたんですか？」

「そうだろうな……何かトラブルでもあったのかな？」

新井は視線を落とし、小さくため息をついた。

＊

連絡を受けた佐田は、マネージングパートナー室に向かった。

「大変なことになりました……。この後、尾崎をどうするおつもりですか？」

斑目は、「佐田先生ならどうする？」と佐田の質問に質問で返した。

「危機管理は早めの対応が大事です。もし尾崎の弟さんが本当に犯人なら、ここの事務所にマスコミも押しかけてくるでしょう。尾崎に身を隠させますか」

「もしそうであれば、尾崎先生には辞めてもらおう」

斑目はあっさりと言った。

「は？」

佐田は目を見開いた。

「マスコミがこのことを嗅ぎつければ、やがて公になる。そうなれば、顧客からの信用を失い、この事務所に大きな損失を出すことになる」

斑目は立ち上がり、窓の外を見た。

「おっしゃっていることはごもっともですが、結果も出ないうちから……」

「危機管理は早めの対応が大事なんだよね？　君が太陽なら、僕は北風だからね」

斑目はいつものように感情の読めぬ顔で、佐田を見た。

＊

舞子は警察署の受付で、事件を担当した刑事を呼び出した。深山と同世代ぐらいの刑事が出て来たので、舞子は自分の免許証を掲示した。免許証の写真の舞子はロングヘアで、ショートカットの今とは違った印象だ。

「お姉さん？」

「……はい。尾崎雄太の身元引き受け人になります」

「どうぞ」

刑事が中の応接スペースに舞子を案内した。

「あんな弟を持って、あんたも大変だね」

「雄太はなぜ逮捕されたんですか？」

「犯行時刻の十二時から十三時の間に現場を訪れたのは一人だけ。近隣の防犯カメラの映像を調べたら、茶色のブルゾンを着た尾崎雄太が映ってたんだよ。本人に確認したら、十二時半に被害者の事務所を訪れたことを認めたよ」

刑事が早口で説明するのを、受付の前に立っていた深山は素早くノートに書き留めた。

「二年前に、彼が窃盗事件を起こしたの知ってる？」

「……それがなにか関係があるんですか？」

「そのときにあいつが盗んだ金品の中で、見つからないままになっていた百万ぐらいする腕時計がある。その高級腕時計が、被害者の平田の事務所にあったんだよ。あんたの弟に前科があることを知った平田が、それをネタに脅したんだろう。でも、金なんてねえから、二年前に盗んで隠しておいた百万の腕時計を、口止め料として平田に献上した。

ところが、さらに脅されて、カッとなって殺しちまったんだろうなぁ」

「あの」

深山が刑事に声をかけた。

「それって本人が自供したんですか？」

「俺たちの見立てだよ。まず間違いないだろ」

「調べもしないでいい加減だなぁ」

深山は刑事に聞こえないよう、ボソッとつぶやいた。

「弟には会えるんですか？」

「家族でも無理だ。接見禁止が出てるから」

刑事は言った。

「弁護士としてなら、大丈夫ですよね？」

深山はバッジを見せながら言った。

「弁護士？　なんだよ、早く言えよ」

刑事は焦ったように言い、舞子に向き直った。舞子はコートの襟をめくり、中に着ているジャケットの襟元のバッジを見せた。

「あんたも弁護士？」

「ええ」

舞子が頷くと、刑事は「どうぞ」と言った。

深山と舞子は勾留所の接見室で雄太を待っていた。やがて、黒いトレーナー姿の雄太が現れた。雄太は舞子を無言で睨みつけている。深山は名刺と委任状をアクリル板越しに見せると、「初めまして。弁護人の深山です。あなたの弁護人に、選任していただけますか？」と笑いかけた。

舞子は雄太の返事を待たずに、「……本当にあなたがやったの？」といきなり尋ねた。すると、雄太はゆっくりと腕を動かし、舞子を指さした。

「……その人は外してもらえますか？　その人を外してくれたら、あなたにお願いします」

「雄太！」

「聞こえたよね？　君を外してほしいって」

深山は取りなすこともせず、舞子に出ていくよう促した。舞子は憮然としながら深山を見て、それから雄太を見た。だが雄太は目を合わせようとしない。あきらめてそのまま背を向け、接見室を後にした。

「座ってください」

深山は雄太に言った。

「俺は犯人じゃありません」

雄太はまっすぐに深山を見て訴えた。

「わかりました。どうぞ」

深山は笑顔で言うと、椅子を示した。雄太は黙って腰を下ろす。

「では、生い立ちからお願いします」

深山はいつものようにノートを開き、耳に手を当てた。

「生い立ち?」

「ええ。ご出身は?」

「……岐阜県の飛騨です」

そして、幼いころから順に聞いていった。雄太はうつむきながら、ポツリ、ポツリと答えていく。

「……高校時代はいろいろ悪いことをして、親に迷惑をかけました」

「なるほど。東京に来たのは、いつですか?」

「高校卒業後です。いつまでもこんなことしてちゃいけないと思って、東京に出てきて寿司職人を目指しました」

「なぜ寿司職人を？」

深山の質問に雄太は一瞬黙り込んだ。

「……それは」

＊

舞子は外の廊下のベンチに腰を下ろし、両手の指を組み合わせた。親指と人差し指をくちばしのように動かし、声色を変えて呟いてみる。

「その人ははずしてもらえますか、ゲコ」

そして大きなため息をつき、途方に暮れた。

＊

「赤身から……そっちタイプか」

寿司は何から食べるかという質問の答えに、深山は頷いた。

「え？」

雄太は不思議そうに首をかしげている。

「……なるほど。では、事件についてお聞きしますね。事件当日、十二時三十分に平田さんの事務所に着いたときの状況を教えてください」

ようやく、事件当日の話になった。

「約束の時間に着いて、声をかけたんですが応答がなかったんです。中には誰もいませんでした」

（大西寿司の尾崎ですが……）

雄太は奥に向かって声をかけた。だが反応がないので、手前にある黒いソファに腰を下ろした。

「近くに出かけているのかと思って、しばらく待っていたんです」

「それは何分くらいですか？」

「十五分か二十分くらいだったと思います」

それでも平田が戻ってこないので事務所を出たのだ、と、雄太は言った。

「その時、事務所はどんな状態でしたか？」

「荒らされてなんかなくて、普通の状態でした」

「なるほど。警察はあなたが二年前の事件のことで平田さんに脅されていて、口止め料として金品を要求されていたと言っていますが」

「そんなことは絶対にありません」

雄太は強く否定した。

「二年前にあなたが盗んだとされている百万円の腕時計が、殺害現場にあったそうですが」

「俺にはわかりません」

雄太の訴えを聞きながら、深山はさっきの刑事の話をメモしたページを探そうと、ページをめくった。

「それに……そもそも二年前の事件もやってないですから」

その言葉を聞き、深山は手を止め、顔を上げた。

「やってない？　じゃ、なぜ認めたんですか？」

深山が尋ねると、雄太はうつむき、唇をかみしめた。

＊

二年前、雄太はやはり接見室にいた。そのときに仕切り板越しにいたのは、舞子だ。

舞子の横には弁護士の槇原が座っていた。

(被害者の方とちゃんと示談してくるから)

舞子は言った。

(示談?)

雄太は耳を疑った。

(しっかり罪を認めれば、早くここから出られる。雄太、大丈夫。私が助けてあげるから)

舞子は力強く言った。

＊

「雄太さん、僕はあなたに何があったのか、事実を知りたいんです。だから、なぜ罪を認めたか教えてください」

深山は、黙り込んでしまった雄太に声をかけた。だが雄太は深山の話の途中で、何も言わずに席を立った。そして、無言で頭を下げると、接見室から出て行った。深山は雄太の後ろ姿を見送り、耳に触れた。

深山が接見室から出てくると、廊下で待っていた舞子が駆け寄ってきた。

「どうでしたか？」

「本人は否認してるよ」

「そうですか……」

「ちなみに、二年前の事件もね」

深山は舞子の顔を見て言うと、歩き出した。

「え……？」

舞子はしばらくその場に立ち尽くしていた。

＊

その頃、佐田は斑目法律事務所の自室で、書類を見ていた。

「よし！」

チェックを終えて立ち上がったところに、落合が「失礼します、お呼びですか？」と言いながら入ってきた。

「ああ落合な、例のこの、アメリカの音楽制作会社との契約な。これ残りおまえやってくれ」

佐田は落合に書類をさしだした。

「いやです！　舞子さんがピンチなんで、この落合、本日、いや、ただいまを持って、刑事事件ルームに行かせていただこうと思っています！」

「いつもならそれ許すが、今回だけはダメ」

「え？」

「おまえまで抜けたら民事に穴があく」

「いやでも……」

「アメリカとの契約交渉はおまえに任せた」

「え――――、僕が行った方が絶対効率が……」

落合は文句を言っていたが、

「尾崎！　尾崎いるか？」

佐田は舞子を呼びながら個室を出ていった。

「え――――――？」

落合は文句を言いながら佐田の机に手をついた。そしてその手を動かした拍子に、サダノモンテカルロの置物が床に落ちた。

「え――――――――――？」

事務所内に、落合の叫び声が響き渡った。

深山が刑事事件専門ルームに戻ってくると、佐田が階段の下で待ちかまえていた。

「おまえら何時間、接見行ってた？　何時だと思ってるんだ？」

佐田は苛ついているようだが、深山は素通りして部屋に入っていった。

「いいから手短に今……、って俺がここにいるだろ。何、無視してんだよ」

佐田は深山を追いかけ、部屋に入っていく。

「手短に今わかってることを説明しろ」

「手短には説明できないんで、お引き取りください」

深山は「中塚さん、お願いします」と、ノートを渡した。

「いいから、説明しろよ！」

「北風だなぁ……寒い」

深山はまだ脱いでいないステンカラーコートの襟を合わせた。

「寒くないだろ！」

佐田は高圧的だが、明石や藤野ら、みんながくしゃみをしはじめる。

「ほら」

深山は得意げに佐田を見た。

「ほら、じゃないだろ。尾崎！　って、尾崎は今いじっちゃいけない時間帯だな……」

佐田は呟いた。

深山から頼まれた中塚は、ホワイトボードに事件の概要を書き出していった。

『被害者　平田賢一（50）職業　不動産会社社長　死因　バールで殴打されたことによる脳挫傷

被疑者　尾崎雄太（22）職業　会社員（大西寿司）　罪名　殺人　認否　否認

証拠関係　二年前の窃盗事件で未発見になっていた腕時計が殺害現場で発見された（シリアルナンバー一致）→平田さんが雄太君の前科をネタに口止め料としてゆすりとった（警察の見立て）』

佐田はホワイトボードを読み上げ、言った。

「犯行時刻に被害者の平田さんの事務所に行ったのは、尾崎の弟さん一人しかいなかった。それと、弟さんが起こした二年前の窃盗事件で、盗んだとされる百万円の腕時計が平田さんの事務所から見つかったということだな」

ボードにはその高級腕時計『エクスプローラーⅡ』の写真も貼ってある。

「警察の見立ては、平田さんが雄太さんに、前科のことは黙っとくから『その腕時計をくれよぅ』と言ったたってことですね」

藤野は、平田のセリフを口にするときに長い髪の毛を耳にかけるような仕草をしながら言った。「そんなしゃべり方なの?」

佐田が尋ねた。

「いや、顔が……」

藤野はホワイトボードの平田の顔写真を指して言った。

「もし雄太さんが犯人だとしたら、あれだけ事務所を荒らしたのに、なぜその腕時計を取り返さなかったんですかね。自分が犯人だと疑われる証拠を持ち帰らなかったのは不自然だなあ」

深山が立ち上がって言った。

「確かにそうだな」

佐田がうなずき、自分の机にいた舞子もハッとして顔を上げた。

「もしその腕時計が、雄太さんが渡したものじゃなかったとしたら、なぜ犯行現場にあったんだろう?」

深山の言葉に対して、佐田が、「二年前の窃盗事件と今回の事件とは、弟さんとは別のところで何か繋がりがあるのかもしれないぞ」と言うと、深山は自分が食べていた飴の空袋を渡した。そこには『おめでとう御名糖』とある。

「なんだよ？」

「さすが」

佐田は飴の袋を受け取った。老眼の佐田の癖で、目を細め、袋を遠ざけて見ている。

「『おめでとう……』」

「『ごめいとう』」

「これごめいとうって読むの？　おまえ、何個持ってんだよ？　新しいだろ、これ」

「ゴミですけど、それ」

二人がそんなやりとりをしている中、舞子はじっと考え込んでいた。

*

翌日、深山と舞子は『槙原(まきはら)法律事務所』にやってきた。二年前に雄太の事件を担当した弁護士、槙原寛三(ひろみ)に、当時の資料を貸してほしいと頼むと、かまわないと言ってくれた。

「失礼します」

　秘書らしき女性が、テーブルの上に段ボールを運んできた。そこには『平成28年1月～事件名　窃盗被告事件　被告人　尾崎雄太』というラベルが貼ってある。

「ありがとうございます」

　舞子は槇原に礼を言った。

「今更、二年前のことを掘り返しても無駄ですよ。本人が罪を認めたんですから。だいたいあなただって弟さんが犯人だと思ったから、早々に被害者に示談を申し出たんでしょ」

　槇原が面倒くさそうに言うが、舞子は答えずにファイルを取り出して中を確認した。

「これ、お借りします」

　舞子は言った。

　刑事事件専門ルームに戻り、今度は二年前の事件の内容を、中塚がホワイトボードに書きだした。

「えー、資料によりますと、雄太さんは二年前、八王子にある沙々寿司本店に勤務していました。そこで事務所にあった現金五百万円と、百万円の腕時計を盗み、窃盗容疑で逮捕、起訴され、有罪判決を受けています」

『二〇一六年一月十八日二十三時十分〜二十三時五十五分事務所にあった金品を盗んだ鞄からコインロッカーの鍵が発見　コインロッカーから現金五百万円が発見される（ただし100万円の腕時計は発見されず）執行猶予付の有罪判決……』

などと書きだされた内容をもとに、中塚が説明した。舞子は自席で指を組み、声を出さずに腹話術をしていた。

「弟さん、昔から寿司職人を目指してたの？」

尋ねる明石を「いいから」と佐田が制し、中塚に先を促した。

「事件の概要ですが、事件当日、二十三時に仕事を終えた社長の糸村さんは自ら事務所の鍵をかけると、その鍵を鍵置き場に掛けたそうです」

ホワイトボードには、

『被害者　糸村信彦（当時44歳）　職業　社長（沙々寿司本店）

証人　大西達也（当時20歳）雄太君の友人　職業　無職』

とある。

「糸村さんはその後、店じまいの片付けをしていた雄太さんと数分話した後、店の裏手にある通用口から出たそうです。その姿は防犯カメラに映っていて、二十三時十分と記録されています。雄太さんは、そのまま一人残って仕事をし、二十三時五十五分に店を出た姿が防犯カメラに映っていました」

　バックパックを持って帰っていく雄太の姿が、しっかりと映っている。

「翌朝、出勤した社員は、部屋が荒らされてるのを見て、警察に通報しました」

　鍵を使って店内に入った社長秘書の女性は、社長室がめちゃくちゃに荒らされているのを見て、警察に通報した。

（最後にここを出られたのは社長ですか？）

　当時、捜査に入った警察が糸村に尋ねた。

（いやいや。尾崎ってうちの若いのが最後まで残ってたんですけどねえ）

　糸村はそう答えた。

　深山は二年前の事件の現場写真を見ていた。今回の事件同様、部屋がかなり荒らされている。

「防犯カメラの映像には糸村社長と尾崎の弟さん以外には誰も映ってなかったのか？」

　佐田が尋ねた。

「はい。糸村さんが会社を出てから事件が発覚する翌朝まで、カメラには雄太さん以外は誰も映っていませんでした。それを怪しんだ警察が雄太さんの身辺を調べたところ、鞄からコインロッカーの鍵が出てきたそうです。そのコインロッカーの中から盗まれた金品のうち現金五百万円が発見されています」

＊

二年前、事件の捜査中に、雄太は警察の立会いのもと、コインロッカーの前に来た。鞄の中に鍵があったことも、心当たりはないと主張していた。

（なんですか？　俺、こんなの知りませんよ！）

刑事がコインロッカーを開けるのを見ながら訴えていたが、ロッカーを開けると、そこには黒いセカンドバッグがあり、中から盗まれた金品の一部が出てきた。

（なんだ、これは？）

刑事が雄太に尋ねた。

（俺、本当に知らないですよ！）

雄太は訴えたが、信用してもらえなかった。

＊

中塚の説明は続いていた。

「雄太さんは、この時点では、コインロッカーの鍵も、中にあった金品もまったく見覚えがない物だと主張しています。しかし、窃盗の容疑で逮捕され、起訴されました。法廷で雄太さんの友人である大西達也さんが証言台に立ち、『尾崎は近々、大金が入ると言っていた。実際に五百万円を持っているのを見た』と、こう証言しています」

＊

二年前の公判で、大西が証言台に立った。

（被告人は事件前に、あなたに何を言っていましたか？）

検事が大西に尋ねる。

（尾崎は、近々、大金が入ると言っていました）

大西が証言すると、うつむいていた雄太がハッと顔を上げた。そして大西を睨みつけた。舞子はその様子を傍聴席から見ていた。

＊

「被害者との間で示談が成立し、本人も犯行を認めているということで、執行猶予付きの有罪判決が言い渡されています」

中塚が説明を終えた。

「雄太くんは最初身に覚えがないって言ってたのに、犯行を認めちゃったんですね」

藤野が言う。

「お姉さんが示談を申し出たからねえ」

深山は皮肉を込めた言い方をし、椅子の背もたれにもたれかかった。

「証拠が全てそろっていたので、雄太の犯行で間違いないと判断しました。だとすれば、被害に遭われた糸村社長にいち早くお詫びをすることが、雄太のためだと思ったので」

舞子は感情を込めずに言った。

「でも、おかしいんだよねぇ」

「何がですか?」

「雄太さんは従業員だから、事務所に出入りしてたはず。だとしたら、金品がどこにあったかはわかってたはずだよね。雄太さんが犯人だとすると、ここまで荒らしたりするかなぁ?」

深山の言葉に、舞子は動揺の色を浮かべた。

「それと、証言台に立った大西さんは『事件の後、雄太さんが五百万円を持っているのを見た』と証言している。だけど、雄太さんの犯行じゃなかったとしたら、大西さんは

『ないものを見た』ってことになるよね。君は、本人が否認してたのに勝手に示談にしたんだよねぇ」

「雄太も最終的に犯行を認めたんです」

「じゃなくて、君はこの事件をちゃんと調べたの？」

深山は言った。舞子はムッとして深山を睨んだ。ピリピリした空気が流れ、藤野が佐田の顔をうかがった、佐田は「いいから」と制した。

「……私は雄太を助けたんです」

「まさか、事実を調べず、調書を鵜呑みにして、弟さんが犯人だと断定したんじゃないよね？」

深山は挑戦的な表情で舞子を見た。舞子は黙りこみ、室内はシンと静まりかえった。

すると舞子は、上着と鞄を持ち、立ち上がった。

「おい、ちょっと、どこに行く、尾崎？」

佐田が声をかけた。

「大西さんを探して、話を聞いてきます」

「それは、みんなで……」

「けっこうです。ここからは私がすべてやります」

舞子は足を止め、振り返った。

「雄太さんに依頼されたのは僕なんだけどね」

深山は言った。

「窓口だけ、お願いできますか?」

そう言うと、舞子は部屋を出ていった。

「尾崎!」

後を追おうとした佐田だが、目の前にあったテーブルワゴンにつまづいた。

「あ痛たた……邪魔なんだよ毎回、荷台が! 尾崎!」

乱暴にワゴンをどけて、舞子を呼び戻そうとしたが、もうすでに姿はなかった。

「今回も、二年前も、物盗りの犯行としては、必要以上に荒らされているなぁ……」

深山はホワイトボードに貼られた、荒らされた平田の事務所の写真と、槇原から借りた二年前の寿司屋の事務所の現場写真を見比べていた。

＊

舞子は六本木にあるクラブ『DiA tokyo』に来ていた。しばらくの間、入り口を見つめていると、大西が数人の仲間たちと出てきた。派手なパーマをかけ、大きくはだけたジャケットの首元からは大きなネックレスがのぞいている。

「ういーっス。行くか？」

そばにいた仲間に声をかけて次の店に行こうとしている大西に、舞子は近づいていった。

「あの、大西さんですよね？　ちょっといいですか？」

大西も、仲間たちも、舞子をじろじろ見ていた。だが舞子はひるまなかった。そして、少し離れた場所で大西に事情を説明した。

「なんで今さら二年前の話なんだよ」

大西が舞子をにらみつけた。

「大西さん、あなた本当に雄太が五百万を持っているのを見たんですか？」

「さあ、どうだったかなぁ」

大西は唇の端を歪ませ、笑った。

「あなたは雄太の友だちだったんでしょ？　なぜわざわざ彼に不利になる証言をしたの？」

「知らねぇよ」

大西は舞子から目をそらし、仲間の方に戻っていこうとする。

「ちょっと待って」

舞子は大西の腕を掴んだ。

「ちゃんと答えて！」

「知らねぇって言ってんだろ！　離せよ！」

大西は舞子の手を振り払い去っていった。

*

翌日、舞子は雄太に会うために拘置所にやってきた。だが、面会は許されなかった。

「大事な話があるって伝えてもらえましたか？」

刑務課留置一係の面会受付窓口に掛け合ってみたが、「本人が会いたくないと言っていますから」と刑務官に言われ、引き下がるしかなかった。

*

「お疲れさまです」

舞子が刑事事件専門ルームに戻ってくると、そこには誰もいなかった。どっと疲れが出た舞子は、コートも脱がずにそのまま椅子に腰を下ろした。

頭の中に、二年前の接見室での雄太とのやりとりが蘇ってくる。

（大丈夫。私が助けてあげるから）

舞子が言うと、雄太は目を伏せた。そして拘置所から槙原と出てきた日――。

「雄太、執行猶予で済んでよかったわね」

舞子は迎えに行き、声をかけた。けれど雄太はけっして舞子と目を合わせようとせずに歩きだした。

（雄太？）

（二度と連絡してこないで）

背中を向けたままそう言うと、雄太は足早に去っていった。あれから雄太とは、話をしていない。

その後、裁判所で周囲から白い目で見られ、舞子はやむなく辞表を提出した。

そして先日、接見室で雄太に再会したのだ。しかし雄太は相変わらず舞子を拒絶していた。

（その人は外してもらえますか？）

憎悪に満ちた雄太の目が、舞子を打ちのめす。

舞子は立ち上がり、窓辺に置いてあるおばあさんの腹話術人形を手に取った。胸に

『サリー』と書いた白い布を縫い付けてある。舞子が名付けたのだ。

「舞子、助けるって言ったんだろ?」

サリーの口を動かしながら、腹話術の声で自分に問いかけた。

「……本当は助けたんじゃない」

舞子は答えた。

「でも、助けたいって思ったんだろう?」

「サリー……」

そのとき、明石が「あー歩きすぎて膝が痛い」と嘆きながら階段を下りてきた。藤野も一緒だ。

「あ、尾崎先生、お疲れさまです」

二人の後ろから下りてきた中塚が舞子に気づいて声をかけた。後ろから、佐田と深山も入ってくる。

「あの!」

舞子は手にはめたサリーをはずすのも忘れ、声を上げた。

「弟を助けてください……。お願いします」

舞子が頭を下げると、

「言われなくてもやってるよ」

いつもは茶化す深山が真面目な口調で呟いた。

「え？」

舞子は顔を上げた。

「俺たちはな。昨日、おまえの弟さんの過去から現在に至るまでの交友関係を洗い出して、それをみんなで手分けして当たってたんだ。そしたら一人気になる人物がいた。おまえ、この坂本卓（さかもとすぐる）って奴を知っているか？」

「坂本卓……？　誰ですか？」

佐田が、雄太の交友関係の資料を見せた。

「覚えてないかー」

深山がニヤリと笑う。

「明後日、接見を申し込んだ。府中北刑務所へ行って来い」

佐田は舞子に言った。

「刑務所？」

＊

二日後、深山と舞子は府中北刑務所の接見室で雄太の友人、坂本と向かい合っていた。

「あと少しで仮釈放なのに。今さら弁護士が何しに来たんすか？」

坂本は吐き捨てるように言った。

「尾崎雄太さんが、殺人の罪に問われて逮捕されました」

深山が言うと、坂本は不貞腐れた表情を一変させ、立ち上がった。

「そんな、何かの間違いだろ？　あいつは、そんなことするようなやつじゃない！」

取り乱している坂本を見て、深山はノートを開いた。

「あなたが知っていることを教えていただけませんか？」

＊

斑目法律事務所に戻ってきた舞子は、深山と共にマネージングパートナー室に向かった。そして、斑目と佐田に報告した。

「弟が逮捕されたのは私のせいでした」

舞子は第一声、言った。

「どういうことだ？」

同席している佐田が尋ねた。

「坂本さんは、雄太とは高校の同級生で、一緒に悪さもしていたみたいです。上京後もつきあいが続いていて、坂本さんが雄太を大西さんに紹介したみたいです。でも、本気で寿司職人を目指していた雄太は、大西さんたちとの付き合いはできる限り避けて、坂本さんにも……」

（あいつらとはつきあうのやめろって！　縁を切って、おまえも真面目に働こうぜ！）

必死で説得したが、

（うるせえんだよ！）

坂本は聞く耳を持たなかった。

「でも、その忠告は聞かず、坂本さんは、仲間内での遊び半分の会話の流れから、質屋に強盗に入ろうということになり、それを実行した坂本さんは逮捕されました。そして、その裁判の裁判長が私だったんです。それを知った仲間たちが……」

二年前、大西たちが、雄太が働いている沙々寿司に訪ねてきた。

(なんとか姉貴に話して、坂本の罪を軽くしてやってくれよ)

大西は雄太を外に呼び出し、言った。

(……無理だよ。さすがに姉貴を巻き込むことはできない)

雄太はきっぱり断った。

(おまえ、仲間より姉貴を取るのかよ?)

大西は雄太の仕事着の襟首を掴んで脅した。それでも雄太は首を縦に振らなかった。

「雄太は頑なに拒否したそうです。そして、そんなことがあったこともいっさい私には言いませんでした。ほどなくして私は坂本さんに判決を言い渡しました」

(被告人を懲役三年に処する)

「友だちを守れなかったと思った雄太は、坂本さんに謝りに行ったそうです。でも腹の虫がおさまらなかった大西さんたちは……」

(姉貴に頼めなくて悪かった。ごめんな……)

刑務所の接見室で、雄太は坂本に謝った。坂本は最初のうちは拒否していたが、何度も何度も足を運んだ雄太に申し訳ないという気持ちになり、逆に、自分が雄太を巻き込んでしまったことを謝罪した。

一方、大西たちは雄太が修業している沙々寿司にたびたびやってきては、カウンターで大騒ぎするなど、嫌がらせをするようになった。

（すみません、もう帰ってくれますか？）

たまりかねた雄太は、大西に言った。

（おい！　おまえ、客帰すのかよ！　このやろう！）

大西は逆上した。それでも雄太は帰ってくれるよう頼んだが、大西も仲間たちも、まったく聞き入れようとはしなかった。

舞子は、二年前にそんなことがあったとは知らず、坂本に接見して初めて聞かされたのだった。

（雄太のやつ、間もなくして、窃盗事件で捕まっただろ？）

接見室で、坂本は舞子に尋ねた。

（……ええ）

(雄太の窃盗事件の後、大西が接見に来て、きっちり責任を取らせたって、言ってきたんだ。おそらく、奴らが誰かと組んで雄太をはめたんだと思う)

坂本の言葉を聞き、舞子は自分がしてしまったことの重さを実感した。

「二年前の事件に関して、弟さんは無実だったってことだな」

佐田は言った。

「……はい。私は裁判官として、一人一人の人生と向き合ってきたつもりでした。でも、何もわかってなかった……弟のことすら」

打ちひしがれている舞子に、「よかったね」と、斑目が言った。

「え?」

「今は向き合えてるでしょ? いくら反省しようと、後悔しようと、過去に戻ることなんてできない。大事なのは、これから何ができるかだ。弁護士になった君には今できることがたくさんある」

斑目の言葉に、舞子は小さくうなずいた。佐田も熱い思いでうなずいていたが、ふと深山を見ると、マネージングパートナー室のリクライニングチェアで、口を開けて爆睡していた。佐田は席を立ち、深山を小突く。

「いい話してたんだから」

小声で注意をすると、深山はうっすら目を開けた。そして言った。

「……長いから」

＊

翌日、深山は佐田と二人で接見室に行き、坂本から聞いたことを話した。

「坂本さんが話した内容に、間違いはありませんよね？」

だが雄太はうつむき、何も言わなかった。

「私たちはあなたを守ろうとしてるんです。真実をちゃんとしゃべってもらわないと困るんですよ」

佐田も言ったが、やはり雄太は無言のままだ。

「わかりました。話すべきは私たちじゃないということですね。じゃあ私たちはこれで。あとはお姉さんに話してもらいますから。ちょっと待っててね」

佐田は立ち上がった。

「何言ってるんですか？」

雄太は拒否したが、佐田はドアを開け「尾崎」と、舞子を呼んだ。そして舞子が入ってくると、雄太は椅子から立ち上がり、接見室を出て行こうとした。

「座って！」

舞子は有無を言わさぬ口調で言った。雄太は足を止めた。

「あなたとちゃんと話したいことがあるの」

毅然と言う舞子に気圧されたのか、雄太は再び椅子に座った。

「深山、帰るぞ」

佐田はのろのろとコートを着ている深山に声をかけた。

「ちゃんと着たら」

ようやくコートを着た深山は、置きっぱなしだったノートを手に取り、のんびりとめくりはじめた。

「おいちょっと、空気読みなさいよ」

佐田が深山を急かす。

「僕は話聞きに来たんで」

「だって二人だけになったんじゃない」

「僕、一人っ子なんです」

深山がへらへらしながら言うが、舞子は咳払いをした。

「帰ろうよ！」

「なんですか」

「咳払いしてるじゃない？」

佐田は無理やり深山を引っ張っていく。

「ちゃんと聞けんの？」

深山は舞子に尋ねた。

「飴あげるから」

佐田はとにかく深山を外に出そうとする。

「ちゃんと聞いてきてよ！」

深山は舞子に言った。

「深山！」

「メモってね！」

「だからほら！」

佐田は深山を廊下まで引っ張ってきた。そしてドアを閉めようとする。

「頼んだよー！」

深山の声は、ドアが閉まる音にかき消された。

舞子は改めて、雄太と向かい合った。

「なんで、話してくれなかったの？　先に話してくれれば、他に対処のしようもあったのに」

「真っ先に示談するって言ったのは姉ちゃんじゃないか。俺が逮捕されたとき、駆け付けた姉ちゃん見て、大丈夫、必ず姉ちゃんが助けてくれると思った」

雄太は絞り出すような声で言った。

「私だって絶対あなたを助けるって……思った。でもあのときは、被害に遭われた糸村社長にいち早くお詫びをすることがあなたのためだと思ったの。それに弁償して反省の意を示せば、あなたの罪が軽くなると……」

「俺のこと信じてなかったってことだろ？　俺は、それが一番辛かったんだよ。姉ちゃんと違って勉強はできなかったけど、本気で一人前の寿司屋になろうって思ってたんだ。なのに一番信じてほしかった家族に信じてもらえなかったんだよ！」

雄太の叫びを、舞子は黙って聞いていた。

「……もういいよ。姉ちゃんは俺のせいで夢だった裁判官を辞めたんだ……俺は最悪だよ。できの悪い弟を持って、本当は頭にきてるんだろ？」

「そんなふうに思ったことは、一度もない」

舞子は首を振った。そして、まっすぐに雄太を見た。

「信じてもらえないと思うけど、あなたの無実を、私が絶対に証明してみせる」

深山と佐田が廊下で待っていると、舞子が出てきた。

「ありがとうございました」

舞子は二人に頭を下げた。

「よかったな。二人で話せて」

佐田が椅子から立ち上がり、声をかけた。

「まだ事件は何も解決してないでしょ。で？ ちゃんと話聞いた？」

深山は、電車に乗るときのようにリュックを前に背負っている。

「二人の間の話なので話したくありません」

舞子は言った。

佐田が「そりゃそうだ」と応じるのと同時に深山が「それは興味ない」と答えた。

「僕は事実を知りたいだけだ」

「事実を知りたいのはいいから、今回は後にしろよ」

佐田が深山を制する。

「なんで？」

「とにかく、大西さん以外に弟さんがお金を持っているのを見た人はいない。弟さんが犯人じゃないとしたら、百万円の腕時計がどうして平田さんの事務所までたどり着いたかを調べる必要があるだろ。二年前の窃盗事件の被害者の……糸村さんか。話を聞きに行くぞ」

佐田は舞子に言い、歩き出した。

「だから最初からそうすればいいじゃん」

深山は口を尖らせた

「……こんな機会がなきゃ話せないだろ」

「事実を聞けば……」

佐田と深山は言い合いをしながら、警察署を出た。

＊

三人は沙々寿司の事務所に、糸村を訪ねた。二年前に窃盗事件の現場となった事務所だ。

「いやぁ、あのときはえらい目に遭いましたよ。今度は殺人ですか? できの悪い弟さんを持って、大変ですね」

ソファ席で向かい合った糸村が、舞子の方に身を乗り出して言った。

「そのときの……」

佐田が言いかけたが、すぐに深山が遮った。

「二年前の窃盗事件についてお伺いします。当時、盗まれた金品のうち、百万円の腕時計だけは発見されないままだったんですよね?」

深山は佐田の革の手帳を自分のノートの下敷きがわりにし、メモを取り始めた。

「ええ」

「出てくるまで探そうとはしなかったんですか?」

「まあ、その分はお姉さんから被害弁償してもらいましたからね」

糸村はニヤリと笑いながら舞子を見た。

「その腕時計が、今回の殺人事件の現場にあったんですが、どうしてだと思います?」

深山が尋ねる横で、佐田が「書きたいんだけど……」と、手帳を返してもらいたがっている。

「そんなこと私に言われてもわかるわけないでしょう。あいつが隠し持ってて、今回の被害者との間でやり取りしたんじゃないですか?」

糸村は鼻で笑いながら言った。

「なるほど。ちなみに、こちらにいたときの雄太さんの仕事ぶりはどうでしたか?」

「まあ、一見、真面目そうだったけど、悪い仲間と関わってたみたいでね」

大西らが店で騒いだことを、糸村は苦々しく思っているようだった。

「彼はここを辞めた後、職を転々として、立川にある大西寿司というところに勤めてたんですが、そのことはご存知でしたか?」

佐田が尋ねた。

「さあ、知らないなぁ……」

糸村が言ったとき、

「失礼します。社長そろそろ……」

そこに、秘書の柴田が声をかけに来た。糸村のお気に入りなのか、若く、美しい女性だ。

「また来ます。ありがとうございました」

深山は言い、佐田に手帳を返し、ノートをリュックに詰めた。「今かよ」佐田は文句を言っているが、深山は笑顔で糸村に礼を言い、湯呑みに残っていたお茶を飲みながら柴田を見上げた。

その後、深山たちは沙々寿司の外で、仕事を終えて出てくる柴田を待っていた。

「あ、どうも」

出てきた柴田が感じよく頭を下げてくる。

「ちょっと……」

佐田が柴田に話しかけようとしたが、

「ちょっとお話いいですか？」

深山は強引に押しのけて自分が前に出た。

「はい」

「通報したのは、あなたですよね？」

深山はノートを広げながら二年前のことを尋ねた。

「はい」

「出勤時に事務所が荒らされてるのを見て、あなたが警察に連絡したんですよね？」

「はい」

「それ、どんな状況だったか覚えていますかね？」

佐田が笑顔を作って、前に出てきた。

「部屋があまりにも荒らされてて、大事な書類がどこにあるのかもわからない状況でした。経理の資料や取引先との契約書に関しても、作成し直さないといけなくなって大変でした」

「それは災難でしたね」

佐田が前に出るが、

「いやー、災難でした」

深山がまた佐田を押しのける。

「なんて日でしょうね」

佐田は深山に対抗心を燃やし、柴田に笑顔で話しかけ続けた。


夕方、三人は刑事事件専門ルームに帰ってきた。

「こんなに部屋を荒らすなんて、犯人はなんか恨みでもあったんですかね?」

藤野が写真を見て言った。

「犯人の本当の目的は、部屋を荒らすことにあった……」

深山が首をひねりながら言った。

「本当の目的って？」

　中塚が尋ねる。

「弟さんが嵌められたんなら、その大西さんたちが窃盗事件の犯人じゃねーの？」

　明石が短絡的な考えを口にした。

「え？」

　深山は尋ねた。

「二人が直接犯行をすることは不可能です。防犯カメラに映ってませんから」

　舞子にあっさり否定され、明石は「あ、そうですか」と引き下がった。

「荒らされた部屋の中に、手がかりがあるのかもしれないな。細かく調べてみますか。写真拡大してもらっていいですか？」

　深山が言うと、藤野たちが動き出した。その間、佐田はじっと写真を見ていたが、

「俺ちょっと、あの、やることあるから。ここは任せたから、な？」

　と、立ち上がった。

「そういうことか……」

　佐田は呟きながら、刑事事件専門ルームを出ていった。

「どうせ民事の契約のことだろうなぁ。勝手おじさん」

明石は佐田の背中を見送りながら言った。

「ほら、やるよ」

深山はメンバーたちに声をかけた。


時計の針は夜の十時を回っていたが、全員が残って、作業をしていた。藤野と中塚が現場写真の拡大コピーをし、深山と舞子、明石が拡大された写真を確認していく。

そして、時計は深夜二時を回った。中塚は新日本プロレスのジャンパーをかけ、ぬいぐるみを抱いて眠っている。藤野は以前と同じように下着姿になって自席の椅子で眠り、明石もいつものように赤い寝袋に入り、目を見開いたまま床で眠っている。藤野と明石のいびきが響く中、深山と舞子は拡大された写真のコピーを一枚一枚確認していた。

「おまたせしましたー。横山屋ですが」

そこに、男性が入ってきた。手には寿司桶を抱えている。

「頼んでませんよ」

舞子が顔を上げて言った。

「佐田さまからご注文いただいて……、お代はいただきました」

「あら。受け取りますね」

舞子は受け取り、深山と食べることにした。

「では、いただきマスカレード、庄野真代」

深山は両手を合わせて言う。

「……ああ、十三点」

舞子は薄い反応を示し、食べ始めた。深山は一口食べて、マイ調味料の入った箱を取り出す。

「あのー、起こさなくていいんですか？」

舞子は部屋の中を見回した。三人のパラリーガルたちは、出前が来たことにも気づかずに眠り続けている。

「ま、そのうち起きるでしょ」

「ですね……」

舞子は頷いた。深山は『柚子の皮と山椒の塩』を白身魚にふりかけた。

「よし、では！」

そして改めて食べ始める。

「うん。普通でおいしい」

「いただきます」

舞子も箸を手に取った。最初に口に運んだのは、マグロだ。

「うーん、おいしーい」

「きょうだいで同じタイプか」

深山は呟いた。

「ねえ。雄太さんがさ。どうして寿司職人を目指したか知ってる?」

舞子はきょとんとしていた。

＊

あのとき接見室で、雄太は深山に寿司職人を目指した理由を語っていた。

(俺が東京に遊びに行ったときに、初めて姉ちゃんが寿司を食べに連れて行ってくれたんです。そのときの寿司がうまくて……)

ちょうど初任給が出たばかりだった舞子が、雄太を寿司屋に連れていったのだという。回転寿司ではなかったものの、それほど高級な寿司店というわけではないが……。

(いただきます……うま!)

マグロを一口食べた雄太は声を上げた。

(声が大きいわよ……)

舞子が囁くと、雄太は肩をすくめ、すいません、と目の前の職人に言った。職人は笑顔を浮かべ、嬉しそうだ。

（姉ちゃんも食べてみなよ。うまいから）

雄太に言われて、やはりマグロを一口食べた舞子も、

（ん〜おいしい〜〜！）

思わず声を上げた。

（姉ちゃん、声がでかいって）

今度は雄太が注意し、二人は微笑み合った。

そのときのことを思い出し、雄太は震える声で、

（あのときの寿司は本当にうまかったんですよね）

と、深山に言ったのだ。

＊

「いきなり赤身はないよね」

舞子にその話をし終えた深山は、お茶を飲みながらしみじみ呟いた。

そして夜が明け、八時半になった。室内は日がさしこみ、明るくなっている。

明石は「この明石達也が弁護人となって……」と寝言を言ったり、眠ったまま激しく体を揺り動かしたりしている。

舞子は机に突っ伏していたが、深山は一睡もせず、まだ写真の拡大コピーを見ていた。

「二度も撃ったね。親父にも撃たれたことないのに……」

明石が何度目かの寝言を言ったとき、舞子ははっと目を覚ました。そして机の上にあった拡大写真を何気なく見た。

「ん？　あ？　あ――――！」

舞子は立ち上がった。

「深山先生、これ」

「ん？」

それは、ＦＡＸ送付状の写真だった。倒されたＦＡＸの機械から吐き出されたその紙は、壁に挟まり、波打つように丸まっている。

目を細めてその写真を見ていた深山は、自分の机の上にあった資料をめくっていった。そしてある資料のところで手を止め、舞子の持っている拡大写真と照らし合わせた。そのとき、深山の携帯が鳴った。

「ん、なんだ……」

取り出すと、画面に『DASA』と表示されている。

「おはようございます」

「おう、今どこ？」

「面白いものが見つかりましたよ」

深山は言った。

「なんだよ、おまえ。偶然だな、俺も面白い情報を掴んだんだよ」

佐田が電話をしながら階段を駆け下りてきた。

「そうなんですか」

「ああ、寿司はうまかったか？」

佐田は笑いながら刑事事件専門ルームの前を通り過ぎて個室に向かう。

「普通でおいしかったですよ」

「いるんじゃんかよ、おまえ。だってあれは普通じゃないんだよ、あの寿司は」

深山がいることに気づいた佐田が、携帯を耳に当てながら戻ってきた。

「普通で、おいしかったっす」

二人は刑事事件専門ルームで向き合っているというのに、携帯電話での通話を続けている。舞子は「電話の意味」と呆れてつぶやいた。

「いるんならいるって言えよ」

「面白いものが見つかりましたよ」

「切るよ、おまえ」

佐田は携帯を切って耳から離した。

「ああ、佐田先生、おはようございます」

ランニングにトランクス、頭にタオルを巻いた藤野が起きて挨拶をした。

「……どしたの?」

佐田は目を見開いた。

「なんじゃーこりゃ——!」

今度は明石が寝言で大声を上げた。

＊

深山と舞子、佐田の三人は、沙々寿司の事務所に、糸村を訪ねた。

「今さら、なんなんですか?」

糸村は面倒くさそうに、三人の向かい側のソファに腰を下ろす。

「実はあの後、あちらにいらっしゃった社員の方にお伺いしたところ」

佐田が秘書の机を指したが、柴田はまだ出勤していなかった。

「事件のときにこの室内の書類がぐちゃぐちゃになってしまって、取引先やら、収支の書類を作成し直したそうですね」

「それがどうかしましたか？」

「はい。事件の翌日、あなたの店には……税務署の調査が入る予定だったと聞きました」

佐田は八王子北税務署からの『税務調査について』という書類のコピーを出した。そこには監査の日時も示されている。

「しかし、窃盗事件があったおかげで、この調査は一ヶ月後に延期になりましたね」

「それはそうでしょ。こっちだっていい迷惑だったんだ」

糸村はふてぶてしい態度のまま言う。

「粉飾決算していたことがバレずに済んで助かったんじゃないですか？　都合の悪い書類は、紛失したことにして」

舞子が言うと、糸村の表情がかすかにこわばった。

「あなたは、書類が紛失したと見せかけるために、事務所を荒らす必要があったんです。つまり、あの窃盗事件は自作自演だった」

深山は糸村を見つめ、ニヤリと笑った。

「なんの証拠があって、そんなことを言ってるんだ？」

「あなたが防犯カメラに映っていたのは二十三時十分。その前に雄太と数分間話したということであれば、あなたがここを出たのは二十三時五分頃、ということになりますよね？」

舞子は言った。

「そうだな」

「これは警察が撮った現場の写真を拡大したものです」

舞子は今朝がた自分が見つけた、ＦＡＸ送付状の写った現場の写真を見せた。

「受信した紙が波打っていますよね？　ということはＦＡＸが落ちた後に、受信したということになります。受信した紙には送ってきた時間が印字されてますが、何時と書いてあるでしょうか？」

舞子は糸村の前に、その写真が拡大コピーされている紙をかざした。『2016.1.18 23:07』とある。

「二十三時七分だけど……こういう時計はよく狂うだろ」

「送り元に確認したところ、この時間は正確なものでした。ということは、この時点で、すでに部屋は荒らされていたということになります。あなたがここを出た、わずか一、二分後です。そんな短時間でここまで部屋を荒らすことは不可能です。事前に荒らしていたとしか、考えられません。それができるのはあなただけなんです！」

舞子は声を上げた。

「雄太を逆恨みしていた友人たちを使って、法廷で不利な証言をさせたのも……あなたですね？」

「それともう一つ。あなたが殺人犯だということもね」

深山は言った。

「はあ？」

糸村は深山をにらみつけた。

「平田さんを殺害したのはあなたですよね？」

「何を言ってるんだよ」

「あの窃盗事件が自作自演だとしたら、百万円の腕時計はあなたが持っていたということになります。その腕時計が殺された平田さんの事務所にあったということは……」

深山は立ち上がり、糸村に近づいていった。そして隣の席に腰を下ろした。

「警察はあなたが殺人犯だと思うでしょうね」

佐田が、追い打ちをかけた。

「ちょちょちょ、ちょっと、待ってくれ！　俺は人なんて殺していない！」

糸村は焦りだした。

「じゃあ、なぜ、あなたが持っていた腕時計が、平田さんの事務所にあったんですか？」

舞子は冷静な口調のまま、糸村に問いかけた。

「新井の大将！　大将に貸してくれって言われたんだよ」

糸村は新井の名前を出した。

「あなた新井さんのことご存知ないとおっしゃいましたよね？」

深山はわざととぼけた口調で言った。

「うん……あ、いや……ん？」

糸村はしどろもどろになっている。

「どっちなんですか？　はっきり言ってください！」

佐田も立ち上がり、糸村に迫っていった。

「……もともと俺は、新井の大将のところで修業してたんだ。独立して、店を出すときに大将に出資してもらったから、頭が上がらなくて。その上、二年前の窃盗事件の真相を知られて、脅されてたんだ」

ついに糸村は口を割った。

深山たちが刑事事件専門ルームに戻ると、藤野がホワイトボードの前に立ち、説明をはじめた。

「周辺の聞き込みによると、被害者の平田さんは、かなり強引なかたちで土地を貸している人に『そこ、立ち退いてくれよぉ』と、立ち退きを迫っていたようですね」

藤野は以前と同じように、平田のセリフのところだけ、髪を耳にかける仕草をしながら、特徴ある言い方をする。

「やっぱ、知り合いか何かなの？」

佐田が尋ねる。

「いいえ、顔のイメージです」

藤野は短く答え、そして話を続けた。

「おそらく、新井さんともそのことで揉めていたんじゃないでしょうか」

「つまり新井さんには、強い動機があるってことだな」

佐田は言った。

「ゴリゴリの悪党だな」

明石が憤慨したように言う。

「いやでも、新井さんは犯行時刻に現場には出入りしていないってことになってるよね。それがわからないかぎり、事実は見えてこない」

深山は耳たぶに触れながら言った。

＊

その夜の『いとこんち』のおすすめメニューは……。

『ロシア革メイクイーンのポテトサラダ』
『スパイゾルゲのスッパイ酢の物』
『インカ帝黒糖あんみつ』
『ごはっとうふステーキ』
『ベートー弁当（持ち帰り）』
『ルイ13種の健康サラダ』
『なくよモズク酢平安京』
『ぶしは食わねど高ようかん』
『レタスサラダ幸村』

『すが原道ザ・ネギトロ丼』

以上の品揃えだ。

この日、深山とともに店にやってきた中塚は、奥のテーブルを予約したいと申し出た。

「あれ、中塚ちゃん、予約って誰来るの？」

予約席用のアフロこけしをテーブルに置きながら、坂東が尋ねた。

「トランキーロ」

振り返った中塚が言い、

『焦んなよ！』

坂東と二人、声を合わせた。

「Tシャツできましたよ～」

中塚は鞄の中から、坂東に頼まれていたTシャツを取り出した。身頃は白で袖は赤い。

『いとこんち』と『NEW JAPAN PRO―WRESTLING』の文字が入っていて、中心にはアフロのかつらをかぶった新日本プロレスのライオンのロゴマークがある。そしてその下に99・9％と入っている。

「ええじゃないか、ええじゃないか。いいねえ。着れるかなあ、これ」

坂東は今着ている黄色いTシャツの上から、中塚が作ってくれたTシャツをかぶった。

「『アフロの確率99・9%』ってどういうこと?」

加奈子は、Tシャツに書いてある文字を読んでいる。

一方、深山は厨房で炒め物をしながら、考えていた。

犯行時刻は十二時~十三時。雄太さんが現場にいた十二時三〇分から十二時四十五分までは事務所は荒らされていなかった。ということは、犯行が可能だったのは十二時四十五分から十三時の十五分間ということか……。

「こないだ、特大☆中西ジャーマンポテト作ったの。ジャガイモ小さめにして」

「小さくしたら意味なくなくね?」

加奈子の報告に坂東が笑っていると、ガラガラと店のドアが開いた。

「いらっしゃーい……え~~~っ、エンセリオ、マジで~~~? BUSHI? あなたはBUSHI?」

坂東は声を上げ、入ってきたプロレスラーのBUSHIと一緒に両手をクロスさせるポーズをした。

「誰?」

加奈子は真顔でBUSHIを見ていた。マスク愛の強いレスラー、BUSHIは、今日は黒いマスクをつけている。続いて、茶髪の長髪に白いスーツの男が入ってきた。

「え、え？　内藤？」

坂東は声を上げた。

「内藤？　陳？　読まずに死ねるか？」

加奈子は、むしろその方がよく知っていたという、コメディアン内藤陳とその著書の名前を口にしている。

「ロス・インゴベルナブレース！」

坂東は片手を上げて近づいていった。内藤の所属するチームは『ロス・インゴベルナブレス・デ・ハポン』で、ロス・インゴベルナブレスとは『制御不能な奴ら』という意味だ。偶然にも、この日のメニューの頭の文字を繋げると『ロス・インゴベルナブレス』になっている。

「トランキーロ！　あっせんなよ！」

内藤は言った。

「誰？　ギャオス？」

加奈子は、今度はヤクルトスワローズに所属していた元プロ野球選手ギャオス内藤の名前を口にした。なかなかマニアックだ。

「お疲れさまです〜」

中塚はニコニコと強面の二人に挨拶をした。

「知り合い？」

坂東が驚いている。

「ああ、新作のＴシャツの打ち合わせなんです」

「ああ、予約って。どうぞどうぞ。お待ちしてました。♪あなたはBUSHI〜」

坂東は予約席に二人を通した。

「内藤選手お願いが……ロス・インゴベルナブレス・デ・ハポン、やりたいね」

片手を大きく突き出し、坂東はまだ興奮している。

「ああ、坂東さん、ごめんなさい、今、プライベートなんで」

中塚が言うと「だよね〜」と、坂東は引き下がった。

「大助、剛志、洋子！　あ、男か」

加奈子は内藤を指さしながら、元プロボクサー、俳優……と、思いつくままに内藤姓の名前を挙げ、ついには引退した女優の名前まで挙げた。

＊

新井さんが現場に行ったのは犯行時刻より後の十三時二十八分。そもそもセンサーのついているたばこ屋の前は、二人以外、誰も通れなかった……。

深山はサフランライスを炒めながら、たばこ屋の飯田の証言を思い出していた。事件の日のあの時間、店の前の通りを通ったのは新井と茶色いブルゾンの青年……つまり、雄太だと言っていたが……。

「これがラフになりまーす」

中塚はBUSHIと内藤にTシャツのラフを見せた。BUSHIのはそのまま名前のロゴが、内藤のはDESTINOという、スペイン語で「運命」を意味する、彼の技の名前が入っている。

「あの、ここで会ったのもDESTINO、運……、命だろ。なんで、よかったらCD買ってくれません？」

加奈子は新曲『ルージュの天井』のCDを二人に勧めた。

「俺、今、オクパードなんだよ」

内藤は言った。忙しい、という意味だ。

「エンセリオ、マ、ジ、で」

BUSHIもポーズをとりながら言う。

「出た、ホンモノ〜！」

坂東は感激し「てかおまえ、DESTINOって、知ってるだろ、完全に」と、加奈子に言った。

「センサーにひっかからずに通り抜けるには……」

深山はぶつぶつ言いながら、料理を手に、厨房から出てきた。

「まあ食べますか」

とりあえず『キーマカレーマジック～卵のピクルス添え～』をカウンターに置いた。

「わあ、おいしそ～！」

加奈子がのぞきにきた。

「では、いただキーマカレー！」

と、自分一人で食べ始める。店内が静まり返る中、

「～ルルルルル……六点」

坂東が巻き舌の後、点数をつけた。

＊

翌日、中塚は佐田の個室に書類を持ってきた。佐田がいなかったので机の上に書類を置いたところ、肩にかけていたストールが机の上の置物に引っかかって落としてしまっ

た。

「うわあっ！」

『サダノモンテカルロ』が重賞を制した記念に作られた置物だ。中塚は机の上に戻し、慌てて佐田の個室を出てきた。と、入れ替わりに、今度は明石が郵便物を持ってきた。

「中塚いるんじゃん」

個室から飛び出してきた中塚に声をかけ、

「佐田先生、荷物届いてま……なんだ。まだ出勤前かぁ」

中に入っていって、郵便物を机の上に置いた。と、サダノモンテカルロの置物が目に留まった。

「これなかなかの仕上がりだな」

と、持ち上げたとき、手が滑って落としてしまった。

「うわ～～～～～！　やっちまった……」

床に落ちたサダノモンテカルロは、前脚が折れていた。

階段を下りてくる途中で明石の悲鳴を聞いた深山は、佐田の個室をのぞいてみた。と、明石は床に座り込み、サダノモンテカルロの置物をどうにか直そうとしている。

「ちょっと人の部屋、何、のぞいてんだよ」

そこに佐田が出勤してきた。その声を聞いた明石は慌てふためき、置物をそのまま机の上に戻した。仕方がないので折れた脚はそのままそばに置いておく。そして、逃げる暇はないので机の下に隠れた。

「おはようございます」

「深山、新井さんの件はなんかわかった？」

佐田は個室に入っていった。

「いいえ」

答えながら、深山も後に続く。

「俺もだよ。一日考えたんだけど、にっちもさっちもいかないよ」

そう言いながら、佐田は机の後ろに回って鞄を置いた。明石は佐田に見つからないように机の下を出て、ドアの方に這っていった。

「あれ？」

佐田はサダノモンテカルロの脚が折れていることに気づき、顔色を変えた。

「おい、これ、マジかよおまえ……おおおおい！」

佐田が動揺している隙に、明石は匍匐前進をしながらどうにかドアのところにたどり着いた。

「何やってんの、ちょっと、ちょっと！」

どうにか脚をくっつけようとして佐田が後ろ向きになったので、その瞬間に明石はさっと廊下へと飛び出していった。

「これ……ちょちょちょちょちょ！」

佐田は気が動転して、手が震えている。

「おまえか、やったの！」

佐田は、ソファに座っている深山に尋ねた。

「いや、今来たところですし」

「じゃあ誰がやったんだよっ！」

そのとき、扉から部屋の外へと逃げ出した明石が、さっと引き返して、佐田の部屋に戻ってきた。あたかも今日初めて佐田の部屋に来たかのように装っている。

「佐田先生。郵便が届いてましたよ。あ、どうしたんですか？」

明石はすっとぼけて尋ねた。

「出勤してきたら壊れてたんだよ！」

「あああああ――――っ！」

明石は今気づいたかのように声を上げた。

「モンテ……カルロ……誰だ！」

「誰の仕業だ！　なんてこった―？」

「モンテカルロが死んじゃう……」

佐田はほとんど半泣きで、置物を抱きしめている。

「モンテカルロ――！」

明石も叫んだ。二人のやりとりをニヤニヤしながら見ていた深山はハッと立ち上がり、佐田の個室を出ていった。

＊

深山と佐田は、立川北の商店街のたばこ屋にやってきた。十一時の開店時間になると飯田が外に出てきて、小窓のシャッターを開けた。

「絶対突き止めるんだぞ、誰がやったか。場合によっては指紋とか取ってもいいから、わかったな、中塚。頼むよ、ホントに」

通話を終え、佐田は携帯を切った。

「で、説明しろ、早く」

「新井さんに唯一、犯行可能な方法があることがわかりました」

深山は言った。

「それはさっき聞いたよ、やってよ」

「やりますよ」

深山は携帯を取り出し、舞子にかけた。

『あの、電話なんですけども……ゲコゲコ……』

近くにあった顔出しパネルから顔を出している舞子の、携帯の着信音が鳴った。なぜこの商店街に設置されているのかわからないが、『押したり叩いたりしない』という、三人組が一人を熱湯風呂に落とす絵を描いたパネルだ。

「はい」

深山の電話を受け、舞子が頷いた。

「変な着信音」

深山が笑うと、舞子はムッとしながらパネルの後ろから出てきた。

「怒ってんの、あれ？」

「怒ってんの」

佐田と深山が話しているうちに、舞子はたばこ屋の向かい側にあるアパートの前に立った。たばこ屋から少し『城壇不動産』の方向に進んだところにあるアパートだ。深山は「いいよ」と、目で合図を送った。舞子は身をかがめ、たばこ屋に近づいて行った。匍匐前進とまではいかないが、しゃがんで姿勢を低くし、たばこ屋にへばりつくようにして前を通りすぎたところで、

『ピンポーン。いらっしゃい～』

センサーが鳴った。

「はーい、なんにします？」

店の中にいた飯田が反応し、小窓の方を見た。

「こんにちは」

舞子は、たばこ屋の小窓を通過してから、あたかも反対方向から来たかのように立ち上がって顔を出した。

「ああ、べっぴんさんか」

飯田と舞子はそのまま話しはじめた。

「なるほど……」

一連の動きを見ていた佐田が頷いた。

「新井さんはあの日、開店する十一時よりも前にたばこ屋の前を通り過ぎ、平田さんの

事務所に向かった。おそらくそこで、平田さんと土地に関することを相談するふりをしながら、時間を稼ぎ、十二時から十二時半の間に平田さんを殺害した。そして、自分も部屋の隅に身を潜めて、雄太さんが立ち去るのを待ち……」

深山は説明した。

事件当日、新井はトイレに立った平田がトイレを出てきた瞬間に殺害し、そのまま自分も一緒にトイレに潜み……その間に、雄太がやってきた。でも雄太は平田が留守だと思い、しばらく滞在したけれど帰っていき……。

「アリバイを作るために、部屋を荒らした」

去り際に新井は、隠し持っていた百万円の高級腕時計を平田の手に握らせた。

「その後、事務所を出てたばこ屋に向かい、今、彼女がやったような方法で、あたかもその日、初めてやって来たようなふりをして、十三時二十八分に姿を見せた」

城壇不動産から戻ってきた新井は、身をかがめてたばこ屋の小窓から見えないように通り過ぎ、反対方向から来たように、立ち上がり、飯田と話をした、というわけだ。

「理論上は可能だけどさ、実際がそうだったってことを証明するのは難しいな」

佐田が言う。

「今のところ一つだけ方法があるとすると……事件当日、新井さんはたばこ屋の店主と」

（団地の横で売ってたんだよ）

（ああ。あの派手なパクチーマミレとかいう店のキッチンカー）

「……という会話を交わしているんです」

深山は言った。

「パクチー？　なんでパクチー？」

佐田が首をかしげた。

「ということはですよ。あの日、新井さんが十一時よりも前に平田さんの事務所に向かう姿を、『パクチーマミレ』の店員が目撃している可能性がある」

「じゃあその、パクチーなんたらっていう弁当屋を探せばいいってことだな」

佐田は深山と舞子を見た。

「そういうことです」

深山が言い、舞子も深く頷く。

「よし、行こう。パクチー……なんだ？」

「マミレ」

深山が答える。

「変な名前だなあ、行くぞ！」

佐田は大通りに向かって歩きだした。

「すいません！」

佐田が手を上げたが、タクシーが通り過ぎていく。

「チキショー、乗車拒否だよ」

佐田は苛ついた声を上げた。

＊

「『パクチーマミレ』で検索しても、出てきませんよ」

深山刑事事件専門ルームで中塚たちが検索を続けているが、なかなかヒットしない。深山と佐田がのぞきこんだが『集えパクチスト！　お口の中がパクチーまみれ！　大収穫祭！』『パクチー山盛りかタイキック？　どっちを選んだ方が地獄……』などの検索結果が並んでいる。

「検索の方法、変えますか？」

深山が中塚に言った。佐田は、サダノモンテカルロの置物を修理している落合をチラリと見て、無言の圧力をかけた。

「まだ出ないの？　『パクチーマミレ』。今の時代はすぐ出るんだろ、検索したら」

佐田は舞子に尋ねた。

「『パクチーマミレ』……」

舞子も必死で検索を続けている。藤野は自席のパソコンで、ツイッターを開き『パクチーマミレ　弁当』と検索していた。

「あ！　かーわいい！」

落合が突然、声を上げげた。佐田が見ると、明石が携帯で撮影した舞子の写真を、落合に見せている。

「おまえらへらへら笑ってるけど、これ元通りにできなかったら、おまえのあそこにあるガラクタをかたっぱしから……」

佐田は明石の机に向かった。

「最初にこのなんだかわからないみすぼらしい……」

そして明石の粘土アートの中から、虫眼鏡を手に取った。

「そのゾウムシメガネだけはやめてー！」

「なんだこれは？」

「ゾウムシメガネです」

明石が声を上げた。ゾウムシをかたどった虫眼鏡なのだ。

「あ。『パクチーマミレ』じゃなくて『パクチー弁当スミレ』っていうのならありますよ」

藤野が声を上げると、深山と佐田はパソコン画面をのぞいた。

「これなら『パクチーマミレ』に見えなくもないですよね」

その幟には、『パクチー』と『スミレ』の間に『弁当』と漢字で小さく書かれている。しかし『弁当』の二文字は文字がとても小さく遠目から見ただけだと見落としてしまいそうだ。

「『スミレ』と『マミレ』……そういうことか」

佐田は、明石のゾウムシメガネで藤野のパソコン画面を見ていた。

「今日これ、どこにいます？」

深山は尋ねた。

「えっとですね。今日は……」

藤野はパクチー弁当スミレのツイッターを確認する。

「ありましたね。今日は『日野市の市民センターに来ています』」

藤野が読み上げるのを聞き、深山たちは部屋を飛び出した。

立川から一度、事務所に帰った深山と佐田と舞子は、立川よりさらに奥にある日野にやってきた。日野の市民センター前に駆けつけると『パクチー弁当スミレ』のパクチー色のキッチンカーがいた。

「あった、あった！」

佐田はハアハアと息をしながら、幟を見ていた。

「これは読み間違えるだろ。『マ』と『ス』と」

「『パクチー弁当スミレ』……」

深山は呟き、中をのぞきこんだ。

「そしたらあなたの太ももチキンにしちゃうから！」

常連客らしき客と陽気に会話をしているのは『September Love』と書かれたエプロンをしている赤い髪の店主だ。

客で賑わっているので一段落するのを待ち、深山たちは話を聞いた。

「ああ、あの日ね。たしかにいたかな」

店主は、事件当日、立川にいたと言う。

「十一時前にこの方が通る姿を見てませんか？」

深山は新井の写真を見せた。

「あ！」

店主が声を上げたので、三人は身を乗り出す。

「見てないね」

「見てないか……」

佐田はずっこけながらも「細かいことでもいいんですよ。何か覚えてませんかね？」

と、必死の思いで尋ねた。

「そんな余裕なかったよ。あの日は大変だったんから。実は……」

店主は話し始めた。

そして数分後——。

「え？　ということは……」

話を聞き終えた舞子が目を輝かせた。だが舞子が続きを口にする前に……。

「江戸川乱歩は好きですか？」

深山が突然、店主に尋ねた。

「……んー、まあ嫌いじゃないかな」

「僕、大好きなんですよ。とくに好きなのが……」

深山はパクチーを入れたカップを片手に、もう一方の手に弁当の箱を二つ重ねて持ち、

「パクチ小五郎対、怪人二重弁当」と言った。

「……二点」

舞子は言った。

「はっ？　サブい……」

暖かい日だと言うのに店主は思わず凍えているが、佐田は盛大に噴き出している。

「『パクチ小五郎対、怪人二重弁当』。しかも『二十』と『二重』がかかってる」

お腹を抱えている佐田に背を向けていた舞子は、

「……あ、今わかった。明智小五郎か」

と、呟いた。

「パクチ光秀」

さらに深山が言ったので、舞子は「四点」と呟いた。

「戦国時代ウケる！」

佐田は涙を流して笑っている。深山はペンを取り出し、

「本能寺のペン」

と言った

「てか、パクチーかかってないし、もう」

そう言いながらも、佐田はウケまくっていた。だが店主は呆れ果て、舞子も二人に背を向けたままでいた。

＊

翌日、深山は新井を斑目法律事務所の応接室に呼んだ。

「新井さんの証言を後で文字に起こしたいので、録画させていただいてもいいですか?」

深山は向かい側に座った新井に言った。

「もちろんです」

新井が許可すると、舞子は録画のボタンを押そうとした。そこに深山が笑顔で顔を出したので、手前に深山の顔が大きく映り込む。

「……映ってます」

舞子は冷めた声で言い「どうぞ。回りました」と、かまわずに録画ボタンを押した。

「では、あの日のことについて、いくつかお伺いさせていただきますね」

深山が新井に向き直る。

「はい」

「あなたがたばこ屋の前を通ったのは何時でしたか？」

「十三時二十八分です」

「そうだ、そうでしたね。ちなみにそのとき、たばこ屋の店主は、何をしてましたか？」

「弁当を食べてましたよ。パクチーの」

「あなたたちは二人で、弁当屋さんを見た、というお話をしてたんですよね？」

「そうです」

「そのお店は、なんていう店でした？」

「え……」

新井は記憶の糸を辿るように、考え込む。そしてしばらくすると、思いだしたようだ。

「『パクチーマミレ』です」

「あの店『パクチー弁当スミレ』っていう名前だったんですよ」

深山は言った。

「嘘でしょ。あれで『スミレ』なんて。でもたしかにあの店でした」

新井は自分が読み間違いしたことに笑っている。

「店の特徴は覚えてますか？」

「もちろんです。緑色のキッチンカーで、赤い髪のあんちゃんが大きな声で弁当売ってましたよ」

新井が言うと、深山は数秒間黙りこんだ。

「……うん。たしかに見たんですか？」

そして、確認した。

「幟が何本も立ってて……。たしかに見たんだよ！」

新井は焦り始めた。

「ありがとうございます。これで、平田さんを殺した犯人はあなただということがわかりました」

深山が言うと、今度は新井が黙り込んだ。

「……何言ってんだよ？」

「実は私たちは、その赤髪の弁当屋さんを探して、話を聞きました。そしたら、あの日、たしかに、団地の横で営業をしていたそうです」

「そうでしょ？　だからそう言ってるじゃないですか」

「ただ、新井さんが言ったこととは、ちょっと違ってたんですよね」

深山は言った。昨日『パクチー弁当スミレ』の店主を訪ねて行ったとき……。

（あの日はたいへんだったんだから。実は、路上であの日勝手に販売してたら……）

店主は、深山たちに愚痴をこぼした。

（通報されて警察来ちゃってさ。たしかあの場所、十一時半ぐらいには撤収したかな）

「あの店は、事件当日、十時半から十一時半までしか、あの場所にいなかった。つまり、あなたが十三時二十八分に、『パクチー弁当スミレ』を見ることは、絶対に不可能なんです」

深山の言葉に、新井の顔から表情が失われていく。

「あなたが弁当屋を見たのは、たばこ屋が開店する十一時よりも前。平田さんの事務所に向かったときだったんじゃありませんか。そして、平田さんを殺害した後の十三時二十八分に、さも初めてたばこ屋に来たように、見せかけたんじゃありませんか？」

「あなたが善意を装って前科のある尾崎雄太さんを雇ったのは、平田さん殺害を計画して、その罪をなすりつけようとしたからじゃないんですか？」

佐田が強い視線で新井を見た。

「あなたがこれ以上本当にあったことを隠し続けるなら、私たちは今お話しした仮説を、速やかに警察に提出します。そうすれば、すぐに事実は明らかになるでしょう」

舞子はそれまでの冷静さを失い、怒りを露わにして言った。

「……うわあああああっ！」

新井はうなり声を上げ、両手でテーブルを叩いた。そしてそのままテーブルに額を打ち付けた。

「平田がいけないんだ……」

顔を上げると、新井の額からはまっ赤な血が一筋流れていた。深山たちは思わず目を見張る。

「二十年もあそこでやってきて、今さら、他に移れるわけないだろう！　なのに頭を下げたら、法外な賃料を請求しやがって！」

そしてまた新井はテーブルに伏せた。

「新井さん、一ついいですか。あなた、尾崎の弟さんに罪を着せようとしたのに、なぜわざわざうちに依頼に来られたんですか？」

佐田が尋ねると、新井は両手のこぶしを強く握りしめながら、顔を上げた。

「あんたを巻き込めばうまくいくと思ったんだよ！」

新井は舞子を見て言った。

「弟を一番信じてないのはあんただからな！　うぅ……くく……」

新井は泣いているのか、笑っているのか、怒りに震えているのか、歯を食いしばりながら唸り声を上げていた。佐田は新井を静かに見つめ、深山は新井から目を逸らし……舞子はただ悲しみに満ちた表情を浮かべていた。

そして、新井は警察に連行されていった。その姿を、深山と佐田と舞子、そして斑目が、応接室の前の廊下で見届けた。

「いろいろ、ご迷惑おかけしました」

舞子は斑目に深く頭を下げた。

「無実が証明できてよかったね」

斑目は言った。

「二年前、雄太は私に裁判官を続けてほしくて事件に巻き込まれたんです。犯罪者というレッテルを貼られ、生きてきた二年がどれだけ悔しかったか。しかも、今回は殺人犯にまで仕立て上げられそうになって……」

舞子は語り始めたが、深山は一人、刑事事件専門ルームに戻っていった。

「でも君に無実を証明してもらえたことが、これから弟さんの支えになるんじゃないかな」

斑目は言った。

「雄太のことで裁判官を辞めることになって、心の中でずっと、私は雄太のことを責めてたんです。私、弁護士になれて本当によかったです」

「これからもよろしく頼むよ」

「よろしくお願いします」

舞子は斑目に頭を下げた。顔を上げた舞子は晴れ晴れとした顔で刑事事件専門ルームに戻っていった。

「尾崎先生をクビにしなくてよかったね」

斑目は、背後に立っている佐田の方を振り返った。

「何言ってるんですか？　クビにしようとしたのはあなたじゃないですか？」

佐田は斑目の言葉に思わず目を剥いた。

「ええ？」

「ええ、じゃなくて！　おかげでこっちがどれほど大変だったか！」

佐田は抗議をしたが、斑目はアヒル口をしながら微妙な表情で微笑み、歩き出した。

「なんですかそれは？　半笑いで、ちょっと困ったちゃんみたいな顔して……」

佐田が背中に尋ねたが、斑目は片手を上げると、振り返らずに去っていく。

「……ったく、狸親父め」

　佐田は苦笑いを浮かべた。

＊

　舞子たちは、警察署の廊下の椅子で雄太を待っていた。

「こちらです」

　雄太が刑務官と一緒に現れた。

「協力ありがとうございました」

　刑務官は舞子に頭を下げ、去っていった。雄太も深く、頭を下げた。

「よかったね」

　佐田が雄太に声をかけた。

「過去の事件に関しても、引き続きうちがあなたの代理人として、対応させていただきます。それと、これは私の知っている店です。先代はもう亡くなってるんだけど、相方だった大将に、もう話はつけてあるから。そこでしっかり修業してください」

　佐田は雄太に『横山屋鮨　三代目店主西川清史』という名詞を渡した。銀座の店で、先日、深山たちに差し入れで出前をした寿司屋だ。

「……え？」

雄太は驚きで言葉を失っている。

「佐田先生……。何から何まですみません」

舞子が代わりに礼を言った。雄太も慌てて頭を下げる。

「そこ、普通で美味しいよ」

深山が言った。

「何言ってんだよ、お前。一流の店なんだよ」

「普通でしたよ」

「普通じゃない」

深山は佐田と言い合っていたが、

「魚とお米に感謝を忘れずに」

と、雄太に言った。

「はい」

雄太は頷いた。

「行くぞ！」

佐田が声をかけて歩きだすと、今度は深山も素直に従った。

「私が雄太のことを信じてたら、こんな辛い思いさせなくてよかったのにね……。本当にごめんなさい」

舞子は雄太に頭を下げた。

「裁判官は弁明せずじゃなかったの？」

深山が戻ってきて、しゃがみこんで舞子の顔をのぞきこむ。

「私、裁判官じゃなくて弁護士ですから」

舞子は顔を上げて、断言した。

「あ、そう」

深山はからかうような顔つきで言った。

「ふうん、どうぞ続けて」

「いいから、水入らずなんだから」

佐田が深山を呼びに来た。

「いい感じだね」

「ホントに俺とおまえは水と油だな！」

佐田は空気の読めない深山に呆れながら、再び歩いていく。

「ありがとうございます」

舞子は二人に向かって、改めて頭を下げた。

いいからいいから、と、佐田は笑顔で去っていく。

「……姉ちゃん、ありがとうな」

雄太の言葉に、舞子は涙がこみあげてきた。

「ごめんね」

そして、思わず雄太を抱きしめた。

「ちょっと……やめろって」

雄太は照れくさそうに、笑いながら舞子を引き離す。

「雄太、久々にお寿司食べに行こうか」

舞子は雄太を誘った。

「いや、行かない」

雄太は首を振った。

「なんで？　姉ちゃんのおごりだよ」

「俺が一人前の寿司職人になって、日本一旨い寿司を姉ちゃんに食べさせてやるから、それまで待ってて」

「うん。待ってる」

舞子は震える声で頷いた。その目から、ひとすじの涙がこぼれ落ちた。

警察署の建物を出たとたん、冷たい風が吹いてきた。深山はコートのポケットに両手を突っ込んだ。

「寒いなぁ」

「冬だからだよ」

「佐田先生がいるからかな。北風強いなあ」

「もういいだろおまえ、それ言わなくて」

「佐田先生、手持ちあります?」

「金のこと？　そりゃおまえ、持ってるよ」

「寒いから車乗りましょうよ」

「電車でいいだろ、おまえ」

深山と言い合いながら歩道に出てきた佐田を、植え込みの木の陰から二人のスーツ姿の男が見つめていた。だが二人は気づかずに、大通りに出た。

「あ、ちょうどきた。へい、パクチー！」

深山はタクシーに向かって手を上げた。

第7話　敏腕弁護士逮捕!!　ついに裁判所と全面対決

某テレビ局の報道番組『ひるじゃん』のスタジオに、佐田はいつにも増して眉間に力を入れ、決め顔で座っていた。ＣＭ明け、話題は『歪んだ裁判の実態、裁判官は公平じゃない⁉』に移った。

「本日は歪んだ裁判の実態ということで、あのジョーカー茅ヶ崎さんの冤罪を見事に晴らした、ガミラカンダル薬害アレルギーで国を相手取り、国家賠償請求訴訟を起こしている佐田先生にお越しいただきました」

女性キャスターに紹介され、佐田はフリップを手に話し始めた。

「ええ、ではですね。ガミラカンダル薬害アレルギー訴訟、これ例にとって、お話ししたいと思います。国家賠償請求訴訟……」

いったん言葉を止め「あ、こっち？」と、カメラ位置を確認して体の向きを変えた。このあたりは手慣れている。

「国家賠償請求訴訟が行われた場合、国からの指定代理人は、この法務省の訟務局というところの人間が担当しているんです」

　フリップには原告側――そこには弁護士がいて、佐田の似顔絵が描いてある――vs訟務検事↑法務省訟務局という構図が描かれていた。

「ということは指定代理人をつとめるのが、訟務検事と呼ばれる人たちなんですね」

　キャスターが確認する。

「そういうことになります」

「こうして見ただけでも、規模の大きな難しい訴訟に思われますが、それでもこういった難しい訴訟裁判に挑もうと……」

＊

　刑事事件専門ルームのテレビには、佐田の顔が大写しになっていた。ちょうどパラリーガルたちのランチタイムだ。中塚の弁当はお手製で、ご飯の上に獣神サンダーライガーが描かれている。藤野は奥さんが作ってくれたお弁当、明石はバナナ一本だ。さりげなく近づいてきた深山が、マイ調味料ボックスの中から出してきた『深山特製アリッサ』を、藤野の弁当に入っている総菜の上にかけた。

「いつもすいませんね」

藤野は礼を言い「奥さんには内緒で」と、両手を合わせた。

「五郎丸で」

深山が笑う。

「いつのまに……」

いつのまにか五郎丸のポーズをしていた藤野が自分の手元を見たとき、テレビの中から佐田の笑い声が聞こえてきた。

「佐田先生、顔」

藤野が指摘するように、女性キャスターと笑い合っている佐田の笑顔は得意げで、テレビ慣れしているいやらしさもあり、なんとも言えない表情だ。

「深山、食べるか」

明石は深山にバナナをさしだした。

「本当に目立ちたがりだね」

深山は大きな口をあけてバナナを二口かじり、明石に返した。

「いやいや、ちょっと……」

明石はほとんど残っていないバナナを見て文句を言っている。

『原告側のよりよい明日のために戦っていくだけですから』

佐田はテレビの中で力を込めて語っていた。

＊

「ところでその訟務局というのはどのような人たちが所属しているんでしょうか」

キャスターに尋ねられた佐田は「はい」と、頷き、またフリップを手に取った。

「この訟務局というところは、みなさんよくご存知の検事、それから裁判官が出向していて、ただ、中にはですよ？　本来は公平な立場であるべき裁判官がですよ、国からの指定代理人である訟務検事になることもあるんですよ」

「佐田先生、巻きで！」

ディレクターがカンペを出しているのを見ながら、佐田は次のフリップを手に取った。

『全国のガミラカンダル薬害アレルギー訴訟』というフリップで、札幌市、東京都、大阪市、福岡市と、各地で訴訟が起きている状況が描かれている。

「私ども今回の案件で全国各地で訴訟を起こしているわけですが……この福岡の訴訟で訟務検事として、我々弁護団と対峙していた人間が、東京地方裁判所に戻って、裁判官を務めているわけですよ」

フリップには各地の訴訟での裁判官と訴訟検事名が書いてあるが、福岡の訴訟検事だった佐藤和夫が東京で裁判長になったのがわかる。

「もちろんね、こんな裁判官は替えてくれ、と」

佐田は解説をぴったり時間内にまとめた。

＊

「佐田先生、圧が」

「顔!」

刑事事件専門ルームのパラリーガルたちは、佐田の顔の圧力を指摘していた。

『あのね、こんなことがね……』

佐田はテレビ画面の中で、検察官と裁判官の癒着について憤っている。

「法務省に出向して同僚だった仲間が、同じ法廷で裁判官と検察官になることもあるんですよね」

藤野は自席で幕の内弁当を食べている舞子に尋ねた。

「ええ」

「てことは、その裁判官と検察官がすごい仲良し、ってこともありえますよね?」

藤野が言うと、

「じゃあ検察官が秋山選手で、裁判官が永田選手ってことだ」

中塚がプロレスラーの名前を挙げた。秋山は全日本プロレスに所属している。でも新日本プロレスの永田とタッグを組んでいる。二人は仲良しだ。

「ん？」

藤野は明石と顔を見合わせ、首をかしげた。

「あ、違うか、元同僚ではないか……」

中塚は一人でぶつぶつ言っている。

「裁判官たるもの、元同僚なんてことに左右されませんから……と、私も思ってましたが、確かに公平さに欠けますよね」

真面目に言う舞子の背後で、何かごそごそと気配がした。

「やっと、気づいたんだねえ～」

深山が勝手にサリーを手にはめ、腹話術の声で言った。舞子はその声を聞き、さっと立ち上がった。

「うまいですね。もう一回やってください！」

怒るかと思えば、舞子は嬉しそうだ。

「やです」

深山は自席に戻った。

「あの、もしよかったら……」

舞子はいっこく堂のグッズを深山に渡そうとしたが、深山は聞こえないふりをしていた。

＊

『私は強く訴えたいんですが、先ほどの薬害訴訟の例を挙げた通り、現在の司法制度では……』

東京裁判所の会議室でも、佐田が出演している番組がついていた。数人の裁判官たちが、会議をしながら仕出しの弁当を食べている。その中にいた川上は、メガネの奥の小さな目をさらに細めて、テレビ画面をじっと見つめていた。

『裁判官が、国側によった視線で訴訟を進めていくことが目に見えてるん……』

「何を言ってるんだ、こいつは。そんなことで判決が左右されるわけがないだろ。素人みたいなこと言いやがって」

遠藤が静かな怒りを滲ませながら呟いた。

「全く同感です！　何もわかってませんね、この人は！」

遠藤の後輩の小島は、机を叩いて立ち上がった。

『決して屈しませんよ！』

「佐田篤弘か……」

小島はテレビの中の佐田を睨みつけ、舌打ちをしながら腰を下ろした。川上は黙ったまま、お茶をすすっていた。

＊

テレビ出演を終えた佐田はマネージングパートナー室に来ていた。

「言い分は正しいが、またずいぶんと挑発的な言い方だったたね」

「あくまで戦略です。有利に進めるためには、まず世論を動かす必要がありますので」

佐田は力強く主張した。

「策に溺れなきゃいいけどね」

「私、計算ミスしないので」

佐田はどこかで聞いたようなセリフを言い、ニヤリと笑った。

「え？」

「失礼」

ぽかんとしている斑目に背を向け、佐田は勢いよくマネージングパートナー室を出ていった。

*

翌日、佐田が出勤してくると、いつものように周りにいた従業員たちがさっと道を開けた。

「おはようございます」

「はい、おはよう」

佐田はいかめしい顔つきで進んでいく。

「佐田先生、おはようございます。あの、お電話なんですけど、お部屋にお繋ぎしましょうか?」

と、受付の女性が声をかけてきた。

「いや、ここで出るわ」

佐田が受付の電話を取ったとき、すでに出勤していた深山が刑事事件専門ルームの方から歩いてきた。

「あ、深山、この電話がな、もし刑事事件だったら、おまえに任せるからちょっとそこで待ってろ」

佐田はそう言って、受話器を取った。

「もしもしお電話代わりました。佐田です。はい、もちろん知ってますよ。えっ、社長……？　行方不明ってどういうことですか？」

佐田は声を上げた。深山は近づいていき、スピーカーボタンを押した。

『緒方社長のことで、お話を聞かせていただきたいので、一度、検察庁にお越しいただけますか？』

相手の声がいきなり流れ、佐田は何事かとあたりを見回した。

「何やってんだ、おまえ」

スピーカーになっていることに気づいて小声で深山を注意し、

「わかりました。すぐに行きますので」

佐田は受話器を置いた。顧問弁護士を務めるオガタテクノロジーの緒方真貴代表取締役社長が同社保有の現金を着服したうえに、行方不明だという。

「人の電話を勝手に聞くな」

佐田は踵を返し、エレベーターの方に向かう。

「行ってらっしゃいませ！」

深山は大声で見送った。

「うるさいっ！」

大声で言い返しながら、佐田は早足で歩いていった。

＊

数分後、佐田は検察庁の一室で検事の弐良光英と向かい合っていた。

「オガタテクノロジーの緒方社長なんですが、ここ一週間ほど連絡が取れなくなってしまってるんです」

「一週間もですか？」

佐田は目を丸くした。

「顧問弁護士をしている佐田先生なら、緒方社長の行方について何かご存知なんじゃないかと思いまして」

「いや、知りませんよ」

「実は緒方社長が会社のお金を三千万持ち逃げしたんです」

「は？」

「それで業務上横領の罪で、行方を追っているんです」

「それ、なんかの間違いですよ。現に三日ぐらい前かな。メールが来てましたよ。えっと、ちょっと待ってください」

機械に弱いものですから……と言いながら佐田は携帯を操作し、メール画面を弐良に渡した。

「『すべて予定通り進んでいます。詳しいことは、後日、連絡します』。この予定通りとは？」

弐良はメールの文面を読み上げ、佐田に携帯を返す。

「緒方社長が子会社を設立しようとしていて、そのことが予定通りに進んでいるという報告だと思いますよ」

佐田は緒方に、企業法務に関するアドバイスをしていたのだ。検事は佐田の顔をじっと見つめる。

「実は失踪した当日にあなたの口座に緒方社長の会社から三百万円、振り込まれているんですよねぇ」

弐良はプリントアウトされた『総合振込明細表』を見せた。

「え？」

「経理の方が、緒方社長からあなたの口座に直接振り込むように指示されたと証言しています」

たしかにそこには『佐田篤弘』に三百万円が振り込まれている。

「こんなはずはありませんって！　私の方で緒方社長を探し出して、このことを確認します」

佐田は上着と鞄を手に、立ち上がった。

「いえ、それには及びません」

丸良が声をかけるのと同時に、部屋に検事が二人入ってきて、もともと部屋にいた弍良の部下と三人で、佐田を取り囲んだ。

「佐田篤弘、業務上横領幇助の容疑で逮捕する」

弍良は佐田を押し止め、一枚の紙を差し出した。

「たい……？」

見ると、差し出された紙は上下が逆だ。佐田も首を傾けて読み取ると……それはたしかに、佐田に対する逮捕状だった。

「た、逮捕——っ？」

その頃、検察が佐田のマンションに家宅捜索に入り、段ボールに荷物を詰め、運び出していた。由紀子とかすみはその様子を不安げに見守っていた。

斑目法律事務所の佐田の個室からも、同じように佐田の荷物が次々と運び出されていた。

＊

そして佐田は、被告人となり、東京拘置所行きとなった。深山と舞子は、さっそく、佐田に会いに行った。

「どうも。斑目法律事務所の、深山です」

接見室に佐田が出てきた途端、深山は笑顔で立ち上がり、名刺を見せた。

「どうも、佐田です。って、そんなことはいいんだよ！　ちょっと、着替え持ってきてくれた？」

ワイシャツにスーツのズボン姿の佐田は舞子に尋ねた。

「午後に中塚さんが持ってきてくれます」

「ここに入れられたらさ。着替えがすぐ必要なの、おまえよく知ってるだろ！」

佐田は深山を指さした。深山も以前、逮捕された経験がある。そしてその際にいつも着替えを要求していたが、当時、事務所に所属していた彩乃が新日本プロレスのジャージを持って行ったり、斑目や坂東が自分の私服を渡したり、遊ばれていた。

「なんか、奥さんとかすみちゃんが、佐田先生を不甲斐ないって……」

深山が大げさに泣きまねをしながら言った。

「そんなこと言われる筋合いはないんだよ！」

佐田は声を張り上げた。

「そんなことより佐田先生」

舞子が口を開いた。

「そんなこと？」

佐田はいちいち突っかかる。

「業務上横領幇助……したのか？」

深山がわざといかめしい顔つきをして尋ねた。

「してません！」

「したんだな？」

「してません！」

「したんだな？」

「してないよっ！」

佐田は興奮して目の前の台を叩きまくった。

と、刑務官がドアを開けて入ってきた。

「どうかしましたか？」

「どうもしません」

佐田は言ったが、

「この人がやりました」

深山は余計なことを言う。

「うるさいうるさいうるさいっ！」

佐田は深山を制し、なんでもないです、と、刑務官を手で制した。

「バカ、おまえ……」

そして深山はまだごちゃごちゃやっているが、

「検察がわざわざ直接弁護士を逮捕するにしては、軽微すぎる罪な気がするんですが……」

舞子は頬杖をつきながら首をかしげる。

「これには……」

佐田は言いかけた。

「やっぱやったな！」

「やってねえっつってんだろうおまえ！」

深山とまた小学生みたいなやりとりをしてから、佐田は改めて口を開いた。

「検察の狙いは、緒方社長ではなくて、おそらく私だ」

これには必ず検察が描いたシナリオがあるに違いないと、佐田は考えていた。

「国家賠償請求訴訟の中心人物である佐田先生を陥れようとしてるってことですか？」

舞子が尋ねた。

「それはおまえ……私という優秀な弁護士に恐れおののいたんだろうな、おそらく」

バンッ！

深山はいきなり仕切り板を叩いた。

「おそらくって二回言ったな！」

「おそらくって二回言っちゃいけねーのか、おまえ！　そんなことどうでもいいんだよ！

とにかく緒方社長を見つけ出せ。そうすれば全ての容疑は晴れるんだから」

「わかりました」

舞子は頷いた。

「じゃ、まず、生い立ちから聞いてやるから」

深山が偉そうな口調でノートを開くと、佐田は舌打ちをした。

「っざけんなよ！」

「事情がわからなければ、事実は見えないだろ。ほら、生い立ちから」

深山はあくまでも上からだ。

「……じゃあ、東京ですよ！」

「東京のどこだーっ？」

深山は思いきり仕切り板を叩いた。

*

『緒方社長　オガタテクノロジー社長　業務上横領　子会社の口座から三千万円をおろしたまま行方不明』『佐田先生　業務上横領幇助　子会社設立を手引き　三百万円の報酬を受け取る　否認』

刑事事件専門ルームに戻ってきた舞子は、ホワイトボードに事件の概要をまとめた。

そして『横領幇助容疑 佐田篤弘弁護士逮捕』というタイトルの新聞記事とネットニュースを打ち出した資料を貼った。

「今わかっていることは、緒方社長はひと月前に子会社を設立。その際、運転資金三千万円を本社から移動させました。そして一週間前、そのお金を取引銀行から下ろしたまま、行方がわからなくなっています。佐田先生は子会社設立を手引きし、その報酬を受け取ったと判断されたようです。とにかく、佐田先生の無実を証明するためにも、緒方社長の所在を掴まないといけない状況です」

舞子はいつものメンバーと斑目を前に、説明した。

「舞子さん」

藤野の背後から、落合が現れた。

「うわ、びっくりした！」

藤野がびくりとしている。

「佐田先生の民事の案件は、僕が一番把握してるから。緒方社長の携帯の位置情報は確認した？」

落合は舞子にぐいっと顔を寄せた。

「失踪の翌日、東京駅で電源が切れた状態で発見され、今は警察が保管しているそうです」

舞子はのけぞり気味になって落合を避け、別の場所に移動した。

「どこにいるのか見つけようがないってことか」

明石が言った。

「佐田先生の無実を証明するには、まずは緒方社長の所在を掴まないといけないね」

落合が話しながら舞子の隣に移動する。

「ええ、それ、私、今言いました」

舞子はさっと落合から離れた。

「本当に？　気が合う～」

落合がはしゃいだ声を上げて近づくと、舞子は小走りで遠ざかる。

「キモいよ、もう～」

中塚は顔をしかめた。

「このままでは当然、佐田先生は弁護士資格を失うだろう。国家権力を盾にした、こういうやり方は受け入れられないな。いつも以上に手強い相手だろうが、頼んだよ」

斑目は言った。そして窓辺に置いてあるサリーに気づくと、首をかしげ、小指で眉を掻いた。

＊

深山と舞子はオガタテクノロジーの応接室を訪ねた。カフェのような内装は、さすが、若手起業家のオフィスという印象だ。社長の緒方は四十一歳だが、対応してくれた経理の中村麻美は五十歳、専務の大河原孝正は六十歳だ。

「一年ほど前に、社長が急にデジタルアートの分野に進出しようと言い出しまして、その頃からヒャダ先生に……」

大河原は切り出した。

「ヒャダ？」

ノートをとっていた深山は問いかえした。白髪交じりの髪が渋い印象の大河原だが、舌が短いのか活舌が悪い。

「……佐田先生に顧問になってもらいました。それから、アドバイスをしていただきまして、ひと月前に子会社をせつりちゅ……」

「せつりちゅ？」

深山は片手に耳を当てた。

「……設立しました……はい」

「設立」

深山はすっかり面白くなっていた。

「恥ずかしい話なんですが、うちの本社の経営はあんまりうまくいっていませんでした。そんな状況の中で社長は新規事業を立ち上げて、無謀な夢にかけたんです。でもそれが、お金を持ち逃げするためにやっていた茶番だったかと思うと……」

大河原はため息をついた。

「あの、うちの佐田にお金を振り込んでますよね？　それは緒方社長から指示を受けたんですか？」

「はい。佐田先生とは話がついてるからと言われまして。そのまま銀行に行くと言って車で出て行かれました」

それが失踪当日の午後だったと中村が言った。スタイルもよく、はっきりした顔をした美人だ。

「で、翌日、別件で取引銀行に行ったところ、社長が子会社の銀行口座から運転資金を全額引き出してることがわかりまして、慌てて警察に届け出たんです。それが翌日になって、急に検察庁から呼び出されまして。私たちは社長の行方を知りたいのに、佐田先生のことばかり聞くんですよ」

「なるほど……あの、社長室を拝見させていただいてもいいですか?」

深山は尋ねた。

「はい、どうぞ」

大河原は社長室の方角を手で示し、立ち上がった。

「どうぞ」

中村が、緑色のパーテーションで仕切られた部屋のドアを開けた。深山は白い手袋を装着して入っていった。洒落たタイル張りの白い壁は、シマウマの模様で、海外ドラマに出てくるオフィスのようだ。壁には社員たちがアイドルグループのようにポーズをとって写っているポスターが貼ってあり、棚にも写真立てがいくつも置いてある。どれもパーティや社員旅行で同世代の若手ビジネスマンたちがワイワイと楽しそうに写っている写真だ。

「どの方が社長ですか?」

「このスーツを着ている人です」

大河原と中村が別の写真を指さしながら、同時に言った。写真立ての写真は、会社や山、海など様々な場所で撮影されたものだが、緒方は全て同じチェックのスーツを着ている。インナーは白いTシャツか、白いタートルネックだ。

「これ……同じスーツ？」

深山は大河原を見た。

「社長は少々変わった方でして、毎日服を選ぶ時間がもったいないと言って、同じスーツを着まわしているんです」

オシャレではあるが、実に効率重視の人間なのだとわかる。

「僕と一緒ですね。僕も三着着まわしてます」

深山は言った。

「深山先生も変わり者ですもんね」

これまで黙っていた舞子が口を開いた。

「君の方がよっぽど変わり者だと思うよ」

深山に腹話術の声で言われ、舞子はチッと舌打ちをした。

「このメガネって社長のものですか？」

深山は緒方のデスクの上の黒縁のメガネを指した。几帳面なのか、きちんとレザートレイに置いてある。

「はい」

中村が頷くと、深山は白手袋をはめた手でメガネを持ち上げた。そして、自分の目の前にかざしてみる。

「うわ……」

「何してるんですか？」

舞子は背後からのぞきこんだ。

「社長は相当、目が悪いんですね」

深山はクラクラし、目を閉じた。

「視力は〇・〇三でしたから」

大河原が言う。

「あれ？　社長は車で銀行に向かったとおっしゃいましたよね？　メガネなしでは運転できないんじゃないですか？」

「この黒いメガネと、この黄色いメガネを二つ使い回していたんです」

大河原は近くにあった写真立てを手に取り、深山に渡した。その写真はたしかに黄色い縁のメガネをかけているが、写真によって、黒縁のメガネ、黄色い縁のメガネを替えて写っている。

「使いまわす……オシャレなんですねえ」

「ええ」

「ちなみに緒方社長のご自宅って拝見できますか？」

深山が言うと、大河原と中村は目を合わせた。

「……ええ」

大河原は中村を見た。

「広報の笹野さんに立ち会ってもらいましょうか？」

中村は言った。

＊

深山と舞子は、広報の笹野桜と共に、緒方の自宅にやってきた。一人暮らしだということだが、閑静な住宅地の一軒家だ。リモコンを使って車庫のシャッターを開けると、外国産の黄色い小型車が三台並んでいた。

「あの、笹野さん？　これ、三台とも社長の車ですか？」

深山は桜に尋ねた。桜は二十代半ばの、スラリとした美しい女性だ。服装はシックだが、ファーのトリコロールカラーという非常に目につくバッグを肩から提げている。

「あ、はい。車検に入れてるときでも、何かあったときのために、三台購入したと聞いています」

桜はぶっきらぼうに答えた。

「ほかにも車が?」

「この三台だけです」

「銀行にも車で行ったと言っていましたよね? ということは、緒方社長は銀行でお金を下ろした後、自宅に戻り、車を置いて逃亡したってことですか?」

舞子は首をかしげた。

家の中は整然としていた。

「ちなみに社長は独身ですか?」

刀剣が飾ってある和室を眺めながら、深山は桜に尋ねた。

「ええ、離婚されてますけど」

「お子さんは?」

「いません」

桜が答えることをメモしながら、深山は次の部屋のドアを開けた。

「あ、そちらはリビングです」

桜が言うように、広々とした洋室に、ソファが置いてある。深山は手袋をはめた手で、

CDが並んでいる棚などをくまなくチェックした。

「ここに来たことはありますか?」

舞子が桜に尋ねた。

「ええ。社員のホームパーティで一度来たことはあります」

桜が答えているのを聞きながら、

「サイが六頭……」

深山はCDラックに飾ってある白いサイの置物を見て呟いた。

「時計が二つ?」

ラックの横の壁には、時計が縦に二つ並んでかけてある。別の場所には、額装された帽子の絵が三枚、縦に並んで飾ってある。

「同じものが何個もあるなあ」

そのほかの場所にも、同じ絵が、今度は横に三枚並べて飾ってあったりする。

「ダイニングテーブルなのに、ここで仕事されてたんですか?」

ダイニングテーブルを見ると、そこにはパソコンとFAXが置いてあり、そのまわりには数冊の本や資料が積んである。

「一人で住むには広すぎるとよく言っていました。家にいるときはここととお風呂と寝室にしかいないと」

深山はテーブルに置いてあるカレンダーを見た。やはり同じものが三つ並べて飾ってあるが、それぞれ二月、三月、四月となっていて、予定が書き込んである。どの月も第一木曜日と第三木曜日に『S』という文字が書き込まれている。そして、三月二日には花のマークがある。

「『S』と、『花』のマーク……これなんだかわかります?」

深山が尋ねると、桜もカレンダーをのぞきこんだ。

「いえ……」

桜は首をかしげた。

「これちょっと写真撮って送って」

深山は舞子に言った。

「自分で撮ればいいじゃないですか」

舞子はぶつぶつ言いながら携帯を取り出した。

「『S』は月に二回、『花』のマークが……」

深山はノートに書き込んだ。

「あの、寝室はどちらですかね?」

「この奥です」

案内され、深山と舞子は寝室に入っていった。深山が部屋の中にあるドアを開けるとそこはウォークインクローゼットで、チェックのスーツが四着かかっていた。

「ちなみに社長って、何着持っているかご存知ですか？」

「七着だと聞いたことがあります。毎日着替えたいからって」

「四着残ってるってことは、一着着て、二着持って出て行ったたってことかぁ……これ撮っといて」

「また？」

舞子が顔をしかめたとき、桜の携帯が着信した。

「……あ、ちょっとすいません」

桜は寝室を出ていった。舞子が写真を撮りはじめ、深山はクローゼットを出て寝室を見回した。広々とした空間の中心にベッドが置いてあり、枕の上にスタンドが四つ並んでいて、ベッドの脇にはゴミ箱が三つ並んで置いてある。三つのゴミ箱の中には均等にレシートが捨ててあった。上の方にあるレシートを拾い上げてみると、カフェやコンビニのものがほとんどだ。だが中に『ＬＯＵＩＳ　ＲＡＭＯＳ』というフランスのブランドのレシートがあった。

「パリ?」

背後からのぞきこんだ舞子が言ったとき、深山のコートのポケットの携帯が着信した。

「はい……ウシノさん?　クシノさん?　あ、藤野さん?　どうも」

深山の反応を聞いていた舞子がずっこける気配を感じながら、深山は話し始めた。

＊

深山と舞子が事務所に戻ってくると、受付の前で藤野が待っていた。

「緒方さんの元奥さんがどうして?」

三人並んで下の階に通じる階段を下りながら、舞子が藤野に尋ねた。

「はい……なんか、どうしてもお話ししたいことがあるそうです。それと、オガタテクノロジーの取引先銀行に行ってきました。やっぱりお金を引き出したのは社長本人ですね。銀行員の方が、車に乗って出ていく姿を見ています」

「なるほど。あ、あと、これなんのレシートだか調べてもらえますか?」

深山はリュックの中から、クリアファイルに入れて持って帰ってきた先ほどのレシートを出す。

「メメ?　ロイウスラモ?　調べてみます」

「ありがとうございます」

「あ、あちらです」

藤野は応接室を指した。そこには、派手な花柄のワンピースに身を包んだ、ロングヘアの女性が待っていた。

＊

緒方の元妻、満里恵はワンピースに負けぬかなりド派手なメイクをしていた。

「緒方は……死んでます」

まっ赤な口紅を塗った唇から飛び出す関西弁のイントネーションといい、どこか芝居がかった視線のさまよわせ方といい、強烈なキャラクターだ。年齢は緒方よりはかなり上だろう。

「え？　緒方さんはお金を横領して……」

逃げているんです、と舞子は言いかけたが、満里恵は遮った。

「私たちは愛し合っていたからわかるんです」

「別れてますよね？」

「あの人は結婚には向いてなかっただけ。でも、別れても心の繋がりはあるねんなあ」

「え？」

舞子は小馬鹿にするような顔つきをしたが、

「心の繋がりか……なるほど」

深山は目を細め、感動したように何度も頷いた。

「深山先生？」

舞子は驚いて深山を見た。

「ちなみに、緒方社長が死んでいると思う根拠はなんですか？」

「花がね、花が届かへんかったんです。あの人、私の誕生日には、毎年、必ずアネモネの花を送ってくれたんです。離婚してもずっと送ってきてくれてたのに、今年の誕生日には送ってけぇへんかった」

「忘れただけでしょう。それだけで死んでるなんて……」

舞子はうっすらと笑いながら満里恵を見た。満里恵はムッとして腕組みをし、舞子を睨みつけた。

「あの……」

深山はふとカレンダーの『花』マークを思い出し、携帯を取り出した。

「社長の家にこのカレンダーがあったんですけど、もしかしてあなたの誕生日はこの日ですか？」

と、舞子から転送されてきた三月のカレンダーの画像を見せた。

「そう！　ほら、ちゃんと覚えてくれてる！」

満里恵は感激して声を上げ、得意げな顔で舞子を見たかと思うと、

「はあ……やっぱりあの人は死んでしまったんやわ……あああ」

絶望して顔を覆った。

「あの、第一木曜と第三木曜の月二回、『S』と書かれてるんですが、これって何だかわかりますか？」

深山はもう一度画像を見せて尋ねた。

「わからへん。あの人が私のことを愛しているってこと以外は」

そう言って、満里恵は泣き崩れた。

＊

刑事事件専門ルームに戻ってくると、藤野が声をかけてきた。

「あ、深山先生、さっきのレシートなんですけど、買ったのは鞄ですね。ブランドはロウイ〜〜〜なんだっけ？」

「ルイ・ラモスです」

中塚が言った。

「聞いたことないブランドですね」

「ルイ・ラモス？」

深山と舞子は首をかしげた。

「まだ販売はパリでしかされてないそうです」

中塚が説明した。

「で、その商品がこれ。変なデザインなんだよ」

明石がパソコン画面を見せた。

「おまえが言ってんじゃねーよ、明石」

中塚は自分のパソコンに向かったまま呟いた。

「おい、聞こえてるぞ」

明石は中塚に注意した。

「……これ」

深山は明石が掲げているパソコンを凝視した。『ネオノエル　トリコロールⅡ』という型のバッグだが、それはまさに、桜が持っていたバッグだ。

＊

夕方、深山と舞子は、再度、オガタテクノロジーを訪ねた。

「お疲れさまです」

桜がほかの社員たちと挨拶を交わしながら出てきた。

「こんばんは」

深山は声をかけた。桜はやはり、さっき明石に見せてもらったのと同じ、ルイ・ラモスのバッグを肩にかけている。桜は警戒の表情を浮かべながらも、応接スペースに深山たちを案内した。もう社員は全員帰ってしまったので社内は静まり返っている。

深山は向かい側の椅子に置かれたバッグに、フーっと吐息をかけてみる。すると、ファーがそよいだ。

「かわいいバッグですね。どなたかにいただいたんですか？」

「……いいえ。自分で買いました」

桜は薄く笑顔を浮かべて答えた。

「へえ、そうなんだ……こちらをご覧ください」

深山はルイ・ラモスのレシートが入ったファイルを見せた。

「これは？」

のぞきこんだ桜は、眉根を寄せた。

「緒方社長の自宅のごみ箱に入っていたんです。それで、このレシートに書いてある商品番号を検索したら……これが出てきたんです」

深山は携帯の画面を見せた。

「あれ？　あれ？　これ同じバッグですね。もしかして、緒方社長からプレゼントされたんじゃ……」

「偶然じゃないですか」

桜は動揺することもなく言った。

「どこでご購入されたんですか？」

舞子は尋ねた。

「冴島百貨店です」

「その、ルイ・ラモスというブランド、まだ日本では売ってないんですよ」

舞子が言うと、桜は黙った。

「社長のご自宅に伺ったとき、あなたに寝室の場所を聞いたら、すぐに答えましたよね？　ホームパーティで一度しか行ったことのない人が、寝室の場所を知っているもんですかね？　もしかして、緒方社長とおつきあいされてますか？」

「してるわけないじゃないですか」

　桜は即座に否定した。

「おつきあいされているなら、緒方社長の行方をご存知なんじゃないですか？」

　深山はつきあっていると決めつけて問いかけた。

「変な言いがかりはやめてください！　社長とは絶対になんの関係もありませんし、何も知りません」

　桜は「失礼します」と言って立ち去った。ヒールの音が、静まり返ったフロアに響く。深山は舞子の顔を見て、はあ、と大きく息を吐いた。そして自分も立ち上がり、先に歩いていく。

「え、私？　え――――？」

　舞子は不服そうに声を上げた。

＊

　斑目は夜、佐田のマンションに寄った。

「まだ接見禁止なんですね」

由紀子は大きなため息をついた。

「接見禁止を解除するよう、何度も申請したけど通らない。検察の嫌がらせみたいなもんだよ」

家族に会うと証拠隠滅の可能性があるということで許可が出ないのだ、と、斑目は説明した。

「着替えまでみなさんにお願いしてすみません」

かすみが頭を下げた。

「接見に行くついでだから大丈夫だよ」

「これでパパに感謝する思いが芽生えればいいんだけど……散歩行ってくる。行こう、TT！」

かすみは、斑目の膝の上にいたトウカイテイオーを抱き上げた。

「気をつけて行くのよ」

由紀子が声をかける。

「かすみちゃん、大丈夫？」

斑目はかすみが玄関を出ていくのを確認して、由紀子に尋ねた。

「マスコミであれだけ大きく取り上げられたので……。でも、夫に似たのか気持ちの強い子で。辛くても学校には行き続けています。あの人は決して不正を働くような人ではありませんが、あの態度が今回の事態を招いたんだと思います。どうか、佐田のことをよろしくお願いします」

由紀子は深々と頭を下げた。

「必ず、我々の手で無実を証明する」

大丈夫、と、斑目は約束した。

＊

『島原のランチ』『ポーク鱒定食』『生類憐みの冷麺』『独占禁止フォー』など、相変わらずダジャレメニューの貼り紙が並ぶ『いとこんち』に帰ってきた深山は、いつものように厨房で料理を作っていた。この日はクレープだ。クレープメーカーに薄く生地をのばしていると、加奈子が鼻をひくひくさせた。

「うーんいい匂い」

カウンターには新曲の『ダンシングヒーコー』のＣＤが置いてある。ジャケットの加奈子は赤い肩パッド入りのジャケットに、片手にはコーヒー、もう片方の手には黄色いセンスを持ってバブル時代風のダンスをしている。

「おまえ、花粉症じゃなかったっけ」

坂東が尋ねた。

「昔、原宿で食べたのがすんごいおいしかったのよねえ。あれ、店の名前なんだっけ。クレープトウキョウ？　クレープトキオ？」

「クレープってキャラじゃないけどね……」

おまえはおやきだ、と、坂東が加奈子に言っているのを聞きながら、カウンター席の舞子と明石は後ろのテーブル席を振り返った。テーブル席には常連のアフロヘアの客と、別のテーブルにもう一人のアフロの客がいて、その向かい側にメーテルのコスプレをした女性客がいる。どうやらそのアフロの客は、松本零士のようだ。舞子と明石は背後が気になっていた。

「はい。『フランス風そば粉のクレープ』」

深山は舞子と明石にクレープを差し出した。けれど、加奈子が横から舞子のクレープを奪い取り、さっそくかぶりつく。

「え――――」

舞子は呆気に取られていたが、

「原宿の店と同じ味がするー！」

加奈子はご満悦だ。

「窃盗罪に当たりますよ」

舞子はささやいた。

「あんたにヒロトの料理、食べさせるわけないでしょ」

加奈子は完全に開き直っていた

「ヒロトに性格悪いと思われちゃうよ」

坂東は言った。

「ヒロトは私のこと理解してくれ……」

加奈子はそう言いながらカウンターの深山を見た。

「興味ない」

深山は自分の分のクレープを包みながら言った。

「ほらー」

「馬鹿ね。これが彼のあ……、いよ」

「ポジティブ・シンキング・ガール」

坂東が加奈子に呆れつつも感心している後ろで、常連のアフロの客が「蛾次郎遅せぇなあ」と、呟いている。

「では、いただき松本零士!」

カウンターの中にいた深山はクレープをビールジョッキのように掲げた。

「いやあどうもどうも」

テーブル席から声がした。メーテルの前に座った男性が、ビールジョッキを掲げている。やはり本物の松本零士のようだ。

「……九点」

明石は思わず高得点をつけた。

「お、お腹すきました。ポテトサラダもらってもいいですか?」

舞子が坂東に尋ねた。

「おお、食べな食べな。好きなだけ食べていいよ」

そう言われ、舞子は目の前に置かれた巨大アフロへアポテトサラダを取り、食べ始めた。

「結局、『S』の謎、解けたのかよ?」

明石が深山たちに尋ねた。

「それが、どうやら女性の社員が怪しいんですよね。名前も『笹野桜』で『S』だし」

舞子が答えた。

「笹野桜って、スッゲー『S』入ってんな」

「緒方さんの家のカレンダーにあった第一、第三木曜日は彼女とのデート日か、会う日だと思うんですよね」

「でもさ、会社でも会ってるのに、わざわざデートの日をカレンダーに書くかなあ」

深山は首をかしげた。

「あ。俺、月に二回、料理教室に通ってんだ。でも、その先生が厳しくてさ。その髪切って来いって言うんだよねー。この、ポテサラにもいっぱい入っちゃって」

坂東は言った。

「ポテサラ?」

舞子は手にしていた取り皿をテーブルに放りだし、口を押さえた。

「先生、もうこんなところで!」

そこにまたアシスタントが入ってきた。そして松本零士のカツラを取った。

「あーごめんな」

「八十歳の大誕生会抜け出して何来てるんですか」

「長生きするだけが幸せかどうか、俺にも誰にもわからん」

松本零士は、スマン、と謝りながら、どくろのマークが入ったいつもの黒い帽子をかぶった。

「それ、火星の老人のセリフですよね？　コスプレの人連れてきて何してるんすか？　もう行きますよ」

アシスタントが言うように『銀河鉄道９９９』で火星の老人が鉄郎に語るセリフだ。

「はいはい、わかった。行こう。ごめんなさい」

松本零士は立ち上がり、

「じゃあ悪い。つけといてね」

坂東に言った。飲んでいた銘柄は『永多亜鳴』と『千年譲王』だ。

「最終列車、出ちゃいますよ」

アシスタントが松本零士の肩を押していく。

「最終列車？　これもしかして？」

テーブルを片付けようとした坂東は椅子に置いてあった『地球⇕アンドロメダ　無期限』という９９９の定期券と戦士の銃に気づいた。

「忘れものじゃない、これ？　松本先生、忘れ物です！」

坂東は興奮気味にその二つを手に取り、店を飛び出していった。

「明石さん、笹野さんの自宅に張り込んでもらえる？　緒方社長が現れるかもしれないりと笑った。

静かになった店内で、深山は明石に言った。明石は、「おう！　任せとけ！」とニヤ

から」

＊

翌日、深山と舞子は佐田に会いに行った。

「これなんだよ？」

接見室の佐田は、差し入れのTシャツを着てきたが、実に不服そうだ。

「バッハ？　いや、顔が違う」

舞子が首をかしげた。それは『YTR　YANO・TO・RU』とロゴが入ったTシャツだ。上に羽織っているえんじ色のパーカーも『ルート・ノ・ヤ』と背中に入っている。着替えは中塚が用意しているのだ。

「うちから持ってきてって言ったじゃん」

佐田は文句たらたらだ。

「だってご家族が……」

深山はいちいち泣きまねをする。

「ご家族が何？」

　佐田が顔を曇らせた。

「そんなことより、そのカレンダーがこれです」

　深山は仕切り板越しに携帯の画面を見せた。

「小さい字だなあ、おまえ！」

　老眼の佐田は目を細め、拡大しようとするが、仕切り板越しなのでできない。それを見て舞子はこっそり噴き出した。

「『S』？　月に二回だろ。いや、わかんないよ」

　佐田は言う。

「僕が捕まったときは、中で情報をいろいろ掴んであげたのに。役に立たないなあ」

　深山はバカにしたように佐田を見た。

「こんなところでおまえ！」

　佐田がまた大声を上げた。

「落ち着いてください！」

　舞子は、言い合いを始めそうな二人を止めた。

「このままでは佐田先生の起訴は免れないでしょう。とりあえず佐田先生は何も知らずに騙されていた、ということを主張します」

「騙されていた？　おまえ、だいたいそんな主張してみなさい？　クライアントが不安になって……」

「そんなこと言ってる場合ですか！」

舞子はバンッと目の前のカウンターを叩いた。

「奥さんもかすみちゃんも心配してるんですよ！　今大事なのはプライドを捨ててでも無罪を勝ち取り、二人を安心させてあげることなんじゃないですか？」

舞子の横で「ウウウウ……」と、深山がまた泣きまねを始める。

「ダメ！」

佐田はブルドックのように頬をブルブルさせながら顔を横に振った。

「だってこいつ、バカにしてるよ、人のこと」

「役に立たないプライドだなぁ」

深山は言った。

「逆に、役に立つプライドってなんだよ？」

「逆になんだと思います？」

「言ってみろよ！」

佐田が大声を上げると、

「どうしました？」

また刑務官が様子を見にくる。

「いや、なんでもありま……」

佐田が刑務官に戻ってもらおうとしたが、

「起訴しましょう、起訴」

深山は刑務官に提案する。

「大丈夫です」

舞子がその場をおさめると、刑務官はようやく納得して戻っていく。

「佐田先生？」

舞子は改めて佐田を強い視線で見た。

「佐田先生ほどの人なら、無罪を勝ち取った後にクライアントの信頼を取り戻すことができますよねぇ？」

舞子に言われ、佐田はしばらく考え込んだ。深山は興味津々と言った目で佐田を見た。

「………そ、それは、騙されてたって方向でいくの？」

佐田はチッと舌打ちをした。

「お願いします」

裁判所の刑事第一部で、各裁判官に担当裁判の起訴状が配られた。小島は、自分に配られた起訴状の中に佐田の起訴状が混じっていることに気がついた。

「佐田……これってあの佐田の……？」

思わず声を上げた。

「ええやないか。腕の見せ所やないか。ええ判決せえよ」

川上が席を立ち、小島に励ましの声をかけた。

「はい！　お任せください！」

小島も立ち上がり、緊張の面持ちで頷いた。

＊

数日後、遠藤と小島は岡田に呼ばれ、事務総局の総長室にいた。

「今度の研修会の取り仕切りの件は、君たちに頼んだよ」

岡田が言う。

「でもなぜ事務総長が直々に？」

遠藤が岡田に尋ねた。

「今後研修には力を入れていこうと考えていてね」

そして岡田は小島を見た。

「君が小島くんだったんだね。あ、遠藤くんいいよ。そろそろ法廷だろ、ご苦労様」

岡田がわざとらしく時計を見て言う。

「……はい。失礼します」

遠藤は岡田の思惑を察し、退室した。

「小島くん、この書類、持って行きなさい」

岡田は机の上に置いてあった茶封筒を小島に渡した。

「はい？」

「今後、何かの参考になればいいと思ってね。期待してるよ」

岡田は身を乗り出し、小島に微笑みかけた。

「……ありがとうございます」

小島はふかぶかと頭を下げた。

自席に戻った小島は受け取った書類の封を開け、中身を出した。そこには『【参考事例】顧問弁護士が業務上横領幇助をした事件』という何枚かのプリントがあり『主文被告人を懲役二年に処する。この裁判が確定日から四年間その刑の執行を猶予する』とあるが……。

小島は震える手で、資料をめくった。

＊

そして、第一回公判の日がやってきた。弁護人席には深山と舞子が座り、傍聴席には斑目、藤野、中塚、由紀子の姿がある。佐田はふてぶてしい態度であたりを見回しながら入廷し、弐良を睨みつけた。

「あの顔！」

藤野が小声で言い、両手の人差し指を自分の口角に当てて、笑うよう指示を送ったが、佐田はもちろん従わない。

「着替え。着替えをさ！」

佐田は席に着きながら、小声で傍聴席の由紀子に訴えた。

「印象が悪くなるから！」

藤野は引き続き注意をした。佐田は刑務官に囲まれ、席に着いた。深山がからかうように、佐田を見たところに、小島が入ってきて、全員が起立し、礼をした。

「裁判長、さんざん上申していますが、本件は直ちに公訴を取り下げるべき事案です。被告人に振り込みを指示したとされる首謀者が見つかっておらず、検察官は公訴権を乱用しています」

公判開始後すぐに舞子が立ち上がり、小島に訴えた。

「検察官、ご意見を」

小島は弐良に意見を求めた。

「被告人が有罪である証拠は十分に揃っています。首謀者の供述がなくとも、被告人個人をここで裁くことはできます」

そう言った弐良を、佐田は歯をギリギリ鳴らしながら睨みつけた。

「とのことです。裁判所としては、このまま進行します。よろしいですね」

小島は言った。舞子はムッとしながら、着席する。

「しっかりせえよ！」

佐田は思わず舞子に向かって呟いた。

「ちゃんとして」

由紀子が佐田を注意しようと立ち上がったが、斑目が慌てて座らせた。

『検察側人証取調べ』が始まった。証言台にはオガタテクノロジーの中村が立っている。

「検察官の弐良から質問します。オガタテクノロジーの口座から三百万円を振り込んだ記録が残っていますが、この三百万円は、どなたが振り込んだものですか？」

弐良が質問しているとき、川上が入ってきた。深山が気づき、見ていると、斑目がその視線を追い、川上を見た。

「緒方社長の指示で、私が佐田先生の個人口座に振り込みました。緒方社長は『佐田先生とは話がついているから』と言って、とにかくそうしろと」

中村は答えた。

「確かに社長はそう言ったんですね」

「はい」

中村は弐良に頷いた。不服がある佐田は、腕組みをし、激しく貧乏ゆすりをした。

「子会社設立に被告人が大きく関わっていたというのは本当ですか？」

弐良は、中村の次に証言台に座った大河原に質問した。

「……社長は『佐田先生があれだけ勧めてくださるんだから間違いない』と言っていま

した」

「つまり子会社設立は、むしろ被告人が主導したものであったということですか」

「私には、わかりません。けど、社長は佐田先生のことをすごく信頼していたのは確かです」

大河原は言った。

続いて『被告人質問』が始まった。舞子が、証言台の佐田に質問をする。

「被告人が子会社の設立を手助けしたというのは確かですか?」

質問されると、佐田は片手を挙げて立ち上がった。

「新規事業を始めるのに、子会社を設立するのは普通に行われていることです」

それだけ言って座った佐田に「立たなくていいんですよ~」と、藤野が小声で注意をした。興奮している佐田にはもちろん、届いていない。

「あなたは緒方社長が子会社設立を口実に、お金を持ち逃げするとは思っていなかった。騙されたということはないんですか?」

ついにきたその質問に、佐田は舞子に視線を送った。舞子はしっかりと、頷いた。だが佐田は腕組みをしたまま、黙っていた。そして今度は傍聴人席を見た。藤野たちも、由紀子も、頷いたが……。

「……あなたは騙されたんじゃないんですか？」

舞子はもう一度尋ねた。佐田は片手を挙げた。

「立たなくていいですよー」

藤野は言ったが、佐田は立ち上がった。そして弐良と目を合わせ、チッと舌打ちをした。

「騙されておりません。私はそんなドジは踏みません！」

佐田はきっぱり言って椅子に腰を下ろした。

「え!?」

舞子は思わず目を丸くした。

「被告人質問を終わります」

佐田は勝手にそう言った。

「それは弁護人が……被告人、勝手な……」

小島が言いかけたが、

「あ、ああ大丈夫です！　被告人質問を……終えます！」

舞子は怒りの表情で佐田の方を見て言った。打ち合わせと違うと佐田に目配せするが、佐田は弐良の方を指さしながら口パクで何やら言い返してくる。

「役に立たないプライドだなあ」

深山は椅子を左右に動かしていた。


弐良の質問が始まった。

「あなたは先ほど、騙されていないとおっしゃいましたね？　ということは、やはり、逃げた緒方社長を手助けしていたんですね？」

佐田は弐良が言い終わるのを待てず、食い気味に手を挙げて立ち上がった。

「えー、あなたはちゃんと緒方社長のことは調べたんですね？」

「もちろん調べてます」

「緒方社長の会社、あるいは自宅に行かれましたか？　答えていただかなければ私はあなたの質問には答えられません」

佐田は詰問口調だ。

「……行ってません」

弐良の言葉に佐田は呆れたように、

「会社にも自宅にも行っていない？」

と言いながら、前に出ていった。

「被告人！　被告人はもとに戻りなさい！」

小島が注意をし、刑務官が佐田を連れ戻した。

「やり方はほかにもある！」

弐良は主張した。

「じゃあそのやり方を具体的に提示してください」

だが佐田は言い返した。

「お答えになれない？　緒方社長の身に何かあったらどうするんですか？　何かあったとき、その責任は取れるんですね？」

佐田がまた前に出て行こうとし、止められる。

「被告人！」

小島が再び注意をしかけたが、

「以上、質問を終わります」

佐田は自ら質問を終わらせた。

「私が質問してるんだ！」

弐良が叫び小島が唖然としている中、佐田は弁護人席に戻ろうとした。舞子はこっちじゃない、とばかりに、両手で被告人席を指した。

「わかってんだよ、何年やってると思ってんだ」

佐田はぶつぶつ言いながら戻っていった。法廷内はざわつき、傍聴席の川上も呆れていたが、深山は一人、ニヤついていた。


終了後、斑目が階段を下りてくると、背後から足音が聞こえてきた。立ち止まって振り返ると、川上が下りてきた。川上は斑目の顔を見ることなく、横を通り抜けていった。斑目はその後ろ姿を見つめ、小指で眉を掻いた。

＊

「騙されたのを認めたくないって、どれだけプライド高いのよ!」

刑事事件専門ルームに戻ってきた舞子は、自席で腕組みをし、プリプリ怒っていた。

「どうしようもない被告人だね。実は、今回の件はどうも判決が固まっているという噂なんだ」

会議用テーブルの椅子に座っていた斑目の言葉に、ホワイトボードを見ていた深山が振り返った。

「判決が？」

舞子が身を乗り出した。

「かつて国民が注目していた裁判で、事務総局から参考事例と称した判決文が出回っていたという噂も聞いたことがある。今後の模範となるような判決を出さなければならないと思ったんじゃないかな」

斑目の話を聞いたメンバーたちは驚きの表情を浮かべた。と、そのとき電話が鳴った。

「出ます」

中塚が受話器を取り、斑目は話を続けた。

「今回は検察官、裁判官、双方に思惑はありで、ストーリーは完成されているのかもしれないね。だとしたら、佐田先生はかなり危険な状態だ」

「ま、どの道、やることは一つですよ」

深山は言った。

「深山先生、緒方さんの元奥様が来られているようです」

電話を切った中塚が声をかけた。

「なんで？」

深山は眉根を寄せた。

この日も満里恵は派手な花柄のワンピースを着ていた。思い出したことがあったという満里恵は、真っ赤なコートを脱ぎ、応接室の椅子に腰を下ろして口を開いた。

「実は、半年ほど前に、一度だけ緒方とランチに行く約束をしてたんよ。でもね、断られたんよ。それが病院に行く日や、言うてた。手帳を見たら、それがなんと、『S』がつく第三木曜日だったんよ～」

満里恵は昨年の九月のページを開き、差し出した。深山と舞子は奪い合うように手を出し、結局、深山が奪い取った。ホットヨガや美容針などの美容系の予定が多い中、第三木曜日にはたしかに『十一時半緒方とランチ』とあり、上から二重線で消されている。

「もう、これ見つけたとき、すぐ伝えなきゃ思って飛んできたわーどう？　グッジョブでしょ？」

満里恵は得意げに深山の顔を見た。

＊

深山と佐田はさっそく佐田に会いに行った。ついでに差し入れの服も届けた。『あふろ万来！』と背中にプリントされた黄色いパーカーで、フードがアフロになっている。

佐田はフードをかぶってみた。

「わー、かぶれた！」

深山はアフロヘアになった佐田を見て拍手を送った。

「これなんだよ？」

佐田はすぐにフードをはずした。

「『いとこんち』で売ってるパーカーです」

舞子が答えた。『いとこんち特製アフロパーカー』で、最近売り出したのだが、一万九千八百円もする。

「なんでさあ。うちの嫁が持ってきてくんないの？」

「そんなことより」

深山はこの前と同じ、三月のカレンダーを見せた。

「病院？」

「ええ。おそらく『S』っていうのは通院日だと思います。なんらかの病気を患っていたとしたら、二週間に一度、定期的に通ったとしても不思議ではありません。何か思い当たることはありませんか？」

「ないなぁ」

「でしょうね」

深山はあっさり言うと、リュックの中から、数十枚の用紙を出した。

「だと思って証拠開示請求をして、佐田先生の手帳をコピーさせてもらいました」

「ちょっとおまえ勝手に何やってんだ？　ちょっとちょっとちょっと！」

「これ、銀座に行く日は『G』って書いてあるんですね。ここも、ここも」

深山はコピーを指さしていく。たしかに週に一度の割合でGマークがある。

「何やってるんだよ、ちょっと！」

「クラブのママの名刺がいっぱいありましたよ」

「おまえちょっとやめろ！」

「お忙しそうですね」

舞子が同情と軽蔑が混じったような表情で呟く。

「ちょっと！」

「楽しいなぁ」

深山は資料をめくった。

「楽しくなんかないだろう、全然！」

佐田が声を上げると、

「どうしました？」

また刑務官が顔を出す。

「すいません、大丈夫です」

佐田は手で制し、戻ってもらう。

「ふざけんなよ！」

佐田は深山に向き直った。

「で、奥さんがランチを断られたのは、九月二十一日の第三木曜日だったんです。この手帳を見ると佐田先生は十三時から緒方社長と打ち合わせをしているんです」

「なんでもいいからとにかくそのコピーをこっちに向けて、おまえは見ないで」

深山は自分にも佐田にも見えるように、手帳のコピーをかざした。

「おまえに見せないことがテーマなんだ。おまえは見るなって！　こっちつけろよ、ここに！」

佐田が仕切り板を叩く。

「二十一日だろ……ええと一時から緒方社長と会ってんだよ、緒方社長が用があるからこれ午後になって……」

佐田は記憶を辿った。

「あ！　赤羽だよ！　赤羽で用があるっつってたよ、午前中に」

「やっと役に立ちましたよ」

深山はコピーした資料をしまいながら言った。

「っざけんなよ、おまえ。これはおまえどうすんだ」

佐田は資料の行方を気にしている。

「家に届けますか？」

「ノ――――――！」

佐田は東京拘置所中に響き渡るような声を上げた。

＊

刑事事件専門ルームでは、藤野たちがさっそく赤羽でSのつく病院がないか調べていた。

「深山先生、赤羽にSの病院は見当たりませんねえ」

深山からの電話に出た藤野が言ったところに、

「これですかねえ」

中塚が声をかけた。藤野は「ああ、ちょっと待ってください」と、中塚のパソコンの方に回った。

「あ、もしもし？　アルファベットじゃないんですけど、恵須クリニックっていうのがありました」

＊

恵須クリニックを訪ねて事情を説明すると、緒方は循環器内科にかかっているとのことだった。

「緒方さんは毎月第一と第三木曜日に来院されてたんですが、先月から来てなくて、心配していたんです」

本当は規則で教えてはいけないのだが、命に関わることなので、と前置きをしてから、担当医師が話してくれた。

「重い病気なんですか？」

深山が尋ねると、医師は深刻な表情で深山の方に体を向けた。

「不整脈Ｐ型右室心筋症です。この病気は数万人に一人発症する、日本ではかなり珍しい病気なんです」

会社の経営に関わるので、緒方は周囲の誰にも告げていなかったようだ、と医師は言った。

「普段の生活に支障はないんですか？」

深山は尋ねた。

「きちんと薬を飲んでいれば、大丈夫です。ですが、薬が切れてしまうと、死に至ってしまう可能性が高いんです。先月に渡した薬はとうに切れてるはずなんですよ」

そう簡単に手に入る薬ではないし、危険な状況ではないか、と医師は心配そうに言った。

＊

「緒方社長は亡くなっていると考えられ、なんらかの事件に巻き込まれた可能性があります。裁判を一旦中断してください」

舞子は裁判所の小島の元を訪れ、医師から聞いた話を伝えた。

「そんな話を持ち出して、判決までの時間を稼ごうとしても無駄ですよ」

小島はまったく舞子の話に聞く耳を持たない。

「事件に巻き込まれて亡くなっているとすれば、そもそも横領という罪自体が存在しなくなります。そうなれば佐田先生の幇助は当然、冤罪ということになります。それでも中断できないのは、すでに判決が固まっているからですか?」

舞子は声を荒らげた。

「何言ってるんだっ?」

小島は逆上し、机を叩いて立ち上がった。

「二人とも落ち着け」

そこに、川上が入ってきた。

「川上さん」

舞子も立ち上がった。

「廊下まで丸聞こえやないか」

川上が入ってきて、舞子の前に立った。

「尾崎、なんぼなんでもおまえ、裁判が結審される前に判決が固まってるなんて、そんなことありえへんやないか。我々は上がってきた証拠を元に公平に裁いてる。ただそれだけや」

川上はメガネの奥の暗い目で、じっと舞子を見た。

*

舞子が帰った後、小島は岡田に渡された、例の【参考事例】の資料を川上に差し出した。

「おまえなんでこんなんを受け取っといて俺に黙っといたんや?」

川上は小島を見た。岡田事務総長から直々に渡されたので内密なものなのかと思い、勝手に判断してしまった、と小島は言い訳をした。

「私も内容を確認しました」

同席していた遠藤が言った。

「よくできた判決文だと思います。どこにも穴がないくらい見事に被告人が有罪であることを述べていますし。しかしながら、参考事例となっていますが、そこに書かれている『顧問弁護士』は明らかに佐田のことです。こんなものを担当裁判官に渡すなど、裁判官の職権行使の独立が守られていません」

「事務総長もやりすぎやな」

川上も言った。

「どう対応いたしましょう?」

遠藤は尋ねた。

「なあ、小島。おまえはこれを見て、法廷での判断を変えてへんやろな?」

「……いえ！　変えていません」

「ほんまやろな？」

川上は小島を厳しい目で見ていたかと思うと、ニヤリと笑った。

「ほ……ほん……本当です！」

小島はしどろもどろになりながら、言った。

「わかった。忘れろ。俺もこのことは全部飲み込んどいたる」

「はい！」

「ええ、判決せえよ」

川上はもう一度、笑いかけた。

＊

明石は桜のマンションの隣の公園で、望遠鏡を手にマンションの廊下を見張っていた。

ダンボールハウスを作り、もう何日も張り込んでいる。

「あー腹減ったなあ」

呟いたところに、深山が現れた。

「おでん買ってきたよ」

「あ、深山。ありがとう！」

深山はベンチに腰を下ろし、蓋を開け、明石に渡した。

「では、いただき漫☆画太郎」

「おまえが食べるのかよ！　嘘だろ？」

「うん、普通でおいしい〜」

「どんな味？」

明石はおでんの湯気だけを浴びながら尋ねた。

「で、何か進展は？」

「いや、誰も出てこないし、尋ねても来てないよ。ただ」

「ただ？」

「桜ちゃん、可愛いなあ」

明石はうっとりとした顔で言った。

「本当に誰も来てないの？」

「ま、強いて言えば、クリーニング屋は来てたな」

「何を届けたの？」

「そりゃ見えなかったけどさ」

「店の名前は?」

「たしか、イエス鷹巣クリーニング」

クリーニング屋のユニフォームの背中に書いてあったと、明石は答えた。深山はおでんを食べながら、立ち上がった。

「え、もう行っちゃうの? 寂しいよ、深山。なんか話そう、深山」

「あ、それあげるよ」

そう言われ、明石は手元を見た。そこにあるのはおでんの容器の蓋と割りばしの袋だ。

「いや、中身くれよ、おでんの!」

明石が叫んでいるが、深山は舞子に電話をかけた。

「電話だよ、おい、電話だよ!」

深山は舞子の着信音のマネをして言った。そして電話に出た舞子に、イエス鷹巣クリーニングを調べて、話を聞いてきてほしいと頼んだ。

＊

翌日、深山と舞子はオガタテクノロジーに桜を訪ねてきた。

「やっぱり、あなたは緒方社長とお付き合いされてますよね」

先日と同じ応接スペースで、桜に尋ねた。

「付き合ってません」

桜はきっぱりと否定した。

「緒方社長が失踪した二月二十七日の夜、あなたは……」

舞子が言いかけたが、深山は周りの社員を気にしてシッ、と人さし指を立てた。

「……社長のスーツをクリーニング屋に出しましたよね？」

舞子は声をひそめて尋ねた。

「いいえ」

「おかしいですね」

舞子は昨日、イエス鷹巣クリーニングに行き、桜の写真を見せて尋ねた。すると……。

（二月二十七日ね。たしかにあのマンションに行って、この女性から男性物のスーツを二点、受け取りましたよ）

店員はそう言ったという。舞子はそのときに店員からあずかった伝票の控えを桜に見せた。

「これでもまだ否定するなら、クリーニング屋に、来てもらってもかまいませんよ？」

「やめてください」

桜は舞子を止めた。そして観念したように言った。

「わかりました……。社長とは三ヶ月前からお付き合いさせてもらっています」

「なんで隠してたんですか?」

舞子は桜を軽くにらんだ。

「……社内でバレて、妬まれるのが嫌だったからです」

「なるほど」

深山はうなずく。

「クリーニングは社長に頼まれたんです」

「戻ってこなかったのに、なぜ心配にならなかったんですか?」

舞子は尋ねた。

「社長は時々フラッと出て行って連絡が取れなくなることもあったので」

「ちなみに緒方社長が不整脈P型右室心筋症という重い病気だということはご存知でしたか?」

「え?」

深山はノートを見ながら、病名を読み上げた。

「医師から処方された薬を飲まないと死んでしまうかもしれないそうです」

「……知りませんでした」

　桜の顔色が変わった。

「担当医師の元には薬を取りに行っていない。取りに行けない特別な事情があるんですかね？」

「何が言いたいんですか？」

「もしかしたら、なんらかの事件に巻き込まれて、殺されているのかもしれません。あなた、本当に何も知らないんですか？」

　深山は畳みかけるように尋ねた。

「……私が殺したとでも言いたいんですか？」

「さあ、どうでしょう」

　深山は半笑いの表情を浮かべ、首をかしげた。

「……そんなことを言うなら、自宅に来ていただいて、隅から隅まで見ていただいて構いませんよ」

　桜は立ち上がり、自席に戻っていった。

＊

その夜、深山と舞子は桜のマンションにやってきた。

「どうぞ。この部屋の全てを調べてもらってかまいませんよ」

桜は深山と舞子を招き入れ、リビングのソファに腰を下ろした。

「その必要はありません。ここに何もないことはわかっていますから」

入ってきた深山は言った。

「どういうことですか？」

「あの後の行動をずっと監視させていただきました」

舞子は、カメムシのケースごとあずかってきた携帯を再生し、桜に見せた。

『桜ちゃん可愛いなあ、付き合いたい』

そんな明石の独り言と共に、マンションのゴミ捨て場にゴミ袋を捨て、急いで部屋に戻る桜の姿が映っていた。

「明石、失礼しまーす」

再生が終わると同時に明石が玄関から入ってきた。

「あ、イメージ通りの部屋」

そして、室内を見回して嬉しそうに言う。

「いいから早く」

舞子が急かすと、明石は「ジャーン！」と、ゴミ袋を掲げた。

「早くしてよ」

舞子が冷たく言うと、明石は中からクリーニングの袋に入ったままのスーツを取り出した。

「スーツです。薬です。そして、メガネです」

深山は桜の前に、それらを並べた。桜は目を逸らし、黙り込んでいた。

「なぜ、今になって緒方社長の持ち物を捨てたんですか？」

舞子は桜に尋ねた。

「変な疑いをかけられたくなかったからです」

硬い表情のまま言う桜を見て、明石が小声で「やっぱり可愛いなあ～」と呟いている。

「あなたが殺したんじゃないんですか？」

舞子は断定的な口調で言った。

「私は殺してません！」

桜は顔を上げ、強く否定した。

「じゃ、なぜこのメガネがここにあるんですかね？」

深山はテーブルの上に置いたメガネを手に取った。黄色い縁のメガネだ。

「……メガネがあったらなぜ私が殺したことになるんですか？」

「緒方社長は二つしかメガネを持っていません。黒いメガネと、この黄色いメガネ。ご存知ですよね。社長はメガネなしでは車の運転はできないことを」

深山は説明を続けた。

「失踪した日、黒いメガネは社長室に置かれたままでした。ということは、社長は黄色いメガネをかけて行動していたんです、そして、そのメガネがここにあるということは、銀行に行った後、緒方社長が最後にいた場所はここだったということになります」

「ここには来ていません！　車は自宅に停まっていたじゃないですか？」

桜が抗議したが、舞子がすぐに口を開いた。

「あなたが社長の車を運転して、自宅に持っていったという可能性も十分考えられま……」

「そんなことするわけないじゃないですか！」

これまで無表情だった桜は、感情的になり、声を上げて立ち上がった。

深山は、「本当にここには来てないんですか？」と尋ねた。

「だからそう言ってるじゃないですか⁉」

桜は唇をかみしめた。

「私たちが疑うのは、今までの行動を見ても、あなたが心配しているようには見えないからですよ」

「心配してましたよ！」と言うと、桜は舞子を睨みつけた。

「何度も電話をかけました。でも、何度かけても、呼び出し音が鳴るだけで出なかったんです！」

「ちょっと待ってください。呼び出し音は鳴ったんですか？」

深山はハッとして立ち上がった。

「鳴りました。三日ほどで繋がらなくなりましたけど……」

「緒方社長の携帯電話は……」

舞子は手にしていた携帯電話を桜にかざし、それが明石のカメムシケース入り携帯だと気づいた。「いつまでこれ私に持たせるの」小声でささやきながら明石につき返した。

「持たせてない」

明石はぶつぶつ言っているが、舞子は仕切り直した。

「失踪の翌日、電源が切れた状態で東京駅に捨てられていました。三日間も繋がるなんて考えられません」

その携帯電話は警察が押収し、保管されているはずだ。

「それは彼の仕事用の携帯でしょう？　彼は私専用の携帯を持ち歩いていたんです」

「専用の携帯？　あなたが社長にかけているかどうか、確認させてもらっていいですか」

深山が言うと、桜は携帯を渡した。発信履歴を見ると、二月二十七日から数時間おきに緒方にかけた履歴が残っている。着信履歴を見ると……。

「失踪した日の朝に緒方社長から着信がありますね」

二月二十七日の朝八時三十六分に緒方社長、とある。

「そのときは電話に出られず、留守番電話にメッセージが残っていました」

「それって残っていますか？」

「あ、はい」

頷く桜に、深山は携帯を渡した。桜は操作し、再び深山に渡した。深山は携帯を耳に当ててみる。そしてしばらくメッセージを聞き……。捜査の過程で耳にした様々な証言が頭の中でつながっていく。そして真剣な表情で桜を見た。

「電話をかけても、誰も出んわ……パートⅡ」

深山は指でVサインを作りながら言い、一人、ふきだした。ちなみにパートⅡなのは、以前、深山が斑目法律事務所で働きはじめたときに担当した事件の際に、当時事務所にいた立花彩乃にガード下で言ったギャグと同じだからだ。

「……二点」

明石はとりあえず採点した。深山はテーブルの上に携帯を置くと、メガネを手に取った。

「何を隠そう、メガネには目がねぇ」

深山のギャグを聞き、桜は不安げに舞子を見た。

「たまにあるんです」

舞子はあっさり言った。深山は桜に「ねえねえ」と呼びかけながら、今度は薬の袋を手に取った。

「見ちゃダメ!」

舞子が桜に注意した。

「ねえ、見て」

深山が迫るが、桜は目を逸らした。

「今、クスリとしたよね?」

深山は薬の袋を桜に見せた。

「あ！」

そして今度はスーツをつるしたハンガーを手に取った。

「逃げて逃げて！」

明石が声をかけると、桜は怯えて舞子の後ろに隠れた。

「心がスーッとしたでしょ？」

深山はそう言いながら、舞子たちに近づいていった。

「あー来た来た来た……」

舞子は両手を広げて桜をかばいながら後ずさった。

「去れ！　去れ！　悪霊！」

明石は悪魔祓いでもするかのように、声を上げた。

＊

翌日、深山と舞子は、オガタテクノロジーの社長室にやってきた。そして、社員たちに聞こえないよう、ドアを閉めた。

「お願いがあって来ました」

深山は社長室の中にいる大河原と中村を見た。

「あ、はい」

大河原が不安げな表情を浮かべて深山を見る。

「実は、事件のことについて進展がありまして、緒方社長はすでに殺されているようです」

深山は大テーブルの椅子に腰を下ろした。

「え？」

向かい側に座った中村は声を上げ、口元を押さえた。大河原は眉間に深いしわを寄せている。

「緒方社長を殺害したのは、笹野桜さんの可能性が高いです」

「ええっ、桜ちゃんが？」

「笹野くんが……」

中村と大河原は顔を見合わせ、首を横に振った。

「ただし、それを立証するためには、彼女が隠した緒方さんの遺体を見つけ出さなければなりません」

「実は、緒方社長は、普段使っている携帯とは別に、笹野さんとの連絡用にもうひとつ、秘密の携帯を持っていたそうなんです」

舞子と深山は言った。

「秘密の携帯？」

大河原は深山を見た。

「でも彼女の自宅を捜索したんですが、その携帯は出てきませんでした。おそらく彼女は、緒方社長を殺害し、死体をどこかに隠したんでしょう。その秘密の携帯も一緒に」

「私たちは裁判所に申請し、電話会社を通じて最後に電源が切れた場所を調べてもらうことにしたんです。そうすれば、緒方社長の遺体の隠し場所も特定できるはずなんです」

深山と舞子は、大河原たちに事情を説明した。

「……裁判所にその申請が通るまで、どのくらいかかるんでしょうか」

大河原は言った。

「おそらく、二、三日だと思います。なのでそれまでは、この話は笹野さんには絶対に言わないでください」

「わかりました」

大河原は頷いた。

「お願いします」

深山は念を押した。

＊

その夜――。

「……っ」

「……よいしょ」

とある山中で、二人の男女がスコップを手に、必死で土を掘り起こしていた。

あたりは真っ暗で、照らし出すのは三日月の頼りない明かりと、つけっぱなしにした車のヘッドライトの光ぐらいだ。

やがて、土の中の何かに当たった。二人はスコップを放り、手で土をかき分けた。そこに、ライトが当たり、二人は顔を上げた。

「どうも。大河原さんと中村さんですよね？」

声をかけたのは、深山だ。ライトに照らし出された大河原たちは、わけがわからないといった表情で硬直している。

「何やってるんですか?」

尋ねる深山の背後から、舞子も姿を現す。

「いや……」

大河原は笑顔を作ったが、言葉が続かない。

「それ……緒方社長のスーツですか？」

深山は穴の中に視線を移した。チェックの生地……緒方が七着持っているというスーツの生地が見えている。

「あなたたちに罠を仕掛けたんです。遺体が見つかり、それを警察が調べれば、痕跡から犯人が誰か、すぐにわかってしまう。だから、犯人はその前に必ず遺体を移動させるだろうと踏んだんです」

「どうして、私たちがやったと……」

大河原は尋ねた。

「実は緒方社長は失踪した日、笹野さんの携帯に留守電を残していたんです」

舞子は留守電をスピーカーにして、メッセージを再生した。

「『あ、桜ちゃん、おはよ～。朝、黄色いメガネが見つからなかったから、黒いメガネをかけて出かけた。探しといて』」

「失踪した当日、緒方社長がかけていたのは黒いメガネの方だったんです。そのメガネが社長室にあったということは、緒方社長が最後にいた場所は、笹野さんの部屋ではなく、社長室だったということになります。つまり、緒方社長は銀行から会社に戻り、そこで殺害された。あなたたち二人にね。それは、遺体を調べればすぐにわかることですから」

深山が言い終えると同時に、パトカーのサイレンと赤色灯の光が近づいてきた。大河原は膝から崩れ落ち、地面を叩いた。

「社長が悪いんだ！　私は子会社設立には、反対だったんだ！」

すると中村が寄り添うようにしゃがみこみ、革手袋をはめた手で大河原の背中を撫でた。

「♪眠らない街、もう一度～星屑の微笑みを～熱く熱く届けたい～少年の夢、抱いて～」

中村は三日月を見上げながら、歌を歌った。

＊

「二人は会社の資金繰りが良くない中、新規事業に多額の資金をつぎ込むことに反対しました。もし失敗すれば、自分たちの退職金が払われないことも懸念したそうです」

刑事事件専門ルームに戻った舞子は、事件の概要を説明していた。

「そこで二人は、緒方社長を騙し、お金を引き出させ、現金を持って逃亡したかのように見せかけて、緒方社長を殺害したんです」

犯行当日、銀行から帰った緒方は、紙袋いっぱいの札束を持ち帰った。

(社長、これは先日起こったバグを修正する……)

大河原は相談するふりをしながら、書類を手にした中村と共に緒方に近づいて行った。中村が見せた書類を読むためにメガネをはずした緒方を、背後に回った大河原がロープで首を絞めた。

「でもあのメガネに気づくなんて、さすがです」

藤野が感心したように言った。

「何を隠そう、メガネには目がネエ」

深山はまた一人でふきだしている。

「……なるほど」

さっきまで尊敬のまなざしで深山を見ていた藤野は、短く頷いた。

「佐田先生に三百万振り込んだのも、持ち逃げが計画的だったと思わせるためだったんです」

舞子は説明を終えた。

「佐田先生は裁判制度を批判したことで、検察だけじゃなく、裁判官をも敵に回しちゃったってことか」

明石が言う。

「そのことで裁判所が味方になってくれると思った検察が、これまで目障りだった佐田先生を、ここぞとばかりに陥れようとしたんですね」

藤野の言葉に、中塚も頷いた。

「我々の戦う相手っていうのは、本当に厄介な組織だよ、みんなご苦労さん」

斑目は言った。

「あーあ、帰ってくるのか」

深山はため息をついた。

「嬉しそうだね」

斑目は言った。

「全然」

「そう?」

斑目は笑っている。

「いや、嬉しそうですよ」

「ニヤニヤしてるでしょ」

「嬉しそ」

藤野と明石、中塚も言った。

「全然」

「笑ってんじゃない」

明石が言う。

「え?」

「笑ってんじゃん」

「え?」

「笑ってんだろ!」

深山と明石はいつまでも言い合いをしていた。

＊

川上と岡田は、裁判所の廊下を歩いていた。

「検察も佐田への公訴を取り下げた。勘違いしている弁護士を懲らしめるのにいいチャンスだったんだけどな」

岡田は無念そうだが、検察が上げてきた証拠が覆され、真犯人が見つかってしまった以上、やむを得ない。

「しかし、これで国家賠償請求の訴訟の方もずいぶんと大変になりますわねぇ」

川上は言った。

「うちはルールに則って、訟務検事として優秀な人材を派遣している。奴らの思惑通りにはいかせないよ」

岡田は足を止め、川上を見てニヤリと笑った。

「そうですわな」

川上がうなずき、二人はまた並んで歩きだした。

「しかし、小島くんに渡した判決文は、よくできていたんだけどな」

「いや、いくらええものでも結果が伴わへんかったら、ただの紙切れですわ」

岡田と川上が歩いていくのを、遠藤は無言で見つめていた。

＊

佐田は晴れて東京拘置所から釈放され、門を出てきた。

「あ」

迎えに来た深山が声を上げた。

「手こずりすぎだな」

佐田は深山に近づいてきて、言った。

「被告人の気持ちがよくわかったんじゃないですか？」

「何だって？」

またもや言い合いをしそうになる二人を、

「もういいでしょう」

舞子が制した。

「よくやった」

佐田は舞子に手を差し伸べた。

「よかったです」

舞子も握り返す。

「深山」

佐田は深山にも右手を差し出した。

「ありがとうございました」

深山が佐田に礼を言うよう、促した。

「……ありがとうございました」

佐田が言い、二人は握手を交わした。

「どういたしまして」

深山は微笑んだ。

「パパ！」

タクシーが停まり、由紀子とかすみが厳しい表情を浮かべて歩いてきた。

「いやあの、なんか、謝ってって顔してるけど、別にパパは謝る必要ないからね。なんにもやって……」

そう言いながら歩いていく佐田に、かすみが正面から抱きついた。

「パパ、おかえりなさい」

「あなた、おかえりなさい」

由紀子も佐田の肩に顔をうずめている。

「……なんか泣きそう。泣きそう、泣きそう」

佐田はどうにか涙をこらえている。

「いや、泣かない泣かない……心配かけたな」

佐田は自分に言い聞かせるように言いながら、改めて二人を抱きしめた。

その頃、川上は自席のパソコンでファイルを開いていた。それは『【参考事例】顧問弁護士が業務上横領幇助をした事件』の文書で、作成者は川上憲一郎だ。

「よいしょ」

川上はファイルを削除し、ため息をついた。

＊

「本当にありがとうございました」

由紀子は、タクシーに乗る直前に、深山と舞子に頭を下げた。かすみもだ。深山と舞子ももちろん、笑顔を返す。

「世界一周旅行しないとね」

「パパお願いね」

かすみと由紀子が後部座席に乗り込んでいく。

「お願いねじゃないよ、おまえ。世界一周なんかできるわけないだろ」

そう言いつつも、佐田も嬉しそうに、タクシーに乗り込んでいく。三人が後部座席に並んで乗ると、ドアが閉まった。深山は近づいて行き、助手席のドアを開けた。

「ちょちょちょ、何やってんだ？」

佐田は尋ねた。

深山は、「どこ行くんすか？」と問い返した。

「そりゃうちに帰るんだ」

「あ、同じ方向だ」

「違うじゃん！」

佐田は否定したが、

「定員オーバーだから、ごめんね」

深山は舞子に言い、助手席に乗り込む。

「お先に失礼しまーす」

舞子は歩いていった。

「乗らないで！　ちょっとなんで……可哀相じゃん、あいつ駅がどっちかも……反対の方向行っちゃうやつだよ……」

佐田は窓を開け、歩き出した舞子に声をかけているが、舞子はかまわずに歩いていった。深山は笑顔で運転手に行き先を告げた。

第8話　初めての敗訴!!　功名な罠と葬られた事実

衆院選真っ只中、民政党から立候補した藤堂正彦の選挙事務所に、後援会長の金子源助がふらりと訪ねてきた。

「金子さん、どうなさいましたか?」

選挙も近づきバタバタしているが、この日藤堂は、たまたま事務所にいた。笑顔で金子を迎え入れると、応接スペースへと案内した。

「選挙が近いから、ちょっと打ち合わせができればと思ってね。お、羊羹か?」

金子はお茶を運んでくる藤堂の妻、京子を見て目を細めた。京子が持つ盆の上に載っているのは、有名な和菓子店、水木屋の『ひとと羊羹』だ。

「ニシカワメッキの西川さんからです」

京子は微笑み、応接室のテーブルに四人分の湯呑みを置き、羊羹が乗っている皿を置いた。美しい京子は藤堂の自慢の妻だ。

「ん、うまい」

「うん」

羊羹を口にした金子と藤堂は満足げにうなずきあった。京子と第一秘書の上杉正信も食べたらどうかと藤堂が声をかけ、二人とも立ったまま羊羹を一切れ口にした。

「……ぐううう」

だが羊羹を口にした瞬間、上杉が苦しみだした。

「……うっ」

隣に立っていた京子も、うめき声を上げて床に倒れ込んだ。

「どうした？」

「京子！　京子！」

「奥様！　奥様！」

「おい上杉くん、大丈夫か、おい！」

事務所内は騒然となり、意識を失った二人は救急車で運ばれた。

＊

一か月後――。

「はい、みんな注目！」

佐田が刑事事件専門ルームのホワイトボードの前に立ち、メンバーたちに声をかけた。

「今回の依頼人はニシカワメッキ社長、西川五郎さんだ。現時点で逮捕、起訴されているが、前任の弁護人と折り合いが悪かったため、私に依頼をしてきた」

『羊かん毒物殺人・殺人未遂事件

被告人：西川五郎（53）　職業：社長（ニシカワメッキ）　罪名：殺人・殺人未遂』

と、ホワイトボードに書いてある。

「佐田先生が説明するなんて、珍しいですね」

中塚が小声で隣に立つ藤野たちにこっそり囁いた。

「さすがの勝手おじさんも改心したんだよ」

明石が頷く。

「僕と同じで、家族の大切さに気付いたんじゃないかな」

藤野は目を細め、手にしていたマグカップを見つめた。双子の愛娘が描いたイラスト入りのオリジナルマグカップだ。

「えー、事件の概要は、こうだ」

佐田はホワイトボードに貼ってある藤堂の写真を指した。

『参考人：藤堂正彦（65）　職業：衆議院議員（元文科大臣）』とある。

「元文科大臣の藤堂正彦議員の事務所に、この西川さんから木箱入りの羊羹、これが贈りものとして届けられた」

『水木屋　ひとと羊羹』のラベルが貼られた木箱の写真が貼ってあり『本葉は、被疑者西川五郎が藤堂正彦選挙事務所宛てに郵送した羊羹を撮影したものである』と説明書きがある。

「しかし、この羊羹を食べた第一秘書の上杉正信さんが死亡、藤堂議員の奥さん、京子さんが意識不明の重体となっている」

ホワイトボードには被害者として『上杉正信（58）　職業：公設第一秘書　死因：中毒死』『藤堂京子（54）　職業：無職　結果：意識不明の重体』とあり、それぞれの写真が貼ってある。

「警察の調べによると、送られてきた羊羹は、これは五本入り。現場に残されていた四本の羊羹には、この厚紙に包まれていないこの部分に注射針を刺した痕跡があり、そこから毒物が混入されていた」

貼ってある羊羹の写真は、上半分が竹皮、下半分が『ひとと羊羹』という品名が書いてある箱状の厚紙に入っている。竹皮の部分がアップになった写真では、注射針の跡が付いていることがわかる。佐田は次に、毒物の瓶の写真を指した。

「警察は西川さんを犯人と断定して、殺人、および殺人未遂の罪で逮捕した。殺害に使われた毒物はセトシンというものだ。このセトシンは一般的には入手が非常に困難なものだが、ニシカワメッキではこれを取り扱っている。そして鑑定の結果、羊羹に混入されていたものとニシカワメッキのセトシンの成分が一致した。しかもだ。このニシカワメッキでは西川社長以外に管理場所からセトシンを取り出せる権限のある者はほかにいない。西川社長は普段から藤堂議員の熱烈な支援者だったので、宇宙開発関係の仕事を斡旋してもらえるよう、頭を下げに行ったんだが、藤堂議員にあっさりと断られて二人の関係はぎくしゃくしていた」

佐田が説明し終わった。

「鑑定でセトシンが一致したなら、西川さんの犯行の確率は九十九・九％……」

藤野は徐々にナレーションのような声になっていく。

「誰なんですか？」

明石がツッコミを入れたとき、

「その通り！」

佐田が叫んだ。

「西川社長の無実を証明できる確率は〇・一パーセントもない！ しかし真の弁護人とはなんだ。ん？」

佐田は手にしていたペンで深山を指した。深山は何も言わずに立ち上がり、出かける支度を始めた。

「依頼人の利益を考えることだろ？ 依頼人のためにどんな小さなことでも見逃すなよ、みんな！」

佐田は叫んだ。

「はい」

パラリーガルの三人は頷いた。

「接見に行ってきまーす」

「私も行ってきまーす」

深山はリュックを背負って出ていき、舞子も後に続いた。

「お願いします」

パラリーガルの三人が深山たちに声をかける。

「私も行ってきます！」

佐田は右手を上げ、小走りで二人に続いた。

「さわやか〜」

「佐田先生、別人みたいですね」

明石と中塚の言葉に藤野もうなずき、三人で階段を上っていく佐田の後ろ姿を見送った。

＊

深山たち三人は、接見室で西川と向かい合っていた。白髪頭で小太りの、どこにでもいる人のいい中年男性といった印象だ。西川は大きな目で、真ん中に座る佐田をまっすぐに見つめた。

「私は何もやってません。絶対にです」

「では、生い立ちからお願いします」

深山はいつものようにノートを開き、耳に手を当てた。

「生い立ち？」

「あ……いいんです、どうぞ」

佐田は苦笑いを浮かべながら、西川に言った。

「重要なんで、生い立ちからお願いします」

深山がもう一度言う。

「私も、先日そちら側で自分の生い立ちについて、ずーっと話す機会がありまして、いざ語ってみると、自分の人生に対して、意外な発見があったりします」

佐田は丁寧に説明し、西川を促した。

「発見しましょう、事実を」

深山が声をかけると、西川は半信半疑といった顔をしながらも「はい」と頷いた。

ようやく西川が生い立ちを話し終えたところで深山はノートのページをめくり、休むことなく続けた。

「なるほど。ありがとうございます。では、事件についてお聞きしますね。調書には、あなたが一ヶ月半前に、藤堂議員に陳情に行き、断られた、とありますが、それは合っていますか?」

深山は改めて耳に手を当てた。

「……はい。あのときはつい感情的になってしまって」

西川は一ヶ月半前、藤堂の事務所に行った日のことを思い出し、話し出した。

西川は、事務所の応接スペースで藤堂と向かい合って必死に頼み込んだが、藤堂は取り合ってくれなかった。

（なんでですか！　こんだけ応援してきたのに！）

西川はテーブルを叩いて、立ち上がった。

（お気持ちはわかりますが、口利きなんて無理ですよ）

ご理解ください、と、藤堂は言った。

（もう、けっこうです。これからは応援も協力もしませんからね！）

西川は怒鳴った勢いのまま、事務所を後にした。

＊

「ですが、よく考えたら藤堂先生が言っていることはごもっともで、恨みなんてありませんよ」

西川は反省した様子で言った。

「羊羹を送ったのはその半月後でしたよね？」

「はい。うちの会社は創立記念に毎年恒例で関係各所に記念品と水木屋の羊羹を贈っているんです」

「会社にあるセトシンの保管状況は、どうなってますか？」

「危険な薬品ですので、厳重に管理されています。取り出す権限があるのは社長の私だけで、たとえ1マイクロリットルでも取り出すときは、自動的に記録されて、全てわかるようになっています」

セトシンの保管庫に入るには、カード認証キーが必要なのだ、と言う。

「なるほど」

＊

深山たちは帰りに、ニシカワメッキに立ち寄った。通された応接室には、会社概要のパンフレットが置いてある。

「字が大きくて見やすいなあ」

老眼の佐田は『株式会社ニシカワメッキ　宇宙開発への貢献　宇宙事業へのメッキ加工技術の応用』と書かれている冊子を見ていた。

「お待たせしました」

そこに、作業着姿の従業員が入ってきた。

「こちらが危険薬品の管理記録になります。社長が最後にセトシンを取り出したのは二ヶ月前の一月十日です」

従業員が指す通り、最後の日は『二〇一八／一／十』になっている。

「二ヶ月前？」

深山は従業員を見た。

「警察はそのときに取り出したセトシンを隠し持っていて、今回の事件に使用したと見立てたわけですね」

舞子は言った。

「おかしいよね」

深山は天井を見上げて考えを巡らせた。

「え？」

「だって、ここにあるようにさ。西川さんがセトシンを取り出したのは、二ヶ月前でしょ。藤堂議員と揉めたのは一ヶ月半前。取りだしたのが揉める前だとしたら、そもそもセトシンを隠し持っておく必要がないよね」

「そうですよ。しかもそのとき社長がセトシンを全部使い切ったのを、私もこの目で見てました。でも、警察は従業員の証言だからって信じてもらえなくて……」

従業員が無念そうに言う。

「それは……可哀相でしたね」

佐田は西川と従業員に同情して言った。

「使い切ったのなら、羊羹に混入されていたセトシンは別のものだったってことか」

深山は先ほどからずっと首をひねっている。

「いやでも、鑑定の結果、羊羹に混入されていたセトシンと、この会社にあるセトシンは一致してるんですよ」

舞子が言った。

「うん、だとしたら羊羹に混入されていたものと一致するセトシンが、ほかにも存在するってことになるな……」

深山は考え込んだ。

＊

翌日、深山たちは事務所の応接室である人物を待っていた。ドアが開き、その人物が入ってくると、斑目と佐田、舞子はさっと立ち上がった。深山だけは座ったまま、その白衣姿の男を見てニヤリと笑った。

「お待ちしておりました。こちらは元科研で、今は個人で鑑定をやっている、沢渡先生だ」

斑目が、沢渡法科学研究所の沢渡清志郎（さわたりせいしろう）を紹介した。

「沢渡だ」

白髪交じりのぼさぼさ頭を掻きながら、沢渡は名乗った。いかにも研究者というのか、身だしなみには全く無頓着なようだ。無精ひげは伸び、白衣の下の服はヨレヨレ。足元はサンダルだ。そんな沢渡を見て、舞子は顔をしかめた。深山たちが四人並んでいる向かい側に腰を下ろした沢渡に、佐田が事件の概要などを説明した。

「この私が、幼稚園児でもわかるように詳しく説明してやろう」

白衣のポケットに手を入れながら聞いていた沢渡は、ポケットから手を出した。そのときに中に入っていたレシートのようなクシャクシャの紙を手にしてしまったらしく、苛ついた様子で机に叩きつけた。よくわからない沢渡の行動を、深山は興味深く観察していた。

「そもそも、大抵の毒物は微量の不純物を含んでいる。その組成比まで一致するものは一つしか存在しない。ただし、今の科研の方式ではそれを見落とす可能性がある。私が開発した新しい方式だと、科研の三十倍詳しく成分を割り出すことができる。わかったか？」

沢渡は高圧的な口調でまくし立てた。深山は首を横に振り、ほかの三人は無言だ。

「わかったか？」

もう一度言ったが、深山はニヤニヤしながら沢渡を見つめ、斑目は無表情、佐田と舞子はメモを取る手も止め、ぽかんとしていた。

「……ず」

沢渡はずっこけ、机に突っ伏した。

「……ず、って」

佐田が呟く。

「いいか？　ある工場で……」

沢渡は立ち上がり、ホワイトボードに図を描き始めた。大きな四角形を描き、その中にいくつかの小さな四角形を描いた。

「……オカリナ？」

佐田が首をかしげた。沢渡は振り返り、佐田を睨みつけた。

「あ、工場？」

佐田は頷き、手でどうぞ、と、先を促した。

「同じ三本の薬品を製造したとしよう」

沢渡は工場の横に、三本のフラスコを描く。

「科研の方式だと、これらはすべて、同じものとみなされる」

沢渡は三本のフラスコの下にそれぞれ『A』と書き加える。

「しかしこの私の、この私の新方式だと、それぞれの違いを割り出し、別物と、判別することができる」

今度は赤いマーカーに持ち替え、それぞれの下に『A』『B』『C』と書いた。

「じゃあ羊羹に……」

深山が手を挙げて言うと、

「おい！」

沢渡が遮った。

「発言するときは、はい、と言って手を挙げる！」

あまりに偉そうな態度に部屋中が静まり返った。さすがの深山も一瞬、驚きの表情を浮かべたが、すぐに気を取り直し「はい！」と、元気に手を挙げた。

「はい」

沢渡は教師が生徒を指すように、深山に発言権を与えた。

「じゃあ羊羹に混入されていたセトシンと、ニシカワメッキのセトシンは、本当は別物だった可能性があるってことですか?」

「その通りだ。私に調べてほしければ、セトシンが混入された羊羹を入手してこい!」

「あの……」

舞子がおそるおそる口を開いた。

「おい!」

沢渡が注意しようとすると、

「はい!」

深山が勢いよく手を挙げた。そして隣に座る舞子の方を向き「ほら」と口を動かして、挙手するよう促す。

「……はい」

舞子は仕方なく手を挙げた。

「なぜ科研は、あなたのその、新しい方式を採用していないんですか?」

「それは……採用すると困る人間がいるからだ!」

沢渡は、ホワイトボードの工場の絵が描かれたあたりをバン、と叩いた。

「工場が、ほら……」

一番手前の席に座っていた佐田が、ビクリと体を硬直させながら言う。

「はい」

斑目が静かに手を挙げた。

「はい」

沢渡が発言を許可した。

「たしかにＤＮＡ鑑定のときもそうだったよね。犯人の該当者が十二万人もいるようないいかげんな方式だったのに、新しい鑑定方式を認めようとはしなかった」

「それで大きな冤罪が起きたじゃないか。もう忘れたのか、バカモンが！」

沢渡は大声を上げ、立ち上がった。

「机が、ほら……」

佐田はすっかり怯えていた。

＊

沢渡が帰っていった後、佐田と舞子は並んで階段を上がっていた。

「大丈夫か、あの先生」

佐田は首をひねりながら、舞子に言った。

「斑目先生のご紹介ですから、おそらく……」

「だってさあ、羊羹を入手しろと言ったって検察が自分たちに不利な証拠をこっちに渡すとは思えないよ」

佐田がぶつぶつ言いながら歩いていると、後ろから来た深山が両手で押しのけ、佐田と舞子の真ん中を割って歩いていった。

「痛いなあ、もう……」

佐田は顔をしかめた。

「とにかく申請書を書きます。検察が断ったら、裁判所に鑑定を請求するまでです」

舞子が言ったとき、落合が駆け寄ってきた。

「佐田先生。サンゴ重工に連絡したところ、ニシカワメッキの宇宙関連の特殊技術に大いに興味を示してくれてます！」

落合がうれしそうに報告している。

佐田は舞子の方をちらちらと伺っていた。

「サンゴ重工って、佐田先生が顧問を務める大手機器メーカーですよね？」

舞子は冷ややかな口調で言い、落合はハッと、口を押さえた。と、先ほど通り過ぎた深山も戻ってきた。

「なるほどねー。今度の狙いはニシカワメッキの新技術だったのかー」

深山は後ろ手を組み、佐田の周りをぐるぐる回りだした。

「やっぱ変わってないなあ。変わったとは思ってないですけど、でもやっぱ変わってないなあー」

そして佐田の顔をまじまじと見て、歩き去る。

「なんだおまえ、それ、ちっくしょう、おまえ」

佐田は舌打ちをしながら深山の背中を見送った。

＊

数日後、川上は裁判所の自席で『鑑定請求書』を見ていた。請求したのは『斑目法律事務所・尾崎舞子』。『再鑑定人に関する意見について』の欄には『推薦する再鑑定人沢渡清志郎（沢渡法科学研究所）』だ。

川上は書類を見つめたまま、熱いお茶をすすった。湯気がメガネを曇らせても、川上はじっと動かなかった。

＊

深山は藤堂正彦選挙事務所にやってきて、外観を見ていた。

「こんにちは～」

ドアが開き、青いジャンパーを着た若い男性が出てきた。胸には『民政党』背中には『正々堂々』という文字が入っている。続いて、お揃いのジャンパーを着た数人の選挙スタッフがぞろぞろと出てきて深山を歓迎した。

「どうぞ中の方へ」

スタッフはパンフレットを渡しながら、深山に中に入るよう勧める。

「え、いいんですか？」

「もちろんです」

どうぞ、と言われ、深山は後に続いた。

「支援者の方、いらっしゃいました～！」

最初に深山に声をかけた男性が、事務所内に入るなり大きな声で言った。中にいたスタッフたちも明るく「こんにちは～」と声をかけてくる。

「こんにちは」

深山も笑顔で挨拶を返した。

「私、お茶淹れます！」

女性スタッフがきびきびとパーテーションの向こうに消えていった。

「どうぞこちらに」

スタッフたちに歓迎され、深山は、室内を見回した。『正々堂々向き合います　母を愛するように日本を愛す藤堂正彦』というポスターがあちこちに貼られ、棚には上杉の遺影が飾ってあった。

「こんにちは〜。ようこそ。タイミングよかったですよ。今日は藤堂もいるんですよ」

そこに、顔にはりついたような笑顔を浮かべた中年男性が出てきた。第二秘書の氷室兼次だ。品のいい顔つきで笑顔を浮かべているが、抜け目のなさそうな目が光っている。

「いや〜、どうもどうも、いつもありがとうございます！」

藤堂が右手をさしだしながら、現れた。だが深山は、両手にさっきもらったパンフレットを持ったまま、半笑いの表情を浮かべて立っていた。

「え？」

その様子に違和感を抱いた藤堂が声を上げた。

「え？」

深山は氷室を見た。

「え？」

氷室も深山を見つめ返し、事務所内に妙な空気が流れた。

「あの……どちら様ですか？」

氷室が深山に尋ねた。

「あ、どうも。斑目法律事務所の深山です。ニシカワメッキの西川さんの弁護人です」

深山が名刺を出すと、途端に藤堂の顔から笑顔が消え、険しい表情になった。

「はいはい、どうぞどうぞ」

氷室は態度をひょう変させ、深山の背中を押した。深山はあっという間に外に出された。

「ご苦労さまでした。さあ、どうぞお帰りください」

「通されたのに」

もちろん名刺も受け取ってもらっていない。

「いやいや」

「お話を伺えますか」

「いいからもう帰ってください……帰れよ」

苛ついてきたのか、氷室の口調が乱暴になる。

「あ、どうも」

氷室は周りに支援者たちがいることに気づき、途端に感じのいい口調に戻ったが、深山が振り返ると、シッシッと手で追い払った。

＊

外出していた舞子は事務所に戻る途中、歩きながら佐田に報告の電話をかけた。

「裁判所が再鑑定の実施を決定しました」

「本当？　あれほど検察が反対してたじゃん」

佐田は驚きの反応を示した。

「裁判長は川上さんだったんです。裁判所の職権でセトシンが混入された羊羹を沢渡先生に渡すよう命じてくれたんです」

舞子は弾む声で言った。

＊

その頃、川上は、事務総長室で岡田と向かい合っていた。

「川上くん、弁護側に協力するなんてどういうつもりだ」

岡田は苦い表情を浮かべている。

「お互い納得した状況で、裁判をすべきやと思いましてね」

「科研の方式より、沢渡の方式の方が正しいということになったら、今までの判決の信頼性が大きく揺らぐことになる」

「だったら今回は、雌雄を決するいいチャンスやないですか。司法の信頼を損なうわけにはいきませんからね。ええ判決させてもらいます」

川上はにんまりと笑った。

＊

一週間後、沢渡が斑目法律事務所の応接室にやってきた。

「まずこれが、科研の方式で鑑定したものだ」

沢渡はモニターに、羊羹に混入されたセトシンと、西川の会社のセトシンの成分を分析したグラフを表示した。折れ線グラフで大きな山が三つあり、その三つの山の間に小さな山がいくつかある。

「赤色が羊羹に混入されてたセトシンを分析したもので、青色がニシカワメッキが所有していたセトシンを分析したものだ。これらを重ねると……一致する」

沢渡がパソコンを操作すると、赤と青、二つのグラフがぴったり重なった。

「これを、私が開発した新方式で鑑定するとこうだ」

沢渡は、自分が鑑定した方式で分析したグラフを出した。そこには先ほどと同じように赤と青が重なったグラフが表示されている。ほとんど一致しているように見える。

「ここ、この部分を拡大するぞ」

沢渡は二つ目と三つ目の山の間の一部分を拡大した。そして「へっ」と得意そうに笑い、言った。

「この二つには大きな差があることがわかる」

たしかに、その部分を見ると、成分ごとに大きな差が出ていることがわかる。

「ということは！」

舞子が声を上げたが「『はい』は？」深山がすかさず言った。舞子は深山を睨みながら「はい」と、嫌々手を挙げた。

「はい」

沢渡が舞子を指した。

「ということは、羊羹に混入されていたセトシンと、西川さんが所有していたセトシンは別のものということが証明できるってことですね」

「正解だ」

沢渡はうなずいた。

「よし！」

佐田が手を叩いた。

「『はい』は？」

深山がすかさず注意した。

「それもいるの？」

佐田は文句を言いつつも「はい」と手を挙げてから「よし！」とガッツポーズをした。でもすぐに首をかしげ「いらないだろ！」と深山に文句を言った。

「そこ！ 聞いて驚くな。もう一つ、面白いことがわかった」

沢渡は佐田を注意してから身を乗り出した。

「なんでそんな近づく……」

佐田はモゴモゴ言ったが、沢渡はパソコンを操作して新しい画面を出した。『二年前の毒殺事件の毒物成分』という緑色のグラフだ。

「これは二年前に私が科研にいたとき、島根県で起きた毒殺事件の毒物を新方式で分析したものだ。これを……これに、これが？」

沢渡はどの助詞を使うべきか迷っていたが、すぐに決まったようで、

「これを！　羊羹に混入されていたセトシンのグラフと重ねると……」

と、パソコンを操作した。

「はい！」

深山が手を挙げた。

「はい」

「一致します！」

「正解だ！」

「はい！」

今度は舞子が手を挙げると、沢渡が「はい」と発言を許可する。

「でも、なぜ二年前の毒物が今回の事件に？」

舞子の質問に、応接室に沈黙が走った。

「深山、尾崎！」

佐田が口を開いた。

「はい！　は？」

深山が注意する。

「それいらないでしょ、今」

佐田はぶつぶつ言いながら「はい!」と手を挙げた。

「深山、尾崎、今すぐ……」

「行ってきます」

深山は立ち上がった。

「わかってるんだったらいう必要ないじゃねーか。どこ行くかわかってんの、おまえ」

「島根でしょ」

深山はそう言いながら部屋を出ていき、舞子も続いた。

＊

深山と舞子は島根県の工場街を歩いていた。

「二年前の事件の犯人である鹿島さんは、自身が働いていたこの工場でセトシンを盗み出し、友人を殺害しています」

舞子は資料のファイルを開き、平塚冶金の工場を地図で確認しながら言った。

「なるほど」

深山は頷いた。

平塚冶金に到着し、話を聞きたいと申し込むと、社長室に通された。舞子は椅子に座っていたが、深山は落ち着きなく部屋の中を歩き回った。壁には『冶金はするけど夜勤はしない』と深山が好きそうなダジャレの標語が貼ってあったがそれはスルーし、社長の机の上にある写真立てをのぞきこんだ。車椅子に乗った着物姿の男性が写っている。髪の毛は真っ白だが、背筋はピンと伸びていて、威厳がある。

「いや、お待たせしました」

社長の平塚頼長（ひらつかよりなが）が、自分でお茶を運びながら現れた。まるで歴史上の人物のような、立派な口ひげを蓄えている。

「どうも」

深山は舞子の隣に腰を下ろした。平塚は二人にお茶と、山陰銘菓のどじょう掬い饅頭を出し、向かい側に座った。舞子は今日ここを訪ねた理由を説明した。

「あの事件のときは管理が甘かったけ、セトシンを盗まれたんだと叩かれまして。じゃけぇ……」

「じゃけ？」

耳に手を当てていた深山は目を輝かせた。

「じゃけぇ、その後管理を厳重にするように改善したので、今は誰にも盗むことはできませんよ」

「あ、ちなみに二年前の事件のときに使用されたセトシンはその後どうなりました?」

「あれは全部、警察が持って行って、残っていません」

「……瓶ごと全部ですか?」

舞子は確認した。

「はい」

平塚は短く返事をして、あてつけがましく腕時計を見ると、立ち上がった。

「もういいですか? 失礼します」

「あ、すいません」

深山は部屋を出て行こうとしている平塚に声をかけた。

「なんですか?」

「これ、もらって帰ってもいいですか?」

深山はどじょう掬い饅頭を手に取った。ほっかむりをしたひょっとこの顔の形をしている。

「……構いませんけど」

「ありがとうございます」

「では、私はこれで」

「あ、すみません」

「何？」

平塚はうんざりした顔で振り返る。

「平塚さんは、元文科大臣の藤堂正彦さんをご存知ですか？」

「藤堂？」

「一ヶ月半前、毒物が混入された羊羹を送られた代議士です」

深山が尋ねると、一瞬平塚は目を泳がせた。

「……あ、ああ。いや、面識はないの」

だが笑いながら否定し、「では」と、部屋を出ていった。

「うん、普通でおいしい」

どじょう掬い饅頭を食べた深山が言うと、隣で資料を見ていた舞子が「うーん」と首をかしげた。

「やっぱりあの人は嘘をついてますね。当時の捜査記録によると、犯人の鹿島さんは、瓶に入ったセトシンを少量、別の容器に移し替えて盗み出し、それを使用した、と供述しています。警察はその移し替えた容器だけを押収して、元々の入っていた瓶は押収していません」

舞子は言った。

「と、いうことは、二年前の事件で使用されたセトシンの残りは、まだ平塚さんが持っている？」

「可能性はありますね」

「さっき、藤堂議員の名前を出したとき、なんか変だったしね」

「まさか、平塚さんが犯人？」

「平塚さんは藤堂議員を恨んでたのか？」

深山と舞子は、新たな疑問を抱いた。

＊

二人は島根から帰ってきた。

『参考人：平塚頼長　職業：社長（平塚冶金工場）　供述：殺害に使われたセトシンは警察が全部持って行った↓証言に矛盾あり』

刑事事件専門ルームのホワイトボードに、新たな疑問点が書き足された。

「かわいい～」

中塚は、おみやげの饅頭を見て顔をほころばせている。

「どじょう掬い饅頭！」

明石はなぜか大声を上げて盛り上がり、

「こんなのあるんだ？」

藤野も興味深そうにのぞき込んでいる。

「藤堂議員と平塚さんの接点が見つかったぞ」

そこに佐田が入ってきて、大テーブルに、平塚冶金工場の売上高推移が記された書類と、藤堂が主催する懇親会や政治資金パーティの写真を置いた。深山と舞子も立ち上がり、のぞきこむ。

「恨みがあるどころか、藤堂議員は平塚さんの大恩人だった。このグラフ見てみろ、これ」

平塚冶金工場の売上高のグラフだが、二年前の売上高が急激に落ち込んでいる。

「二年前の事件で、平塚さんの会社は倒産寸前にまで追い込まれているにもかかわらず、その翌年にはV字回復しているんだ。これ実はこの年、文科省が統轄する重要文化財の修復、管理の仕事を一手に受注しだしているんだ。この年の文科大臣は誰だ」

佐田が隣にいた明石を指した。明石は思わず自分を指したが、

「藤堂議員だ。おまえなわけないだろ」

佐田がホワイトボードの藤堂の写真を指して言った。

「藤堂議員が口利きをした?」

中塚は佐田を見た。

「おそらくな」

「二人はどういう関係なんでしょう」

舞子が尋ねた。

「それがな。いろいろ調べたんだが決定的な証拠が何ひとつ見つかってない。関係性がわからないんだ」

佐田は資料と一緒に持ってきたスナップ写真をめくっていく。その横から深山も手を出し、写真を見始めた。

「藤堂議員が主催する懇親会や政治資金のパーティの写真を持ってきたんだけど、ここにも平塚さんは全然写ってない。中塚くん、藤堂議員のこと、あれで調べて。ちょっと、これで」

佐田はキーボードを打つジェスチャーをした。

「手が震えてる？」

藤野が言う。

「違う！」

「ピアノ？」

中塚が尋ねる。

「違う！　あの……パソコンだ、パソコン。藤堂議員、島根の平塚さんでちょっと調べて。なんか出んだろ、なんか」

佐田は検索ワードを口にした。

と、佐田が持ってきたスナップ写真を見ていた深山が手を止めた。パーティで支援者と談笑する藤堂の背後に、車椅子に乗った白髪の男性が写っている。さらに見ていくと、その車椅子の男性を中心に、両隣に藤堂と京子が立っている写真も出てきた。あの、平塚の机の上にあった写真の男性だ。深山は佐田の肩を小突いた。

「この、藤堂議員の隣にいる、この人、誰ですか？」

「藤堂議員の父親だよ。大手建設会社の会長で、でも五年前にもう亡くなってる」

「平塚さんの机の上にこの人の写真がありましたよ」

深山は言った。

「マジで？」

佐田が目を見開いた。

「じゃ、島根に行ってきます」

深山はさっそく自席に戻ってリュックを背負った。

「帰ってきたばっかりなのに？」

舞子は声を上げたが、

「行ってこい、ゴー！」

佐田は深山についていくよう指で示した。舞子はコートと鞄を手に、深山を追いかけた。コートに腕を通しながら歩いている深山に廊下で追いついたとき、携帯が鳴った。

「あ」

深山は立ち止まり、スーツの内ポケットから携帯を取り出した。

「はい？」

「あ、もしもし、清水だけど」

「ミミズ？」

「いや、清水だよ。『週刊ダウノ』の清水」

「週刊ダウ……ああ、清水さん」

「あのさ、今、藤堂の事件の被告人の弁護を担当してるんだって？」

「ええ、まあ」

「実はさ、事件で亡くなった第一秘書の上杉が、藤堂のスキャンダルを、俺の知り合いの記者に告発しようとしていたらしいんだよ」

清水は興奮気味に、だが声を潜めて言った。

「スキャンダル？」

深山の声を聞いた舞子が足を止めた。

「なあ。なんか知らないか？」

「いえ、知りません」

深山はあっさりと電話を切った。

「どうしたんですか？」

舞子が尋ねると、深山は口を開けたまま数秒静止した。

「ちょっと、調べものができたから、島根は君に任せるよ」

そしてそう言い、踵を返した。

「え、行くって言ったばっかりなのに？」

舞子は叫んだが、もう深山の姿はなかった。

＊

深山は明石を連れ、上杉が住んでいたマンションにやってきた。明石が管理人の女性に上杉の部屋を見せてもらえないかと尋ねると……。

「何もない？」

明石は声を上げた。

「ええ。上杉さんは独り身で、身寄りもなかったんでね。あ、今、遺品整理会社に荷物を全部引き取ってもらってるの」

「……もしかして、あれですか？」

深山は振り返り、駐車場から出ていく『ゴーゴーヘブン』と社名の入ったライトバンを指す。

「あーあれあれ」

管理人が頷くと、深山は明石を指さした。

「明石、行きまーす！　トウ！　トトトトト、トウ！　待て――」

明石はマンション前の階段を駆け下り、ライトバンを追っていった。

*

夜、深山と明石は刑事事件専門ルームに戻ってきた。

「戻りました」

深山はまだ残っていたみんなに声をかけた。

「おかえりなさい。選挙特番、やってますよ」

藤野がテレビを指した。まだ途中だが、藤堂が所属している民政党が圧勝の様子だ。

「おいちょっと、島根は？　島根行ったんじゃないの？」

佐田が立ち上がり、深山に尋ねた。

「まあいろいろあって」

「いろいろって……。尾崎は？」

「そんなことよりこれ見てください」

深山は手にしていた茶封筒の中から出したものを、テーブルに置いた。

「俺の頑張りの結晶ですよ！」

明石は佐田に得意げに言った。

「藤堂議員が不倫している証拠の写真と告発文です。上杉さんはこれを週刊誌に送ろうとしていました」

深山はファイルを見せた。

『藤堂正彦議員の不倫スキャンダルについて　私は平成二十年四月より衆議院議員藤堂正彦の公設第一秘書をしております。この度は藤堂の不貞行為を告発いたします。藤堂は平成二十七年十一月ごろから銀座にあるクラブ予詩のママであるゆう実さんと愛人関係にあります。世間では妻の京子夫人と仲睦まじいおしどり夫婦で知られていますが……』という―内容の告発文だ。それと一緒に、藤堂が着物姿の女性とクラブのソファで仲睦まじく写っている写真や、二人がホテルから出てくる写真が何枚も入っている。

佐田はその写真を撮りだし、食い入るように見ていた。

「絶世の美魔女でしょ」

明石が佐田にささやいた。

「これ、ゆう実ママだよ。ゆう実、ゆう実」

佐田は興奮気味に言った。

「ゆう実ママ？　知ってるんですか？」

「……いや、知らない知らない。誰かなあ」

佐田は急にとぼけはじめた。

「さすが、クラブのママには強いんですねー」

深山は感心して言った。

「うるさいな。ゆう実は銀座でも有名な美人でやり手でコレのママなんだよ」

佐田は自分の腕をポンポンと叩いた。

「告発文によると……」

深山は佐田の話は聞かず、話しだした。

「上杉さんは、ずっと支えてきた奥さんのことを裏切り続けている藤堂議員が許せなかったそうです」

「つまりそのまとめると、藤堂議員には自分のことを告発しようとした上杉第一秘書と、愛人との関係で邪魔になった奥さんとを殺す動機があったということだな」

佐田は言った。

「そういうことですね」

「くっそー。許せねえな」

佐田が藤堂とゆう実ママが写る写真をテーブルに投げ置いたとき、ヒヒーン！と、携帯が着信した。

「あ、尾崎だよ」

「スピーカーにしてください」

深山は言った。

「スピーカーか」

わかったように言いながらも、佐田は「もしもし」と、携帯を耳に当てた。

「いやいやスピーカーにしてください」

今度は藤野に言われ、

「スピーカー？ どうすんの」

佐田は藤野に携帯を渡した。だが藤野も手こずり、中塚に携帯の画面を見せた。中塚がさっと画面を操作すると「もしもし」と、ようやく舞子の声が聞こえた。

「もしもし？ どうした？」

せっかくスピーカーになっているのに、佐田は携帯に口を近づけて尋ねた。

「平塚さんは藤堂議員のお父さんと、不倫相手との間に生まれた子どもでした」

「え――――」

佐田もみんなも、思わず声を上げた。

「秘密にしていたようですが、近所にはけっこう知られていたようです」

「ということは、藤堂議員と平塚さんとは異母兄弟ってこと？」

佐田が叫ぶと、中塚はさっそくホワイトボードの藤堂と平塚の写真を隣に並べ『異母兄弟』と書き込んだ。

「おまえすっげー情報取ってきた、よくやった！　すぐ帰ってきて！」

佐田はすっかり興奮していた。

「え？」

「それよりな、ここに深山がいるんだけど、なんで島根に……」

佐田が尋ねようとしていたが、深山は手をのばして通話を切った。

「何やってんだよ、おまえ勝手によ」

佐田は深山に文句を言った。

「これでつながりましたね」

深山はホワイトボードを見て言った。

「こっち切れちゃったじゃん」

佐田はまだブツブツ言っている。

「藤堂議員には上杉さんと奥さんを殺す動機があった。そして異母兄弟で、藤堂議員に恩義のある平塚さんは二年前の事件で使われたセトシンの残りを、藤堂議員に渡した」

「電源切ってんじゃゃん、これ」

佐田は深山の横で、携帯の操作に手間取っている。

「そのセトシンを藤堂議員は事務所に届いた羊羹に注入したってことですよね」

深山は羊羹の写真を見ながら言った。

「よし。明日の朝一で藤堂議員の事務所に行くぞ」

佐田もようやくホワイトボードに目を向けた。

「あ、藤堂さん、当選ですって」

藤野の声に、みんなはテレビを見た。ちょうどニュースで藤堂が当選の挨拶をしている。

『みなさんのおかげで、七期目の当選を果たすことができました！　本当にありがとうございました！　今後ともどうぞ、正々堂々、藤堂正彦をよろしくお願いします！』

藤堂の横には金子と、上杉の遺影を手にした氷室が映っている。

「何が正々堂々だよ」

佐田はチキショーと舌打ちをしながら、もう一度、藤堂とゆう実ママの写真を手に取った。そして憎々し気に、藤堂の顔を指で引っぱたいた。

『万歳！　万歳！』

テレビで、藤堂が涙を流しながら万歳を繰り返しているのを、深山は耳たぶに触れながらじっと見ていた。

＊

翌日、深山と佐田、そして島根から朝一の便で帰ってきた舞子は、藤堂正彦選挙事務所に入っていった。

「失礼いたします。あ、先生、ご当選おめでとうございます」

佐田が極めて腰の低い態度で入っていき、奥のソファにいた藤堂に頭を下げた。

「なんですか、あなた、また来たんですか？」

氷室が深山に気づき、慌てて出てきた。

「また来ました」

深山はあっけらかんと答えた。

「氷室くん、この人たちは誰だい？」

藤堂が氷室に尋ねた。ソファで藤堂と話していた金子も立ち上がり、深山たちを見た。

「ええ、わたくし斑目法律事務所の佐田篤弘と申します。はじめまして、先生」

佐田は恭しく名刺を差し出した。

「ああ、あの佐田先生ですか……。九十九％、有罪といわれた被告人を次々と無罪にしてきたという。お噂はかねがね……」

藤堂がにこやかに名刺を受け取った。佐田の後ろで深山も名刺を出していたが、誰も深山のことなど見ていない。その隣にいる舞子のことも、もちろん目に入っていない。

「正確には九十九……てん九％でございます」

佐田はとくに小数点を強調して言った。

「で、その佐田先生がなんの御用ですか？」

藤堂は真顔になって尋ねた。

「ええ、ちょっと確かめさせていただきたいことがありまして」

「……では、こちらにどうぞ」

藤堂がソファを指した。

「ありがとうございます」

佐田が腰を下ろし、深山と舞子も隣に座った。藤堂は向かい側に、そして金子もその隣に腰を下ろした。

「僕たちの調べでは、羊羹にセトシンが混入されたのは、こちらの事務所に届いた後の可能性が出てきたんです」

深山はなんの前置きもせずに切り出した。

「何言ってるんですか！」

藤堂の横に立っていた氷室が声を上げた。

「ほう。では、私たちの中に犯人がいるということですか？」

藤堂は苦笑いを浮かべた。

「いやいや、そこまでは申し上げておりませんが、当時の状況を確かめさせていただきたいんです」

佐田が言い、深山はノートを広げた。

「警察でもないのに、協力する必要はないでしょう」

藤堂はにこやかに言った。

「正々堂々を掲げてご当選されたのに、その看板に偽りありということですか？　もしやましいことを何もされていないのなら、お答えいただいてもよろしいんじゃないでしょうか」

佐田がわざと挑発するような口調で言うと、藤堂はムッとしながらも口を開いた。

「いいでしょう。でも、あなたたちは九十九……テン九％とおっしゃいましたが、私は一〇〇％やってないと言いきれますよ」

藤堂も先ほどの佐田の言い方を真似して言う。

「それは、お話を伺ってから判断させていただきたいと思っています」

佐田の言葉に、藤堂はン、ン、と咳払いをした。

「では、羊羹が届いたのはいつですか?」

深山は耳に手を当てた。

「事件当日です。宅配業者から氷室が直接受け取りました。そうだよな?」

「あ、はい」

氷室は頷いた。

「それは何時ですか?」

深山は氷室に尋ねた。

「ああ……十三時頃だと思います。私が受け取って箱を開けて、その事務スペースのテーブルの上に置きました。

「事務スペースというのは?」

佐田は事務所内を見回した。

「このパーテーションで区切られたその向こう側です」

「あ、ここか。なるほど」

深山はパーテーションの上から顔を出してのぞいてみた。事務机を並べた横に丸テーブルがあり、羊羹はここに置かれたということだ。

「羊羹が届いてから事件が起きるまでの約二時間、羊羹には誰か触れましたか？」

深山は戻ってきて、氷室に尋ねた。

「いいや、触れていません。羊羹が届いて、その羊羹の箱を開けるまで、私とアルバイトがずっとそこに一緒にいましたから」

「では、そのアルバイトの方も呼んでもらってもいいですか？」

深山が言うと、氷室がアルバイトの男性スタッフと女性スタッフを呼んだ。二人とも学生アルバイトだ。

「僕たちはここでチラシの整理をしていました」

男性スタッフが言う。

「ここで？　羊羹が届いてから、この事務スペースに出入りした人はいますか？」

「あ、私たちは藤堂代議士が来て、ちょっとだけ表に出ました」

女性スタッフが言った。

「というのは？」

深山は尋ねた。

「ああ、私が事務所に戻ってきたとき、表のポスターが剥がれていたんです」

藤堂が（すまないが表のポスターを直してきてくれないか）と頼んだという。

「何分で戻ってきたか、覚えていますか？」

深山がスタッフに尋ねると、

「三十秒ぐらいだったよな？」

男性スタッフが女性スタッフにたしかめた。

「三十秒？」

尋ねる深山に、

「それぐらいだったと思います」

女性スタッフがうなずいた。

「なるほど。ちなみに藤堂さんは、ここには何をしに来たんですか？」

「私はこの、鍵のかかったロッカーの中に入っている支援者名簿を取りにきました」

「その間、氷室さんは？」

「私はあの、ここでずっと作業をしていました」

氷室は、自分の机を指して言った。

「それで？」

深山は藤堂を促した。

「ええ、私はこちらの机で、支援者に電話をしていました」

パーテーションを隔てた、出入り口から入ってすぐの机だ。

「そのあとは？」

「一時間ほどして、奥さまと上杉さんが戻られて……」

氷室が当日のことを思い出しながら続けた。

（あら、水木屋の羊羹？　ということはあの方からね）

京子はコートを脱ぎ、ハンガーにかけながら言った。

（ええ、ニシカワメッキの西川社長からです）

氷室が答えた。

（せっかくだから、いただきましょうか？　上杉さん、藤堂に声をかけてきていただける？）

（わかりました）

そして、上杉が藤堂を呼びに行ったのだという。

「羊羹を箱から取り出したのは？」

深山は羊羹が置かれていたという丸テーブルを見ながら尋ねた。

「奥さまです。奥さまから一本渡されて……私がその羊羹を四等分に切り分けて、奥さまが向こうの応接セットに運びました」

「そのとき、後援会長の金子さんが急にいらしたんです」

藤堂が金子を見た。

「食べる直前に来た、ってことで間違いないですか？」

「間違いない」

金子は選挙情勢についての打ち合わせをしようと、顔を出したという。

「そのあと、みんなで羊羹を食べました」

藤堂が言った。

「私は、金子さんがいらっしゃったので、食べませんでした」

氷室が遠慮しつつ言い添えた。

「羊羹を最初に取ったのは誰ですか？」

「私だ」

金子が言った。

（金子さんからどうぞ、お好きなところを）

藤堂に言われ、

（じゃあこれを）

金子は自分から見て一番左側の羊羹を指したので、藤堂が京子から爪楊枝を受け取り、羊羹に刺した。

「そして次に私が取り、その後、京子、上杉と取って、食べたら、倒れたんです」

「つまり、誰かが意図的に配ったのではなくて、それぞれが自分の意志で選んだということですか？」

佐田が藤堂に尋ねた。

「その通りです」

藤堂は深く頷いた。

「ですから、私たちの中の誰かが、毒を入れるなんてことは、九十九……」

そこで言葉を切り、佐田が言ったように小数点を強調しながら続けた。「テン九％……いや、一〇〇％不可能です」

＊

夜、深山は『いとこんち』に帰ってきた。

『いとこんちいつのまにやら7周年』のポスターが貼ってあり『7周年記念サービスメニュー』として

『東方見聞六条豆腐』
『北菜の浮世漬け』
『もり貝の酒蒸し』
『九種の野菜サラダ幸村』
『州浜草のサラダ十勇士』
『台風ラーメンサラダ丸』
『湾内海老のフビライ飯』
『世間知らずの将軍定食』
『界・鯛・山椒の玄パクチーサラダ』
『中大兄のオージービーフ』
『近藤のいさみ揚げ』
『いわし乗せ伊京都革麺』
『未熟ミカンのゼリー来航』
『来襲! 蒙古飯』
『にんじんの乱』
『笑類憐みの冷麺』

『えれきテールスープと平賀玄米ご飯』

『るーずべるとのニューディール政桜餅』

『よしむね享保の改角煮丼』

『うに・いくらの西郷丼』

『にほんショキショキサラダ』

相変わらず、ダジャレメニューがずらりと書き並べてある。

カウンターの上には加奈子の新曲『ずっとアナゴが好きだった』が積んであった。写真は、メガネをかけ、着物を着た加奈子が木馬に乗っているものだ。加奈子が生まれた頃に大人気だった嫁姑ドラマで、マザコン夫が、幼い頃に愛用していた木馬に乗っていたワンシーンを模したのだろう。

厨房の深山は、調味料をかき混ぜながら考えていた。

藤堂議員はセトシンを入手することもできたし、動機もあった。だけど、羊羹に注射針でセトシンを注入するとしたら、最低でも、三、四分はかかる。そんな時間はなかったはず。それに、それぞれが羊羹を自分の意志で選んだということは、特定の人物を狙うことは不可能だった……。

考えはまとまらないまま、肉豆腐が完成した。

「はい、チゲ風すき焼き肉豆腐」

深山はカウンターで待つ明石の前に鉢を置いた。

「うまそ～」

「おいしそ～」

明石と加奈子が声を上げた。

「いただきまーす！」

明石が食べようとすると、加奈子が鉢を横取りして食べようとした。でもそこに携帯が着信した。加奈子は悔しそうに鉢を置いて電話に出る。

「こんなときに……もしもし？　はい……え？　アナゴが？　木馬に？　冬彦さんね！」

加奈子は自分のＣＤを手に取り、店の外に飛び出していった。

「今のうちに……」

明石は食べ始めた。

「なんじゃ、こりゃ～～～～！　うまい！」

あまりのおいしさに、明石は絶叫した。

「うまいだろ」

坂東がなぜか自分が作ったかのように自慢する。と、洗い物をしていた深山の携帯も着信した。

「あの、電話です。電話なんですけども……」

舞子からだったので、深山は舞子の着信音のマネをしながら出た。

「一緒にやりますか、腹話術?」

舞子の声が返ってきた。

「絶対やんないでしょ」

深山は普通の声に戻って言った。

「で、何?」

「あ、藤堂議員の奥さんが目を覚ましたそうです」

「へえ。じゃあ明日の朝一、話を聞きにいくよ」

「意識を取り戻したばかりなので、集中治療室にいるそうです。今行っても会えないので、回復状況がわかり次第、すぐ連絡します」

「うん、わかった」

深山が携帯を切ったとき、カウンター席にぬっと新顔の客が顔を出した。

「うわあ!」

明石が声を上げた。

「びっくりしたー。いつのまに来た?」

坂東が尋ねる。

「今。ひょっこりと」

アフロのかつらを取り、前髪を切りそろえたサラサラ髪を揺らしながら、ひょっこり顔をのぞかせる。

「おお、これはひょっこりだ」

坂東は笑った。

「うわ、これむちゃくちゃおいしそうじゃないですか。僕ももらっていいですか?」

「ああいいよ、喜んで! チゲ風すき焼き肉豆腐一丁!」

坂東は深山に、客の注文を通した。

「自分でやればいいじゃん」

「おまえが作った方が普通以上においしくなるんだよ!」

そう言われ、深山は仕方なくまた肉豆腐を作り始めた。新規の客は割りばしの袋からひょっこりと顔を出す芸を坂東に見せている。

「おお、いいひょっこり出たねえ」

坂東はすっかり楽しんでいた。

「んん〜」

加奈子が下唇を突き出し、うなり声を発しながらドアを開けて戻ってきた。

「なんだそれ。なんだその唇」

坂東が尋ねたが加奈子は答えず、カウンターに直行した。

「うわ！　私の肉豆腐が——」

と、明石が食べていた肉豆腐の鉢を持ち上げた。

「俺のだっつってんの」

明石が顔をしかめた。

「はい」

深山はカウンターに新しく作った肉豆腐の鉢を差し出した。

「もしかして、ヒロト、私のた……、めに？」

「全然違う。奥の人に渡して」

深山はあっさりと否定した。

「ひょっこり渡して」

坂東にも言われ、加奈子は仕方なく振り返った。

「……わかった。お待たせしましたー」

加奈子はテーブルの上に鉢を置いた。

「いただきまーす」

新顔の客は両手に持った割りばしの横からひょっこりと顔を出す。

「出たね、いただきひょっこり」

坂東は相変わらずそのネタが気に入っている。

「あれ、ひょっとしてこれ、誰かの食べかけ？」

客が尋ねた。

「え？」

深山は顔を上げた。

「違う。食べかけじゃないよ。何、人の料理にいちゃもんつけてんの？」

坂東は言ったが、客は「ほら？」と、鉢の中を指した。たしかに食べかけだ。

「すり替えた？」

深山は、カウンターで肉豆腐を食べはじめた加奈子を見て眉をひそめた。

＊

翌日、深山は刑事事件専門ルームで佐田に言った。

「あらかじめ毒入りの羊羹を用意しておけば、すり替えだけなら一瞬でできる。そもそも事務スペースで毒を注入する必要はなかったんですよ」

「なるほどなあ」

佐田が感心したように言った。

「それと、今朝、水木屋に行ってきたんです」

「おお」

「ゆう実ママの写真を見せたら、『この人が、買っていったのは間違いない』と、店主が証言してくれました」

「愛人に羊羹を買いに行かせていたなんてね……」

舞子が軽蔑しきった声で言う。

「いや、でもな。その羊羹がさ、藤堂議員の手に本当に渡ったかどうかってのは、これ確証がないだろ？　だってゆう実はさ、店客がいっぱいいるんだよ？　銀座に。その店客に買ってってたのかもしれな……」

「さすが銀座のことになると細かいですね」

深山はニヤニヤしながら佐田を見た。

「いいんだよ、そんなことはどうでも！　俺なんか羊羹も買ってもらったことない……」

「そんなことより、これ見てください。これは、事件で使われた羊羹と同じものです」

深山は水木屋の羊羹の箱を出した。竹の皮にくるまった羊羹が四本入っている。竹の皮の下半分は、厚紙でできた箱状のケースに入っている。

「見りゃわかるよ」

「この羊羹の、この部分にセトシンが混入されてましたよね」

深山は厚紙のケース部分を持ち上げ、そこから出ている竹皮を指した。

「はい」

「じゃあ、切ってみますね」

深山は厚紙の箱から取り出した竹皮を広げた。そして明石にナイフを取ってくるよう言った。明石はナイフを手に戻ってきて、ケースから取り出す。その手つきといい、顔つきといい、どこか危ない雰囲気を醸し出しているので、舞子と藤野と中塚はホールドアップのポーズをとった。

「切るだけなんだから、早くして」

佐田は顔をしかめた。

藤野が「できるの？」と、不安げに尋ねる。

「できまーす！」

明石はナイフで羊羹を切り始めた。

「この店の羊羹には、こっち側の部分にだけ、栗が入ってたんですよ」

深山が言うように、羊羹の断面を見ると、半分だけ栗が入っていることがわかる。四等分すると二つにだけ栗が入っていることになる。

「おそらく藤堂議員はそのことを知っていた。そして、後援会長の金子さんが、栗が入っている方を選ぶだろうと、予想してたんだと思います」

「なるほど」

佐田は再び感心してうなずいた。

藤野も、「やっぱり栗が入っている方から取っちゃうかなあ」と言ってうなずいた。

「はい、はい、はい！」

舞子が手を挙げた。

「これ、こうなってましたよね。このラベル側？」

そう言いながら舞子は、木箱からもう一つ羊羹の箱を出して、ケースの上の部分に貼ってあるラベルを指した。そして今切り分けてある羊羹の横に置いた。

「いや、これ厚紙……」

佐田が主張するが、

「ラベル側の」

舞子はあくまでもそう言って、続けた。

「この栗の入っている部分にはセトシンは混入されていなかった。つまり、金子さんが助かったのは偶然じゃなかった。ということは、私たちが無作為に選んだと思ったのは早合点だったということ……？」

「あくまでも可能性だけどね」

深山は言った。

「で、でもそういうね。仮説よりも前に、藤堂議員がこの羊羹を用意していたとしてな。それをさ、西川さんが送ってきた羊羹とこれ、すり替えるチャンスとかなかったはず……」

佐田はしどろもどろだ。

「それなんですけど、もしかしたら、一度だけチャンスがあったのかもしれないんですよ」

深山は言い、氷室さんを呼んでもらえないか、と、佐田に言った。

＊

刑事事件専門ルームのメンバープラス落合の計七人は、藤堂の選挙事務所を訪ねた。

「なんですか？　え？　今度はまた大勢で」

氷室は露骨に迷惑そうな表情を浮かべている。

「誠に申し訳ありません。私はこの前のお話で納得できたんですけれども、この男がもう、どうしても納得できないと。どうしてももう一度確認したいと、往生際が悪いことを申しておりまして……」

佐田がへりくだった態度で言った。

「私の一存で勝手な真似はできませんよ」

「ご協力いただけましたら、もう二度と近づけませんので。お願いします」

佐田が深山を指しながら頭を下げた。当の深山は、いつものようにへらへらしている。

「ええ――」

氷室は考え込んでいたが、結局佐田たちに押し切られ、頭に小型カメラを装着された。

「あ、これ、なんですか、これ?」

「これもう、迫力の映像が撮れますから」

藤野は、自席に座っている氷室の頭にさらにしっかりとカメラを固定した。

「電源入れまーす。はーい」

ピピッという音が室内に響く。

氷室の側から見て右側の机には、アルバイト役の落合と舞子が並んで座っている。

「僕がバイト1で、舞子さんがバイト2か」

『アルバイト1』の札を下げた落合は、『アルバイト2』の舞子に微笑みかけた。

「はい?」

舞子は顔を思いきりしかめた。

「あいつ何しに来たんだよ」

氷室の後ろでカメラを回す中塚が、軽蔑しきった目で落合を見る。

「はい、OKです!」

「こっちもできました」

藤野と深山が声をかけ合った。深山は氷室を斜め前から撮れる位置にカメラを設置していた。

「さあ、みんなちゃんと頼むよ」

佐田はみんなに声をかけて回っていたが、中塚に邪魔だと言われ、よけた。

「そこも邪魔です」

「もっと」

「そこ通り道なんで」

「深山さんも入ってます」

深山は佐田をどかし「じゃあ始めましょう、藤堂さん」と、藤堂役の明石に声をかけた。

「明石、行きまーす!」

「藤堂さんです」

深山に言われ、

「藤堂、正々堂々向き合います」

「なんじゃそりゃ」

明石はわざわざ言い直し、再現が始まった。

「あ、君たち、表のポスターを直してきてくれ」

藤堂役の明石はアルバイト役の落合に声をかけた。

「はい」

落合が上機嫌で「初めての共同作業ですね」と舞子に声をかけて立ち上がる。舞子は完全スルーして、先に外に出ていった。

「ケーキ入刀か」

ツッコみを入れる佐田に微笑み、落合も外に出ていく。二人がいなくなると、藤堂役の明石は氷室の背後の鍵付きロッカーを開けようとした。

「あ、それ、あの、違う違う」

氷室が明石に言った。

「と言いますと？」

深山が尋ねる。

「あのとき、先生は私にね……」

事件当日（あ、氷室くん、支援者名簿を取ってくれ）と、藤堂は氷室に声をかけた。

「そう言ったんですよ」

氷室の言葉に、深山はしばし黙り込んだ。

「なるほど」

そして、かすかに微笑んだ。

*

数日後、深山と舞子は、一般病棟の特別個室に移った京子を訪ねた。

「いったいどういうおつもりですか」

上半身を起こした京子は、青白い顔をしていた。

「あなたにお伝えしたいことがありまして」

深山は言った。

「伝えたいこと?」

「ええ」

「実は、あなたのご主人が犯人の可能性があるんです」

深山の言葉に、京子は顔を歪めた。

「バカなことを言わないで、帰ってください!」

「大切なお話なんです。辛いお話になると思いますが、聞いていただけませんか?」

舞子はそう言って、深山と共に一連の経緯を説明した。

「まさか、そんな……?」

京子はすっかり混乱し、声を震わせた。

「それと……ご主人に愛人がいることをご存知ですか？」

舞子はさらに切り出した。

「え？」

「……やはり、ご存知ないですか？」

「……どんな人？」

「銀座のクラブのママで……」

舞子は淡々と事実を述べた。

「そう……またか」

京子はふっと笑った。どうやら浮気は初めてのことではないらしい。

「亡くなった上杉さんは、奥さまが藤堂議員を一生懸命支えてきたのに、それを裏切ったのが許せず、愛人がいることを雑誌社に告発しようとしていたんです」

「え？」

「それを知った藤堂議員は、上杉さんとあなたを殺そうとしたんだと思います」

「……愛人との関係を続けるために、私が邪魔だったっていうの？」

京子は言葉を失った。

「……お気持ち、わかります」

舞子は目を伏せた。かわりに深山が口を開いた。

「彼女が、その女性に会ってきました」

舞子は明石と共に、ゆう実ママの店を訪ねた。羊羹の件を尋ねると、

（ええ。羊羹なら、藤堂さんに頼まれて買いに行きましたよ。それが何か？）

ゆう実ママはにっこりとほほ笑んだ。

（いいえ、何も〜）

明石はデレデレしながら、ソファの隣に座るゆう実ママとの間を少し詰めた。

「藤堂さんはあらかじめ別の羊羹を用意して……」

舞子が説明を続けようとすると、

「あ……ちょっと待ってください」

京子は何かを思い出したようだ。

「はい？」

「事件の前日、自宅に同じ羊羹が置いてあったのを見ました。おかしいなとは思ってたんです……」

京子の言葉に、深山と舞子は考え込んだ。

「羊羹を、食べよ……」

親父ギャグを言おうとした深山の口を、舞子が咄嗟にふさいだ。

「深山先生、ここで言うのはあまりにも不謹慎です」

舞子は口をふさぐ手の力を強めて言い聞かせた。

「この人、どうかしたんですか？」

京子が警戒の目で深山を見ている。

「大丈夫で……」

舞子がそう言って力を緩めると、

「羊羹を食べようか……」

また深山が言おうとしので、もう一度ふさいだ。

「あなたを証人として申請しています。そこで事件前日に自宅に羊羹があったことを証言していただけませんか？」

舞子が言うと、

「よう噛んで！」

深山が押さえられていた手をはずして声を上げた。

「……本当にこの人、大丈夫ですか？」

京子はすっかり怯えている。

「ええ、気にしないでください」

舞子は無理に笑顔を作った。

「おいしいようか……」

また何か言おうとする深山の口をふさぎ、

「で、どうですか？」

舞子は京子に確認した。

「あ、はい、私でよろしければ。協力させてください」

京子は頷いた。

「ありがとうございます」

舞子がホッとして帰ろうとすると、

「ありがとうございます。おいしい……」

深山がまた何か言おうとするので、舞子は急いで口をふさいだ。

＊

公判の日がやってきた。裁判長は川上だ。

証言台には検察側の鑑定人、科学捜査検査所の宇佐美裕也が座り、検察側人証取調べが行われていた。

「あなたの鑑定をした結果についてお話しください」

検事の東野真治が尋ねた。若く、熱血漢といった印象だ。

「ええ、被告人の工場ニシカワメッキで使用していたセトシンと羊羹に混入されていたセトシンは全く同じ成分です。科研の威信にかけても間違いありません」

まだ学生のようにも見える、いかにも生真面目で誠実な研究者、といった印象の宇佐美が、断言する。

かわって、弁護側人証取調べに出てきたのは、沢渡だ。ぼさぼさ頭に、ヨレヨレの服、ヨレヨレの白衣、足はサンダル履き、しかも不貞腐れた態度の沢渡に、法廷内がざわつきはじめる。

「なんで白衣……スーツ持ってねえのかよ?」

弁護人席で、佐田は呆れ果てていた。

「裁判長、ここで弁護人請求証拠第八号証を示します」

舞子が言う。

「どうぞ」

川上は許可をした。舞子は例のグラフをモニターに表示させた。成分の違いが表記された沢渡の鑑定結果だ。

「このグラフについて説明してください」

舞子に言われ、沢渡は「はい」と挙手をしてから話し始めた。

「セトシンはだね、不純物の成分の割合によって、一つ一つの微妙な違いがあるんだよ。すなわち、ニシカワメッキにあるセトシンと羊羹に混入されていたセトシンは全く別物だということ。これは明白だ。付け加えれば、羊羹に混入されていたセトシンは、二年前に島根で起きた毒殺事件のものと完全に一致していた」

沢渡はふんぞり返り、偉そうに言った。

「異議あり！　本件とは全く関係のない事案です。裁判員を混乱させようとするのはやめていただきたい」

東野が立ち上がった。

「混乱させようとしてるんじゃない！」

沢渡も立ち上がった。そしてなぜか「あ、はい！」と挙手をして、もう一度「混乱させようとしてるんじゃない！」と言い直した。

「科研が自分たちの方式にこだわって、間違った結論を出そうとしているから言ってるんだ。この馬鹿ものどもが！」

「証人、それ以上の暴言は控えてください」

川上が注意をした。

「質問を終わります」

舞子が言うと、

「ったく……」

沢渡は憮然として着席した。

「バカはだめだろ……」

心証は最悪だ。佐田は頭を抱えているが、深山は傍観者のように椅子を揺らしていた。

反対尋問が始まった。証言台の藤堂に、深山が質問をする。

「あなたは、西川さんから送られてきた羊羹と同じものを買ったことはありますか?」

「ありません」

「では、あなたが誰かに頼んで、羊羹を買ってもらった、という記憶はありますか?」

「ありません」

「それは確かですか?」

「はい」

「そうですか。あなたは、銀座の『クラブ予詩』のゆう実さんという方はご存知ですか?」

「……ええ」

藤堂は顔を引きつらせた。

「あなたの愛人だとお聞きしましたが」

「異議あり! 本件とは何の関連性もない質問です!」

東野が立ち上がった。

「その方が、事件より前に羊羹を買われてたんですよねぇ」

深山は気にせずに言った。

「いいかげんにしろ! 異議だって言ってるだろう」

東野が再度抗議した。

「弁護人、その質問に意味はあるんですか?」

川上が尋ねる。

「犯行に使われた羊羹は西川さんが送ったものではなく、別で用意されたものが選挙事務所ですり替えられた可能性も考えられます。これはそのことに繋がる質問です」

深山は言った。

「証拠もない無謀な推測です！」

東野は言い張った。

「異議を認めます。弁護人、質問を変えてください」

川上が言う。

「以上で、質問を終えます」

深山は川上をじっと見つめながら腰を下ろした。

次に証言台には、氷室が座った。

「弁護側は羊羹が選挙事務所内ですり替えられた可能性があると主張しているようですが、誰かにすり替えることはできたと思いますか？」

東野が尋ねた。

「絶対にできません」

氷室は首を振った。

「私はずっと羊羹の見えるところにいたんですから」

「あなたは一度も羊羹のそばから離れなかったんですよね」

深山が尋ねる。

「はい」

氷室は頷いた。

「裁判長、ここで記憶喚起のため、検証映像を流したいと思います。氷室さん自身にご協力いただいたので、記憶喚起のためには最も効果的な映像だと考えます」

「検察官、ご確認の上、ご意見を」

川上が言うと、東野が弁護人席に来て、深山たちが持っている映像を見た。先日、藤堂の事務所で行われた検証映像だ。画面は二分割されている。

「これになんの意味があるんでしょうか？　別にかまいませんよ」

東野は自席に戻っていった。

「では許可しますが、弁護人は後で必ず証拠として提出してください」

「ありがとうございます。では、準備します」

深山は言った。

「それでは、再生します」

テレビ画面には深山たちが行った実験映像が流れた。二分割されたうちの一方は氷室の背後からのカメラ、もう一方は氷室の前方からのカメラの映像だ。

『氷室くん、支援者名簿を取ってくれ』

藤堂役の明石が言うと、

『ああ、そうそう、そう言ったので……』

頭に小型カメラをつけた氷室が鍵を手に立ち上がった。そしてロッカーを開けて、名簿を取り出して、背後で待っている藤堂役の明石の方に振り返った。

『名簿を、ここで渡した』

氷室は藤堂役の明石に名簿を渡す。

『ありがとう』

明石が受け取ったところで、映像は終了した。

「あなたは羊羹をすり替えることは絶対にできない、そうおっしゃいましたよね？」

深山は氷室に尋ねた。

「ええ。すり替えられてないじゃないですか？」

氷室はモニターを指して言った。

「では、もう一度見てみましょう」

映像が巻き戻され、再生される。

『氷室くん、支援者名簿を取ってくれ』

藤堂役の明石に言われ、氷室が『ああ、そうそう、そう言ったので……』と席を立つ。

「もう少しアップにしますね。このロッカーのガラスの映りをご覧ください」

深山は言った。モニターの中のロッカーのガラスには、ベージュの上着姿の明石が、羊羹の箱をさっとすり替える様子が映っている。

法廷内がざわめいた。

「こんなことが……」

氷室も絶句している。

「あなたがロッカーの方を向いている隙に、藤堂さんは羊羹をすり替えることができたんです」

「でもそれは、可能性にすぎないでしょう」

「その通りです。可能性にすぎないということは、可能性がある、ということになりますよね」

深山は川上を見て「質問を終わります」と腰を下ろした。佐田はしてやったりの表情を浮かべているが、藤堂は動揺した様子もなく、ただ正面を見つめていた。それを見た深山は考え込んだ。

今度は、京子が証言する番になった。

「今どういう思いですか？」

　東野が尋ねる。

「犯人が……憎いです。絶対に許せません」

　うつむいていた京子は、顔を上げ、小さな声で答えた。深山が視線を送っていると、京子が気づいた。深山が目で合図をすると、京子も目顔でうなずく。

「それでは、弁護人の深山より、質問させていただきます」

　深山は立ち上がった。

「あなたは、この事件以外で最近、気が滅入るようなことはありましたか？」

「はい」

「それはなんですか？」

　深山が尋ねると、京子はためらいながらも口を開いた。

「藤堂に愛人がいたことです」

　京子の言葉に、法廷内がざわめいた。だが、藤堂本人は無表情で正面を見つめたままだ。

「次に、犯行で使われた羊羹についてお伺いします。あなたのご主人は自分で買ったこともなければ、誰かに頼んで買ってもらった記憶もない。そうおっしゃっていましたが、それは本当ですか？」

「それは嘘だと思います。私は事件前日、自宅で木箱入りの羊羹を見ました」

その証言に、東野は顔色を変えた。法廷内はさらにどよめき、被告人席の西川も驚きの表情を浮かべている。それでも変わらないのは藤堂だけだ。

「その木箱の大きさは覚えていますか？」

「これくらいだったと思います」

京子は自分の前で、両手を開いて示した。

「それはどちらのお店の羊羹でした？」

「水木屋というお店のものでした」

京子の答えに法廷内はかなり騒がしくなっているが、藤堂だけはまるで置物のように微動だにせず、一点を見つめたままだ。深山はその様子に違和感を覚えながらも、京子に向き直った。

「それは間違いありませんね？」

「……たぶん、間違いありません」

弱々しい口ぶりではあったが、京子は頷いた。東野は目を丸くしている。

「弁護人からは以上です」

深山は腰を下ろした。東野が動揺しながら、立ち上がった。バサバサと手元の資料をめくっている。そしてようやく、口を開いた。

「えーえー、羊羹の箱を……自宅でご覧になった？」

「あ……たぶん……はい」

京子は声を震わせながら、東野をじっと見つめた。

「えー、あー。質問を変えます。ちょっと待ってください。あー」

東野は次の質問が出てこない。法廷内に沈黙が流れた。

「ちょっと、裁判所からいいですか？」

川上が京子に問いかけた。

「……はい」

京子は心細そうに頷いた。

「藤堂さんに愛人がいるというのは、誰に聞かされたんですか？」

「弁護士の方からです」

「どこで話を聞かれたんですか？」

「病院です」

「病院？　病み上がりに弁護士さんが押しかけてきて、愛人の話をされたんですか？」

「はい」

「それは大変でしたね。生死をさまよって目が覚めたら、愛人の話を聞かされ、旦那さんにも裏切られ、大変ショックだったでしょう」

川上は、京子をねぎらうような口調で言った。

「はい」

「本当にご自宅で見られたのは水木屋の羊羹だったんですか？」

川上が強い口調になった。

「たぶん……はい」

京子は動揺しながら答えた。

「箱の上のラベルの色を覚えておられますか？」

「色ですか？　グレーだったかな、黒っぽい色だったと思います……」

「ピンクですよ」

舞子は呟いた。

「ちなみに、柄は覚えていますか？」

川上が京子に尋ねる。

「柄なんかありましたっけ……水玉……」

京子は首をかしげた。

「検察官、検察官請求証拠甲七号証を証人に示してもらえますか」

「はい」

落ち着きを取り戻した東野は立ち上がり、京子に写真を見せた。京子は見たとたんに眉根を寄せた。

「色と柄は、改めていかがですか」

「……色はピンクで、柄は花柄です」

「あなたがご自宅で見られたのは、本当にこの羊羹の箱だったんですか？」

「……わかりません」

「もしかして、病み上がりに弁護士さんが訪ねてこられて愛人の話をされて、動揺して、羊羹の箱があったと思い込んだんじゃないですか？」

「もしかしたら……そうかもしれません」

心細そうに言った京子を、川上はじっと見ている。数秒間の沈黙が流れ……。

「ああ……」

京子はめまいを起こしたようになり、証言台に伏してしまう。

「大丈夫ですか？」

川上が声をかけた。隣にいた検事が心配そうにのぞき込み、川上の前に座っていた書記官の女性が立ち上がって駆け寄る。

「連れて行ってあげてください」

川上が書記官の女性に言った。

「わかりました」

女性は京子に「立てますか？」と声をかけながら支えて、外に連れ出した。深山は目を伏せ、じっと座っていた。

*

裁判所の評議室で、六人の裁判員たちによる評議が行われた。

「奥さんは自宅で羊羹の箱を見たって言ってたけど、最後は自信なさそうでしたよね」

「あの感じだと、弁護士が強く誘導したんじゃないですか」

年配の男性と、中年女性が頷き合った。

「ただ、新しい方式での鑑定結果……沢渡さんでしたっけ。あんな人だったけど、説得力はあったし、あれは信憑性ありますよね」

若い男性が言う。

「鑑定に関しては、見解が分かれても当然でしょう。検察側は一致していると言い、弁護側は一致していないと言う」

川上が口をはさんだ。

「鑑定結果を二つ出されても、私たちは専門家じゃないんで、どう判断したらいいのか、わからないです」

若い女性が首をひねった。

「と、いうことは、まずは鑑定結果以外の状況から、有罪か無罪かを判定したらどうでしょう？」

川上が提案した。

「自分たちが判断できることから順に考えたらいいんです」

＊

判決公判の日――。

法廷に、裁判員たちが入ってきた。

「起立」

声がかかり、全員が立ち上がった。川上が席に着くと、全員が着席する。

「では、判決を言い渡します。被告人は前へ」

川上が言い、西川が緊張の面持ちで前に出ていった。

「主文、被告人を、無期懲役に処す」

判決を聞いた西川は膝から崩れ落ちた。

「次に理由を述べます。罪となるべき事実。被告人は平成三十年二月……」

川上の言葉を聞きながら、深山は一点を見つめ、動けずにいた。


裁判が終わった。傍聴人たちは帰っていき、佐田と舞子もがっくりと肩を落とし、荷物をまとめ始めた。深山はじっと座っていたが、バン！　と、目の前の机を叩き、立ち上がった。帰ろうとしていた川上も驚き、深山を見た。深山は背中を丸め、全身を小さく震わせている。

「……バカだなぁ」

深山は自分を責めるように声を絞り出した。

「……僕は何かを見逃してしまった」

深山のつぶやきを聞きながら、川上は法廷を出ていった。

＊

法廷から戻った深山たちは、マネージングパートナー室を訪れた。帰ってくる途中もずっと無言だった深山は、窓際のソファに腰かけ、腕組みをして窓の外を見つめていた。佐田と舞子は、斑目の机の前に立ち、裁判結果を報告した。

「そうか。負けたか」

斑目は立ち上がり、佐田たちに背中を向けた。

「あれだけ決定的な証拠を持って行ったのに……」

「最後の最後にあの裁判長にひっくり返されましたよ。とにかく気持ちを切り替えて、控訴審に挑むしかありません」

舞子と佐田も、悔しさをこらえきれない。

「あ」

深山が呟いた。

「何？　なんか見えるの？」

佐田が近づいてきて、深山が見ていた方角を見る。

「ギャグ言おうとしたら、彼女に止められたんです。だから裁判負けたんですかね？」

「どういうこと？　いつものタイミングで言おうとしたわけ？」

「はい」

「それを止めたの？」

「はい」

「誰が」

「止められました」

深山は背を向けて立っている舞子を指さした。

「マジで？　あれに？」

佐田は舞子に近づいていく。

「おまえなんで止めちゃったのさ？　それはまずいよ、だってギャグって、あれが、こう……ああなっていくんだから言わしてあげてよ！」

佐田が迫ったが、舞子は判決の悔しさを顔ににじませたまま、完全スルーだ。

「……ここ十年」

斑目が切り出した。

「セトシンを使った殺人事件では、被告人が否認しているものが何件かあったが、全て有罪判決を受けている。新方式を用いてこれまでの鑑定結果が正確ではなかったことが明らかになれば、司法の根幹にかかわる問題になる。控訴審に挑んだとしても、勝ち目はかなり薄いんじゃないかな」

斑目は冷静に言ったが、その口調には怒りがにじんでいた。

＊

川上は、総長室で岡田に報告をしていた。

「裁判員のみなさんがほんまええ判決を下してくださいました」

「あえて、法廷で鑑定のことを争点にした上で、裁判員に有罪と判断させたか。一時は心配したが、君の狙いはこれだったんだね」

岡田は、机の前に立っている川上を見上げてニヤリと笑った。

「私は私の考えを述べただけで裁判員の意見を尊重しただけです。判断したのはあくまで、彼らですから」

川上も満足げに笑みを返した。

＊

刑事事件専門ルームに戻った深山は、腕組みをしてホワイトボードを見つめていた。

「やっぱりおかしいなぁ」

「何?」

大テーブルについていた佐田が、苛ついた声を上げた。

「藤堂議員ですよ。僕が羊羹の箱をすり替えることができたと証明したときも、奥さんが家に羊羹の箱があったという決定的な証言をしたときも、顔色一つ変えなかった。確信がなければ、あんなに落ち着いていられるはずはないのに……」

深山は、自分が見落としているものはなんだろうと、ホワイトボードを見つめた。そして、証拠書類や写真を片っ端から見直していった。舞子も佐田も……そして結局、その日は全員が泊まり込み、開示された証拠を見直した。

「みなさ～ん、佐田先生から差し入れのケーキで～す」

翌日の午前中、出かけていた中塚が、ケーキの箱を持って帰ってきた。

「ケーキ!」

明石が手を叩いて立ち上がった。考えすぎて、頭が回らなくなっていたところに糖分は嬉しい。

「このお店、うちの奥さんが一回食べたいって言ってたとこだ」

藤野も目を輝かせた。

「これ今、一押しのケーキ屋さんですよ」

中塚は佐田にお釣りを返した。

「これあげるよ。唐揚げでも買っといて」

佐田は封筒を受け取らない。

「えー、こんなたくさん……」

中塚はそう言いながらも、とりあえずケーキを食べるためにコートを脱いだ。

「朝からケーキだなんて、糖分必要なら飴で十分なのに」

自席で写真を見ていた深山が立ち上がった。

「じゃあおまえ食べなくていいよ、別に」

佐田がムッとして言う。

「食べますよ。ケーキに罪はないんで」

深山も大テーブルに近づいていった。

「じゃあ僕イチゴのショートにします！」

明石が言った。

「明石くん、いろんな種類があるんだから、せーの、で決めようよ」

藤野が言うように、チョコレートケーキやレアチーズケーキ、フルーツケーキなど、六種類のケーキが入っていた。みんなはそれぞれプラスチックのフォークを手にしながら、どれにしようかと箱をのぞきこんだ。

「ねえ、お皿は？」

深山は言った。

「もう、気が利かないなあ、皿がないと食いにくいだろ！」

明石が中塚を見ると、

「おまえが行けよ、バーカ」

中塚は笑顔とは裏腹な言葉を明石にぶつけた。

「なんだって？」

明石は傷つきながらも「いただきまーす！」と箱の中のショートケーキのイチゴにフォークを刺して、口に放り込んだ。

「あ――――！」

みんなが声を上げる。

「つざけんなよ、ちょっ……」

佐田が不満の声を上げたが、

「おいしい～～！」

明石は顔をほころばせた。

「何、食べてんだよ」

「このバカチンが！」

「ショートケーキに謝ってください」

佐田と藤野と舞子が、口々に非難の言葉を浴びせるのを、深山は笑顔で見ていた。

「だってさ、これ、俺が食べたかったんだよ……」

佐田はまだぶつぶつ言っているが、深山はみんなをかきわけ、ホワイトボードに進み出た。そして、藤堂の事務所が写った証拠写真をじっと見つめた。羊羹を食べたテーブルの写真だ。しばらく見ていた深山は、また自分の席に戻っていった。

「ちょっ、どうしたの？　食べないの、これ？　ケーキ」

佐田が声をかけた。

「どこだ？」

深山は写真を次々に見ていった。そして、手を止めた。

「やっぱり……」

呟いた深山を、みんなが見ている。

「ここにあるべきものが、写っていない」

「え？」

佐田は問い返した。

「行きますよ！」

深山は上着とリュックを手に、飛び出して行った。

「行く？　行くの？」

佐田も慌てて支度をはじめ、舞子と共に深山を追った。

＊

「何？　今度は探し物？」

突然現れた深山たちを見て、氷室は目を見開いた。

「すいません、二度と近づかせないと申し上げておきながら、本当に申し訳ありません」

佐田と舞子は頭を下げた。深山は白い手袋をはめ、事務所内のゴミ箱を見て回った。

「弱っちゃうんだよねえ」

氷室は迷惑そうに言う。

「アイツはあの通り気になっちゃうと止められないんですよ」

「あ、あれ何してんの？」

氷室は深山を指した。

「探し物……ホント、申し訳ない……」

佐田がひたすらペコペコと頭を下げている間、深山は胡蝶蘭が飾ってある机の下の、段ボールを探っていた。

「ちょっと、何やってるんですか？」

仕事をしていたアルバイトスタッフの男性が、深山に声をかけてきた。深山が説明すると、スタッフがパーテーションの向こうの丸テーブルの方だと言う。深山はそちらに移動した。

「わけのわからない……ちょっと、君？」

氷室は、パーテーションのこちら側に歩いてきた深山を見て言った。深山は食器棚を開けようとしている。氷室が制止しようとしたが、

「あ、大丈夫です。大丈夫です」

佐田が立ちはだかった。

「そんなとこ探して何を……」

「すぐ済みます。満足したら帰りますから」

「あんなとこ入りますか？　やめたまえ、君！」

二人が揉めている間に、深山は扉を開け、中をチェックした。

「あの、どこですか？」

探していた深山はアルバイトスタッフの男性の方を見た。

「ここに置いたんですけど」

アルバイトスタッフは、ポットが置いてあるスチール棚の二段目を指した。そこを探ってみたが、見つからない。一段目にはポットが二つとコーヒーメーカーが一台置いてある。深山の頭の中を、様々な言葉がぐるぐると回りはじめた。

（事件前日、木箱入りの羊羹を見ました）

（私はずっと羊羹の見えるところにいたんですが）

（柄は覚えていますか？）

（柄なんかありましたっけ？）

（金子さんからどうぞ）

（じゃあ、これを）

（皿がないと食いにくいだろ？）

（いただきまーす！）

（それぞれが自分の意志で選んだってことですか）

立ち尽くす深山を、佐田たちは不安げなまなざしで見ていた。

深山はゆっくりとそちらを向き、口を開いた。

「ここにあって……ポットしたよ」

深山はポットに触りながら言う。部屋中が一瞬静まり返る。

「三点」

舞子は冷たく言い放ったが、佐田はプッと噴き出した。

「ポットした……ホットポット？」

佐田が言うと、深山が何かを思いついたように目を見開いた。

「ほら、なんかまた思いつきましたよ」

佐田はワクワクした口調で言う。

「『火の用心』と……」

深山は壁に貼ってある紙を見て言い、手袋をはめた手でポットの脇に落ちていた楊枝を拾い上げた。

「つま、用心」

言ったとたんに我慢できなくなり、深山は噴き出した。佐田も一緒に笑いだすが、

「二点」

舞子はシビアだ。

「爪楊枝と、妻に用心？　俺ももう、常々妻に用心してる」

二人は顔を見合わせて笑っている。

「すみません」

舞子は唖然としている氷室に頭を下げた。

と、深山は近くに立っているアルバイトスタッフに目を向けた。彼はビクリとして深山を警戒する。

「いいスーツでしょ？」

深山はスタッフに近づいて行き、スーツのタグを見せた。

「ヨウジヤマモトなの」

深山が言うと、また佐田が噴き出したが、スタッフは自分の背後の湯沸室のドアを開けて、逃げていった。

「一点」

舞子の採点も厳しい。

「あれ、どこ行くの？　ヨウジヤマモトだよ？」

深山は声をかけたが、スタッフは戻ってこない。

「こんなギャグはめったにアルマーニ、なんつって」

佐田が笑いながら言うと、深山が急に真顔になった。

「ゼロ点」

舞子の採点も最悪だ。

「だってかかってんじゃん」

佐田は異議を唱えたが、採点は覆らなかった。

＊

一週間後、深山たちは藤堂の選挙事務所を再度訪れた。

「裁判で全て明らかになりましたよね。一〇〇％、西川の犯行だと」

藤堂に言われ、佐田は低姿勢で頭を下げていたが、

「一〇〇％じゃないですよ。控訴審で争いますから」

舞子が強気な態度で言った。

「またですか？　しつこいなあ」

氷室もうんざりした声を上げる。

「すみません。これで、本当に最後です」

佐田が顔を上げていった。

「最後、最後って何回言ってるんですか！」

氷室はさすがに堪忍袋の緒が切れた様子だったが、

「これでダメなら、控訴は取り下げます。なんならこの男に一筆誓約書を書かせますんで」

佐田は後ろに立っている深山を指し「お願いいたします」と、頭を下げた。

「そこまで言うなら、いいでしょう」

藤堂の許可を得て、深山は丸テーブルのそばにカメラを設置した。

「では、奥さんが羊羹を取り出すところから、再現をお願いします」

深山は録画ボタンを押した。

京子は丸テーブルの上の木箱を開け、五本入っている羊羹の中の、左端の羊羹を取り出した。厚紙のケースから取り出して竹皮を開き、その上で氷室が四等分に切った。それを竹皮ごと皿の上に置き、お茶を淹れた湯飲みと一緒に盆に乗せた。パーテーションの向こうの応接スペースに運び、テーブルの上に盆を置く。ソファには当日と同じように、藤堂と金子が向かい合っていた。近くには上杉の札をさげた舞子と、氷室が立っている。

「ここまでの流れで間違いはありませんね」

深山はソファの脇にあるパーテーションの上から顔を出した。

「こんなことやって意味があるのか?」

金子が不満げに深山を見上げた。

「あります」

深山は力強く頷いた。

「ちなみに、みなさんはそれぞれ無作為に選んで食べたんですよね?」

「そうだよ」

金子は面倒くさそうに頷いた。

「じゃあ、食べましょうか。あ、もちろんこの羊羹には毒は入っていません。食べても死ぬことはないので安心してください」

深山は指示をするためにパーテーションを回って近づいていき、

「カメラ」

と、佐田に指示をした。

「俺?」

カメラの方に向かおうとする佐田に、

「できるかなあ」

深山はからかうように言った。

「……こうしてあすするだけだろ、簡単だよ」

佐田は笑い飛ばしながらカメラに向かった。

「あ、爪楊枝がありません。じゃ、これを使いましょう」

深山が言うと、舞子が深緑色の四角い爪楊枝入れを持ってきた。それを見た藤堂の顔色が、一瞬変わった。

「これは、事件の日に使われた爪楊枝入れです。アルバイトの方が廃棄書類用の段ボールの中からこれを見つけて、ポットのある棚に置いたそうです」

深山は言った。

＊

数日前、事務所を訪れてあちこち探していた日、深山はアルバイトの男性に（どこかに爪楊枝入れがなかったですか？）と尋ねた。

（あ、爪楊枝入れだったら、段ボールの中に入ってたんで、事務スペースの棚に置きましたよ）

（段ボールの中に？）

（はい）

そして深山はポットの棚を探しに行って、ポットの後ろにあった爪楊枝入れを見つけたのだ。

＊

「あ、そういえば、あのときは焦りました」

氷室が思い出したように言った。

「どうしたんですか？」

舞子が尋ねた。

「それは……」

氷室が説明を始めた。

事件があった日……。

（氷室くん。ここにあった段ボールはどうした？）

藤堂が氷室に尋ねた。

（ああ、あれはいっぱいだったので、芹沢くんに言って、処理業者に回収させました）

（え……）

（もしかして、何か、重要な書類でもありましたか？）

（そうか。もう捨てちゃったかぁ）

＊

藤堂との間に、そんなやりとりがあった、と、氷室は説明した。

「大事な書類を捨ててしまったんじゃないかと思って、焦ったんでよく覚えてます」

「藤堂議員、それは……」

佐田がパーテーションの向こうから顔を出したが、深山はカメラの向きをちゃんとチェックするようジェスチャーで示した。

「それは何かお探しだったんですか？」

佐田はカメラの向きを直しながら尋ねた。

「いや」

藤堂は否定したが、その表情は硬い。

「では、みなさんで、食べましょうか」

深山は手にしていた爪楊枝入れからまず一本楊枝を出して、近くにいた舞子に渡した。

「どうぞ」

次に京子に、そして藤堂に渡した。藤堂は受け取った楊枝をじっと見つめている。

「どうかしました？」

深山は藤堂の顔をのぞきこんだ。

「いや、別に……」

「あの……」

京子は深山に声をかけた。

「あのとき、爪楊枝は私が配ったんです」

「ああ、そうでしたね。でも、もう配っちゃったんで大丈夫です。金子さんは、羊羹を先に選んだんですよね」

「私が一番初めにこの端を選んで……」

金子は右側の栗入りの部分を指した。

「それで、藤堂さんが爪楊枝を刺してくれたんですよね」

深山は自分が爪楊枝を羊羹に刺し「どうぞ」と金子に言った。金子は頷いて楊枝の刺さった羊羹を受けとった。

「次に取ったのは、藤堂さんでしたよね？」

「……ええ」

「どうぞ」

深山に言われ、藤堂はすでに受け取っていた爪楊枝を刺し、金子が取った羊羹の横の、栗の入った羊羹を取った。

「そして、残りの羊羹を奥さんと上杉さんが取ったんですね」

深山が言い、京子と上杉役の舞子が、やはり手にしていた爪楊枝で残った羊羹を取った。

「では、食べてください」

深山が言うと、金子と舞子はためらうことなく羊羹を口に入れた。

「うん、うまい」

「おいしい」

金子と舞子は顔をほころばせる。でも、藤堂と京子は羊羹をじっと見つめていた。藤堂は震える手で口元まで持っていくが、どうしても食べられない。京子もだ。

「……妻は、羊羹を食べて死にかけたんだ。食べられるわけないだろう！」

藤堂は深山を怒鳴りつけた。

「そうですね」

深山はあっさり引き下がった。

「じゃ、藤堂さん、食べてください」

「ああ」

藤堂は口を大きく開け、食べようとしたが、やはり口に入れられない。

「食べられないんですよね？」

深山はニッと笑った。

「僕は大きな勘違いをしていました。セトシンが仕込まれていたのは羊羹ではなく、爪楊枝の方だったんです」

「鑑定の結果、その爪楊枝には、セトシンが仕込まれていることがわかりました」

舞子は鑑定結果が記された書類を藤堂たちの前に掲げた。

「他の四本の羊羹には毒が入ってたじゃないか？」

氷室が抗議した。

「それは無差別殺人に見せかけるための偽装だったんです」

舞子はあっさりと氷室の言い分を退けて、藤堂を見た。

「ですよね？　藤堂さん」

藤堂は羊羹を手にしたまま、うつろな目をしている。

「あなたはあらかじめ購入していた羊羹五本のうち、四本にセトシンを注入していた。そして、事務スペースで氷室さんがロッカーを開けている間に、西川さんから送られて来た羊羹とすり替えたんですよね」

舞子が言い、深山が説明を引き継いだ。

「食べるときには、セトシンが入っていない羊羹を箱から取り出し、セトシンを染み込ませた爪楊枝を上杉さんに渡した。そうやって上杉さんを殺したんですよね?」

深山は藤堂の隣に腰を下ろし、その横顔に語りかけた。そして、「ね、奥さん」と、京子の顔を見上げる。京子は驚いて深山を見た。

「爪楊枝を配ったのはあなたです。あなたは共犯者だったんですね」

「待て。奥さんは死にかけたじゃないか!」

金子が深山に言った。

「この爪楊枝入れの中は三つに分かれています」

深山は爪楊枝入れをテーブルに置いた。中に仕切りがあり、三つに分かれている。

「鑑定の結果、一つ目には致死量のセトシンが染み込んだ爪楊枝が。二つ目には死なない程度に薄めたセトシンが染み込んだ爪楊枝。そして、三つ目には何も細工されていない普通の爪楊枝が入っていました」

そう言って、深山は京子を見る。「上杉さんには、一つ目の爪楊枝を渡し、あなたは二つ目の爪楊枝を使ったんですね。自分も被害者になることで無差別殺人に見せかけるために」

「そして殺すつもりのない金子さんには三つ目の……」

パーテーションの向こうから、佐田が出てきて言った。

「ちょ、ちょ、ちょ……」

深山は佐田を指さし、カメラの方に戻れと示した。佐田は素直に戻り、そしてパーテーションの向こうから顔の上半分を出して、続けた。

「殺すつもりのない金子さんには、三つ目のなんの細工もしてない爪楊枝を渡したわけです。選挙前に後援会長に死なれては困りますからね。金子さん、あなたが助かったのは偶然じゃなくて必然だったんですよ」

佐田に言われた金子は、すっかり言葉を失っている。

「あなたたちは、僕がどの爪楊枝を選ぶのかをじっと見てましたよね」

深山は藤堂と京子を順番に見た。「そして、致死量のセトシンが染み込んだ爪楊枝を渡されたんだと思ったんでしょう？」

深山に問い詰められ、藤堂も京子も黙っていた。

「でも実は」

深山はソファから立ち上がり、持参してきた紙袋の中から、ビニール袋に入った爪楊枝入れを取り出した。

「でも実は、事件に使われた爪楊枝入れはこっちなんです。そこにあるのは、僕たちが用意した何も細工されていない、普通の爪楊枝です。つまり、食べることができなかったことこそが、あなたたちが犯人だという証拠です」

深山は確信の笑顔を浮かべながら、藤堂と京子を見た。藤堂は、手にしていた羊羹を皿の上に放り投げた。金子は藤堂の様子にただならぬものを感じたのか、弾かれたように立ち上がった。

「爪楊枝入れが破棄書類用の段ボールの中にあったということは、おそらく、心配するフリをして歩み寄り、爪楊枝入れを奥さんの手から奪い……」

苦しむ京子の手に握られている爪楊枝入れを藤堂が奪って、混乱の中、そばにあった段ボールに入れる。その光景を想像しながら、深山は続けた。

「破棄書類用の段ボールの中に爪楊枝入れを隠した。後からでこっそり、それを回収するつもりだったんですよね?」

「段ボールが捨てられたと聞いて、それはそれで証拠は隠滅できたと思ってたんじゃないですか」

佐田が顔を出して言った。

「あなたは、あえて私たちに協力すると見せかけて、法廷で証言をひっくり返した」

舞子は、うつむいている京子に言った。

「奥さん、あなたは旦那さんに愛人がいたこともご存じだったんじゃないですか？　すべて、その上での作戦だったんじゃないですか？」

佐田に畳みかけられた京子は藤堂を見た。藤堂は一点を見つめたまま、黙り込んでいる。

「……その通りよ。私たちが殺したの」

京子は開き直ったように笑い声を上げ、藤堂の隣に腰を下ろした。そして、藤堂が放り投げた羊羹の横に、自分も手にしたままだった羊羹を置いた。

「法廷まではうまくいってたのにね」

京子は藤堂に笑いかけたが、藤堂はまるでマネキンのように、動かない。

「でも、あの検事さんにはヒヤっとさせられたけど……。証言をひっくり返すつもりでサインを送ったのに……」

法廷で、京子が深山に問われ、自宅で羊羹の箱を見たと証言したとき、東野はすっかり動揺していた。

（えー……えー……、羊羹の箱を……自宅でご覧になった？）

と、しどろもどろになってしまった東野に、京子は（あ……たぶん……はい）と、頷きながら目線を送った。

「あの検事は気づいてくれなくて……」

京子はため息をつく。若く、まだ経験の浅い東野には、どうやらそのあたりの駆け引きが通じなかったようだ。

「ただ、あの裁判官は……私の意志に気がついたかのように、矢継ぎ早に質問をしてきた。私の思う方向に……。むしろ、すべてを見透かされているようで、なんだか怖かった」

京子が語り終えたのをたしかめ、佐田はカメラを切った。

「あの、奥さんひとつ聞いていいですか？」

出てきた佐田に、深山がカメラの操作をちゃんとやるよう注意をした。

「一回止めたから大丈夫なんだよ」

「何、止めてんの」

「大丈夫だよ、撮ったんだから」

佐田は言ったが、深山はムッとして再びカメラを回しに行く。

「あの、旦那さんにね、愛人がいるって知っていながら、なんで、こんな命がけのことをしたんですか？」

佐田の問いかけに、京子はまた藤堂を見た。藤堂は相変わらず、魂を抜かれたような状態で座っている。

「……落選したら、この人はただの人になる。私は、ただの人の妻になってしまう」

京子の言葉を聞いた藤堂は、天井を仰ぐようにソファにもたれかかった。

＊

『藤堂正彦衆院議員を逮捕　妻と共謀　セトシンで秘書を殺害』

翌朝、新聞の一面には藤堂の記事がトップニュースとして大きく掲載されていた。

『……一審では西川さんに無期懲役の有罪判決が下され、弁護側はこれに不服。控訴を申し立てている。第一審では沢渡法科学研究所の沢渡清志郎氏（65）の鑑定結果を示し、毒物（セトシン）の成分がニシカワメッキに常時保管されているものと今回の事件で使用されているものとでは異なることを証明したが……』

自席で記事を読んでいた川上の顔は、次第に怒りで赤くなり……読んでいる途中で新聞を丸め、力まかせに床に投げつけた。

＊

佐田はその新聞をマネージングパートナー室で見ていた。

「ま、ここまでやっても、検察も裁判所も過去の毒物事件の再捜査には着手しないようです」

佐田はそう言って、新聞記事を指ではじいた。舞子は神妙な面持ちで立っているが、深山は窓際のキャスター付きの椅子に座り、左右に揺らしていた。

「司法の信頼を守らなければいけないという大義の下、逆に司法が歪められている。弁護側が『無実の立証』までしないと日本の刑事裁判では、まず勝つことができない。最後まで諦めなかった君たちを称えるべきだろうが、これで歪んだ司法の根幹が正されたわけではない。我々はまだまだ、休んでる場合ではないね」

「……ま、とりあえず、彼らを褒めてやりましょう。では、私はこれで」

佐田は部屋を出て行きながら、落合に電話をかけた。

「あ、もしもし、落合か？　ニシカワメッキの顧問契約の契約書を準備しろ」

「抜け目がないねぇ。彼は」

斑目が言うのを聞き、深山は薄く笑った。

＊

控訴審の判決の日――。

「主文、原判決を破棄する。被告人は無罪」

裁判官が判決を言い渡した瞬間、西川は泣き笑いの表情を浮かべながら、椅子に勢いよく腰を下ろした。佐田はガッツポーズをし、舞子も笑顔になったが、深山だけは無表情だった。

「お待たせしました。ご自宅までお送り致します」

終了後、佐田は満面の笑みで西川に歩み寄った。ニシカワメッキの新技術に目をつけた佐田は、自分が顧問を務める大手機器メーカーとの契約を進めるつもりだ。佐田は西川を連れ、法廷を出ていった。法廷内には深山と舞子だけが残った。二人は黙々と帰る準備を始めた。

「おい、よかったやないか」

そこに、川上が笑みをたたえながら入ってきた。

「……何がよかったんですか？　危うく大きな冤罪を生むところだったんですよ」

舞子は怒りを込めた目で川上を見た。

「何を言うとんねん。一審で出なかった事実が新たに見つかったということを、二審がしっかり裁いてくれた。裁判所のシステムがちゃんと機能した、ということやないか」

そう言って笑っている川上に、リュックを背負った深山が近づいて行った。

「なんや？」

川上は満面の笑みを浮かべた。

「最初から、事実は一つでしたよ」

深山は挑戦的な口調で言い、正面から川上の顔を見据えた。川上も笑みをひっこめ、メガネの奥から鋭い眼光を深山に向けた。

深山は川上に背を向けて法廷を出ていき、舞子も川上から目を逸らし、後に続いた。

第9話
深山、最後の闘い!!
絶対不可能な再審請求

三月のとある日――。

斑目法律事務所の応接室に、刑事弁護の依頼人がやってきた。

依頼者の久世亮平（くぜりょうへい）という二十歳の青年と祖母・トキ子で、隣には弁護士の中年男性が付き添っている。

「八年前に起きた殺人事件の再審請求ですか」

佐田は、隣に座った斑目の表情を伺った。府中市蕎麦屋放火殺人事件として大きく報道された事件で、亮平の父親であり、トキ子の息子でもある貴弘（たかひろ）が妻の直美を殺した容疑で逮捕され、死刑判決を受けた。

「俺は……」

亮平が口を開いた。

「この八年間、父が母を殺したなんて一度も思ったことありません。それも、死刑だなんて、絶対納得できません」

「息子は人を殺すような人間じゃないんです」

トキ子も、震える声で言った。

「弁護士として、私は力になれませんでした。一縷の望みを斑目先生のところに託せないかと」

なぜか六法全書を抱えた弁護士の男性が、ずり落ちてくるメガネを上げながら、すがるように斑目を見た。

「俺は今も父を信じてます」

亮平は言った。

「お父さんが罪を犯していないと信じる理由はなんですか？」

舞子は尋ねた。

「家族だからです」

亮平は舞子を睨みつけるようにして言った。

舞子の頭の中に（一番信じてほしかった家族に信じてもらえなかったんだよ！）と、接見室で訴えてきた雄太の泣き顔がフラッシュバックしてきた。舞子はぐっと言葉を呑み、黙り込んだ。

深山は椅子を揺らしながら（大丈夫だよ、すぐ戻ってくっさけ）と言って連行されていった父の表情を思い出していた。幼い深山は、ずっとその言葉を信じていたのだ。

「店のことではよく喧嘩はしてたけど、本当にすごく仲がよかったんです」

そんな父が母を殺すわけなどない。亮平はきっぱり言い切った。

＊

亮平たちが帰った後、深山と舞子は、弁護士が持参した資料を見ていた。

『二〇一二年六月八日（金）日朝新聞朝刊　府中市蕎麦屋放火殺人事件　東京地裁が死刑判決　妻殺害　極めて残忍』『二〇一〇年四月五日（月）あけぼの新聞朝刊　府中市蕎麦屋放火殺人事件　店主の久世貴弘容疑者逮捕　激しい口論、妻を殺害か』などの新聞記事や裁判記録だ。

「息子さんは母親を殺された被害者でありながら、殺人犯の息子として世間から冷たい視線を浴びてきた。二重にも三重にも苦しい環境に置かれて人生を歩んできたってわけか」

斑目が言った。

「しかしですよ、再審請求を通すには、判決を覆すだけの確かな証拠を、弁護側が出す必要がありますよね」

佐田はあまり乗り気ではない。

「戦後七十年の中で、死刑、または無期懲役の判決が出た案件で、再審請求が通り、無罪を勝ち取ったのはわずかに九件しかない」

斑目は言った。

「はい」

「どうする？」

問いかけられ、佐田は考え込んだ。だが深山は無言のまま資料を手に立ち上がり、出ていった。

「裁判記録を精査してきます」

舞子は一応佐田にそう言ったものの、返事は聞かずに深山を追いかけていった。

「はい、行ってらっしゃい」

佐田は短く頷いた。

「あれ？ 止めないの？」

「いっくら止めたって、言うことを聞くような連中じゃないじゃないですか。やっと僕もわかりましたよ」

佐田は苦笑いを浮かべた。

「深山先生も尾崎先生も、お互いに思うところがあるんだろうね」

斑目はしみじみ言った。

「……では」

佐田は立ち上がった。そして、二人が椅子を出しっぱなしにしていったことに気づいた。

「椅子を直してから行きなさいと何度も言ってるのにこれが直らないんだな」

佐田はぶつぶつ言いながら椅子をテーブルの下に入れ、自分も応接室を出ていった。

＊

事務総長の岡田に呼ばれた川上はノックをして、事務総長室に入っていった。

「ああ、川上くん、ここに座りなさい」

ソファには東京高等裁判所長官の稲本真澄（いなもとますみ）が座っていて、自分の隣を指さす。

「ありがとうございます。失礼します」

川上は頭を下げ、腰を下ろした。

「八年前の、府中市蕎麦屋放火事件だが……」

岡田が二人の前に座り、話しはじめた。

＊

六年前の東京地方裁判所――。

白いシャツ姿の久世は直立し、二年前に起きた事件の判決が言い渡されるのを待っていた。

（主文、被告人を死刑に処する）

判決を下した裁判官は、岡田だ。久世は絶望の表情を浮かべ、立ち尽くした。中学生だった亮平は傍聴席で体を震わせ、その細い肩を、トキ子が抱きしめていた。

＊

「再審請求を起こす動きがあるらしい」

岡田はかすかに眉根を寄せ、川上に言った。

「そうなんですか」

「検察の立証は完璧だった。どう考えても再審請求を通す余地はないがね」

稲本が言った。

四年前の東京高等裁判所――。

裁判長席に座るのは、稲本だ。

（本件控訴を棄却する）

稲本はきっぱりと判決を言い渡した。

＊

＊

「川上くん。先日の藤堂議員の毒物殺人事件では、判断を誤ったようだね。科研の信頼を守ろうとしたのはわかるが、逆効果になってしまった」

岡田は、このタイミングで先日の話題に触れた。

「申し訳ありません……」

川上は即座に頭を下げた。

「私の次は君にと期待していたんだが……。今後二度と誤った判断を下さぬように、よろしく頼むよ」

岡田は川上を威圧的に見た。

「はいっ」

川上はさらに深く頭を下げた。

＊

深山と舞子は拘置所の接見室で久世と向かい合っていた。

「どうも。斑目法律事務所から来ました、深山です」

「尾崎です」

「どうぞ」

深山は現れた久世に、イスに座るよう勧めた。やつれ果てた久世はふらふらと歩いてきた。まだそんな年齢ではないだろうに、その動きは老人のようだ。ようやくイスまでたどり着くと、崩れ落ちるように腰を下ろした。

「では、さっそくですが、生い立ちからお聞きしますね」

深山はノートを開いた。

「……生い立ち？」

「ええ、どちらのご出身ですか？」

深山は耳に手を当てた。久世が戸惑いながら隣の舞子を見ると、舞子も深くうなずいた。

「……府中市の、出身です」

久世はゆっくりと語りだした。

「……三十で自分の店を持って、店の二階で住むようになりました」

そしてやっと、店を持ったところまで話を聞いた。

「なるほど」

深山が一度、メモをしていた手を止めた。

「警察の任意の事情聴取で一度、自白されてますよね？　なぜですか？」

舞子が尋ねると、ただでさえ背を丸めていた久世はさらに身をかがめるようにして、黙り込んだ。

＊

八年前、連日、取り調べを受けていた久世は、疲れ切っていた。

（おいっ！　どうしても無実だと言うなら、裁判で争えばいい）

刑事は久世が座っていた机のスタンドを乱暴に叩きつけたかと思うと、急に口調を変え、久世の顔をのぞきこんだ。

（息子さんは精神的に相当参ってる。まだ小学生だろ？　あんなかたちでお袋さんが急に死んだんだ。罪を認めれば、一旦息子さんのところに帰してやるぞ。カツ丼食うか？）

亮平に会える。刑事の言葉に、久世の心は揺れ動いた——。

＊

「息子に、私はやってないって言いたくて。裁判で信じてもらえると思ったんです」

悔しさに背中を震わせていた久世は、顔を上げ、深山と舞子を見た。

「弁護士さん、私のことはどうでもいい。でも、亮平を……妻を殺した殺人犯の息子にしたくないんです。お願いします」

泣き崩れる久世を、二人は無言で見つめていた。

＊

『被告人　久世貴弘（52）職業　オーナー（木造二階建アパート）店主（そば処　音吉庵）

罪名　現住建造物放火及び殺人

被害者　久世直美（当時43歳）被告人の妻　死因　頭部に裂傷、頭がい骨にヒビ　一

酸化炭素中毒死
参考人　久世亮平（20）被告人の息子
公訴事実　二〇一〇年三月三十一日妻、直美さんの頭部を鈍器で殴打し、火災事故を装うため、ガソリンスタンドで灯油を購入。その後一階にあった雑誌や新聞に火をつけ、店舗の一部を残し、焼損した。
認否　否認
証拠関係①自白→息子のことを思って、自白してしまった。
　②ガソリンスタンドの防犯カメラ映像と売上明細書』

深山たちが刑事事件専門ルームに戻ると、会議が始まった。

「久世さんは、木造の二階建てのアパートを経営するかたわら、一階の一部を利用して、妻の直美さんとともにお蕎麦屋さんを経営していました」

中塚がホワイトボードを前に、説明を始めた。ホワイトボードには事件の概要と共に、蕎麦屋とアパートの見取図、付近の地図も貼ってある。一階は店舗、二階は住居。その奥をアパートとして貸していた。１０１号室と２０１号室、それぞれの階に１Ｋの世帯が一世帯ずつだ。

「ちなみにそのとき二人が住んでいたのは、二階のこの部分です」

中塚が見取図の二階の自宅部分を指した。

「ちょっと、藤野さん」

深山は自分の目の前に仁王立ちになっている藤野に声をかけた。

「はい?」

「いいかげん」

どいて、と、深山は手で示す。

「ああ、すいません」

藤野は慌ててどいた。

「どうぞ」

深山は中塚に続きを促す。

「はい、ええ……判決によりますと、事件当日、閉店後に二人は口論となり、カッとなった久世さんは直美さんの頭部を鈍器で殴打。その場に倒れました。殺してしまったと思った久世さんは、これを火災事故に見せかけるため、車に乗って、灯油を買いに行きました。そして、廊下に置いてあった新聞、雑誌に灯油をかけ、火をつけました。アパートは店舗の一部を残し、焼損しました」

中塚は一階のアパート入り口そばを指した。『出火場所』と赤いマーカーで示されている。

「奥さまは、厨房で遺体となって発見されています」

見取図には、直美が倒れていた場所が示されている。

「このとき、息子さんはどこにいたんです？」

藤野が尋ねた。

「その日は塾で遅くなったため、運よく火災からは免れたようです」

中塚と藤野のやりとりを聞きながら、深山は『本葉は本事件の火災現場を撮影したものである』という写真の資料を見ていた。厨房の床に、倒れていた直美の遺体の輪郭が白いチョークでかたどられている。

「司法解剖の結果を見ると、奥さんは頭部に裂傷、頭がい骨にヒビが入っていますね」

舞子は言った。

「それが死因ってことか」

明石が尋ねた。

「いえ、鼻と気管が火傷しているので、直接の死因は一酸化炭素中毒となってます」

舞子の見ている資料だと、死因は『一酸化炭素による中毒死と認める』とあるが、後頭部に約二センチの裂傷があり、頭蓋骨に亀裂骨折とある。

「殴られてからしばらくは、息があったってことですね」

藤野の言葉に、舞子は「ええ」と頷いた。

（妻とは口論にはなりましたが、殴っていません。その後、店を出て、頭を冷やすために車を走らせました。手ぶらで帰るのも気まずいので、ちょうど切らしていた灯油を買って帰りました。駐車場に戻ったら店の方が火事になっているのが見えたんです）

当時、久世が裁判で主張したことを、舞子は話した。ホワイトボードに『ちょうど切らしていた灯油（5L）を買って帰ると店が燃えていた』と書かれている。

「ですが、一度してしまった自白が有力な証拠となり、久世さんの主張は退けられてしまいました」

「他にも久世さんが犯人と示す証拠があったんですか？」

藤野が尋ねた。

「ええ。こちらの資料をご覧ください」

舞子は自席から立ち上がり、久世がガソリンスタンドでレシートを取り出している防犯カメラの映像証拠写真をホワイトボードに貼り付けた。

「これは、久世さんが灯油を購入したガソリンスタンドの防犯カメラの画像です。ここを見てください。久世さんが灯油を購入したのは二十一時三十分」

防犯カメラの映像は、ガソリンスタンドの店内と、店外の灯油の自動販売機付近を映したもので、時刻は『21：30：03』だ。

「次、こちらの資料を見てください。これは販売機の売り上げ明細書ですが、このピンクで印のついている部分。二十一時三十分に灯油を十五リットル購入した記録が残されています。この二つを照合すると、久世さんは事件当日、二十一時三十分に灯油を十五リットル購入したということがわかります。久世さんがその日に乗っていた車に灯油が五リットル残ったポリタンクが発見されています」

舞子は車の荷台の写真をホワイトボードに貼った。『本葉は、被疑者使用の軽自動車を撮影したものである』という荷台全体を写したものと『本葉は、被疑者使用の軽自動車に荷積みされた20Ｌポリタンクを撮影したものである（但し、灯油5.0Ｌが残存）』という赤いポリタンクのアップの写真がある。

「赤ってガソリンじゃないんですか？」

中塚が尋ねた。関西では灯油タンクは水色だ。

「それ関西だけやねんて」

藤野が関西弁で言う。

「ほんまに」

中塚は頷いた。

「十五リットル購入して五リットルしか残っていないということは、十リットルを撒いて犯行に及んだということになり、それが決定打になっています……が、久世さんは灯油は五リットルしか購入しておらず、十五リットルは嘘だと、主張しています」

とはいえ、二十一時三十分に十五リットルを購入した記録が残っているので、それが決定的な証拠となっている。深山は車に残されたポリタンクの写真を手に取り、じっと見つめた。ポリタンクには五リットルちょうどの灯油が残っている。

「他に裁判所の認定と久世さんの主張が食い違っているところは……この『現場付近の見取図』、見てください」

舞子はホワイトボードの地図を指した。

「久世さんはガソリンスタンドから、直接、駐車場に戻ったと供述しています……」

舞子は地図上の『被疑者が灯油を購入したガソリンスタンド』から『被疑者契約駐車場』までの赤く示されたルートをペンで指した。

「ですが検察は久世さんがガソリンスタンドから店に寄り、放火をして、駐車場に戻ったと主張しており、裁判所もそれを認めています」

店から駐車場へは一方通行のクネクネとした道を曲がらないと戻れない。店から近い駐車場がなく、車で三分ほど行った場所にある駐車場を契約していたという。

「駐車場の防犯カメラには、二十一時四十五分に久世さんが戻ってくるところが映っています。つまり、ガソリンスタンドから駐車場までの移動時間は十五分だったことがわかります」

中塚が説明を補足した。

「じゃあまずは、これを検証してみますか」

深山は言った。

＊

夜も更けていたが、深山は当時、久世が利用していた駐車場にやってきた。久世が借りていたという駐車スペースは、現在は使用されていない。深山はそのスペースが映るようカメラの位置を決めた。

「よいしょ」

そして持参した折り畳み椅子に座り、地図を確認すると、携帯を取り出した。

「もしもし、じゃ、まずは、久世さんの主張から検証しよう」

深山は明石に電話をかけた。

久世が運転していた軽のバンと同型の車を借りた明石たちは、ガソリンスタンドにいた。スタートがかかると、後部座席の藤野はカメラの録画ボタンを押した。運転手の明石はガソリンスタンドで灯油を五リットル給油しはじめる。販売機のメーターの数字は、どんどん変わっていく。

「案外早いですね」

藤野は後部座席から身を乗り出して撮影していた。助手席の舞子は、オレンジ色のつなぎを着た従業員に事情を説明していた。

「はい、五リットル入りました」

藤野の言葉を聞き、

「灯油を購入しました」

助手席の舞子が深山に携帯で報告をすると、深山がストップウォッチを押した。精算機から出てきた明細書を手にした明石は、荷台にポリタンクを積み込んだ。

「扉、静かに閉めてね」

藤野は言ったが、明石は思いきり後部扉を閉めた。

「おい、静かに閉めてよ」

「びっくりした」

藤野と舞子が文句を言うが、明石はかまわずに運転席に乗り込み、エンジンをかけた。

舞子は深山とつながっている携帯の画面を明石に向けた。

「明石行きまーす！」

明石は携帯に向かって言い、車を発進させた。

「車出発しました」

舞子が深山に報告し、電話を切った。

車は地図上に赤く示されたルートを走り、駐車場に到着した。明石はまるで、カースタントをやっているかのように、急ハンドルを切って駐車する。

「バカなの？　なんでそんな停め方すんの？」

「怖いでしょう？」

藤野と舞子は文句を言いながら車から降りた。

「久世さん停めたのこっちだし！」

藤野が言うように、久世が借りていたのは十五番だが、明石は十四番に停めていた。

ちょうどそこも空いていたのだ。

「まあ同じようなもんですよ」

明石は細かいことは気にしない。

「何分かかりました？」

尋ねる舞子に、深山は舞子にストップウォッチを見せた。

「七分八秒」

深山の横でカメラが回ったままなので「一回止めます」と、藤野が停止ボタンを押した。

「十五分って言ってたのに、その半分しかかかってないってことですか……」

「交通事情は当時と変わってないだろうし、俺のドライビングテクニックを差し引いても、おかしいよな」

腕組みをして首をひねる明石に、舞子が「は？」と、不快な表情を浮かべた。

「じゃ、今度は検察側の主張を再現してみようか」

深山は言った。

「よし行こう」

明石ははりきって再び運転席に乗り込んでいった。

「運転は？　運転かわって」

「ホントにやだ〜」

「普通に運転して」

「え！　また」

藤野と舞子はうんざりした声を上げながら、渋々乗り込んだ。

明石はポリタンクに給油を始めた。

「十五リットルだよ」

藤野がカメラを回しながら言う。

「はい」

明石が頷いたとたんに藤野が大きなくしゃみをする。

「あ、ごめん」

「驚いちゃった」

そんなやりとりをしている間に、給油量は十五リットルに近づいていく。

「はい、十五リットル入りました」

藤野が言うのを聞き「十五リットル購入しました」と、舞子が携帯で報告する。深山がストップウォッチを押し、明石が売り上げ明細書を取って、荷台に積んでまた乱暴に閉めて藤野と舞子がびっくりして文句を言い、車が出発し……と、先ほどと同じことが繰り返され、ガソリンスタンドを後にした。

「中塚さん、そろそろ行きますよ」

深山から電話がかかってきた。

「はーい、準備できてまーす」

以前、『そば処音吉庵』があった場所で待機していた中塚は返事をして、電話を切った。現在は空き地となっているその場所には、白いテープを貼って、当時の間取りが再現されていた。それぞれの場所に『そば処音吉庵』『出入口』『廊下』『階段』と札が立てられている。『廃品回収置き場』には雑誌が積み上げられていた。中塚が待機していたのは101号室の和室にあたる右奥だ。

中塚が裁判記録にある現場の写真を確認していると、ワールドプロレスリングのテーマ『ザ・スコアー』が鳴った。舞子から電話だ。

「はい」

「中塚さん、まもなく着きます」

「はいはーい」

電話を切ると同時に、車が走ってきて、前の道路に静かに停車した。

「そうそうそう」

「すごい構えちゃった」

「普通に停められるんじゃない」

ドアが開くと、藤野と舞子の声が聞こえてくる。明石が降りてきて、後部からポリタンクを取り出した。

「そうそうそう。急いで急いで」

藤野がカメラを回しながら言う。

「ドアを開けて……」

明石は『出入口』の札が立てられた場所でドアを開ける仕草をして、中に入る。

「靴を脱いで……」

明石が『廊下』だった場所を進んでくる。中塚は見取図を確認しながら指でなぞった。

「『廃品回収置き場』に着いた。よし」

明石はポリタンクを下ろした。

「蓋を開けまして……よいしょ」

積み上げられた新聞、雑誌に、ポリタンクに入った液体を撒いた。

「あー！　明石さん、それ灯油でしょ？」

焦った舞子が声をかけたが、明石はかまわずに撒き続けた。

「危ない危ない危ない！」

「尾崎先生尾崎先生尾崎先生！　水ですよ。白いポリタンクですから」

藤野が動揺している舞子に声をかけた。

「え？」

「白いポリタンクですよ」

中塚にも諭される。

「さっき灯油買ったから……取り乱しました」

舞子は冷静さを取り戻した。と、明石はマッチを擦って火をつけようとしている。

「あー、でも、火。危ないって！」

舞子はまた焦っているが、

「いや、大丈夫」

藤野が言うように、火は上がらない。

「心臓に悪いんだから……」

舞子はぶつぶつ言いながら、車に戻った。

「静かに扉閉めてね」

藤野はそう頼んだが、明石はやっぱり乱暴に扉を閉めた。

「静かに閉めてよ！」

「大きい音イヤなの」

二人に文句を言われながら、明石はエンジンをかけ、アクセルを踏んだ。

「お疲れ様でーす」

中塚は三人に声をかけ「あ、深山先生、今、こっち出ました」と、深山に電話をかけた。


深山が待っていると、車がバックで入ってきた。キキーッと派手なブレーキ音を立てて停車すると、

「なんのアトラクションだよ？　誰がバックで入れろって言った？」

藤野が文句を言い、舞子はあまりの恐怖で、高い笑い声をあげながら車から降りてきた。

「だってこっち入れろって言ったじゃない？」

明石は、今度はちゃんと十五番に車を停めたと主張する。

「うまいけど！」

藤野がぶつぶつ言っているが、舞子は冷静さを取り戻し、深山に「何分ですか?」と尋ねた。

「十五分十九秒」

深山はストップウォッチを見せた。

「はい、カットします」

藤野がカメラを止めた。

「てことは、検察が言ってることの方が合ってるな」

明石は首をかしげた。

「……裁判所の認定も正しいってことですか」

舞子がため息をついた。

だが深山は無言で車の方に歩いて行き、後部座席の扉を開けた。そして荷台の白いポリタンクを見る。ポリタンクには十五リットルと五リットルのところに赤いラインをつけていたが、五リットルのラインよりもだいぶ多くの量の水が残っている。

「やっぱり」

深山はニヤリと笑った。

「藤野さん、子ども用のプールって持ってます?」

深山は尋ねた。

「めってます」

「持ってます」

「めってます」

「どっちですか？」

「あの……めってます」

藤野は頷いた。

＊

翌日、刑事事件専門ルーム外のスペースに青いシートを敷き、その上で藤野が自宅から持参したプールに空気を入れていた。

「このすべり台が娘に人気なんですよ」

四角いビニールプールには、階段とすべり台もついている。

「へーえ」

深山は頷きながら「もうちょっと、はい！　はい！」と、空気を入れる藤野をあおった。

「何するんですか？」

舞子に問いかけられ、深山は手に持っていた資料を渡した。久世の車の荷台に置いてあったポリタンクの写真だ。

「裁判所は、久世さんが灯油を十五リットル購入して、そのうち十リットルを現場に撒いて放火したと認定してる。そして、車の中にあったポリタンクにちょうど五リットルの灯油が残っていた」

「それがどうかしたのか？」

明石が尋ねる。

「ということは、久世さんは放火する際に、ぴったり十リットルの灯油を撒いたってことになるよね。そんな器用なことが果たしてできるのか。さあ明石さん、やってみよう！」

そう言って、深山は椅子に腰を下ろした。

「俺？　まかせろ！」

いつものように、実証開始だ。

「明石、十リットルぴったり撒きまーす！」

「さあ、どうだ」

深山が言うと、明石はプールに向かってポリタンクの水を撒いた。

「五リットルちょうど残すんだよ」

藤野が言う。

「五リットルぴったり、残しまーす！　よし！」

撒き終わったポリタンクを、デジタルはかりに載せる。

「さあ、五リットルちょうど残ってるでしょうか？」

「一回目」

藤野と深山が表示された数字を見る。

「全然ダメ、九・〇六残ってる」

藤野が言った。

「あれ、すげー残ってる」

明石は意外そうに首をかしげた。

「はい、次」

深山は言った。

「明石、五リットルぴったり、残しまーす！」

明石が繰り返し水を撒き、藤野がその都度数字を読み上げていくが、大目に残ってしまう。それから何度か、明石はその都度、五リットルぴったりを目指しながら挑戦した。もう両腕はまともに上がらないほど疲れている。

「行けー、よーし！」

「二十回目！」

深山は言った。

「ちょ、ちょっとやりすぎじゃない？」

「やりすぎじゃない。これぐらいだ！」

明石は藤野の言葉も聞かずに多めに撒いた。

「やりすぎだよ……ほら、やっぱり。二・〇二しか残ってない」

藤野が言った。

「これで勘弁してくんないか？」

明石は膝に両手をつき、深山に懇願した。

「無理です」

だが深山は容赦ない。そしてついに五十回目をやったが、六・五六残ってしまう。

「もう手がパンパン！」

明石は倒れそうだ。

「なっさけないなあ」

給油ポンプでバケツの水をシュコシュコとポリタンクに移す役目の中塚が、明石に言った。

「代わってよー」

明石が言うが、中塚は完全スルーだ。

「はい次！」

深山に言われ、明石はポリタンクを持ち上げたが、持ち上がらなかった。明石はそばに立っていた舞子の前にポリタンクを下ろした。

「私？」

目を丸くする舞子に、明石は頷いた。

「よいしょ！」

舞子は渋々、役目を代わった。

「あああ」

だが予想より重く、撒こうとすると前につんのめってプールに落ちそうになる。

「危ない危ない！」

「我慢我慢！」

足を踏ん張れ、と藤野たちが声をかける。

「五リットル残すんでしょ？　お、けっこういけんのかな？」

舞子はどうにか撒き終えた。

「どうだ？　はい、載せますよー」

そしてはかりに載せ、

「おおおおお……惜しい！　五・九四残ってまーす」

藤野が数字を読み上げた。

「じゃあ明石さん、お願いします」

舞子は一回であっさり諦めた。

「なんでだよ」

明石は仕方なく立ち上がった。だがもうポリタンクを持ち上げることはできない。

「明石……行きまーす」

明石はポリタンクをビニールプールのヘリに載せてどうにか水を撒き、そのままプールに倒れ込んだ。

「さあ、どうだ？」

深山が言い、藤野がはかりの数字を読み上げた。

「はい、三・四四残ってるなあ」

「もう無理だ！　これで一〇八回目だぞ！」

「あ、煩悩の数。じゃあ心の穢れも一緒に取れそうですね」

中塚がほのぼのとした口調で言う。

「嬉しくないし！　穢れてもないよ！　深山、勘弁してくれ！　バーッて撒いて、ぴったり五リットル残すなんて無理だよ！」

「だよね。ということは、久世さんが購入した灯油は、十五リットルじゃなく、主張通り五リットルだったたんじゃないかな？」

深山の言葉を聞いて明石は倒れ込み、みんなも黙り込んだ。

「……だとしても、防犯カメラの映像と売り上げ明細書がある限り、裁判所の認定を覆すことは難しいでしょう。それに、ガソリンスタンドから駐車場までの移動の時間の検証も、矛盾な点はありませんでしたよね」

口を開いたのは、舞子だ。

「そうなんだよねぇ……」

深山は証拠写真の資料を見ながら、考え込んだ。

「すいません、ちょっと今日、娘のパパ友たちと謝恩会があるんで帰ります。申し訳ないです」

十九時を回った頃、藤野が恐縮しながら帰っていった。

「お疲れさまです」

みんなは藤野を送り出し、深山はまだ、事件当日のガソリンスタンドの防犯カメラの映像を見ていた。そして、ふと、一枚のカットに吸い寄せられた。

「ん？」

「どうしました？」

舞子が深山の方を見た。

「これ……」

それはガソリンスタンドの店内が映し出されたもので、青いツナギを着た従業員がテレビの前で両手を上げていて、オレンジ色のつなぎの従業員が頭を抱えているのだ。

「ちょっと明石さん、そのままそれで、下向いて」

深山は、両手を頭の後ろで組んでぼんやりしている明石に言った。

「こう？」

明石はそのまま机に伏す。

「中塚さん、それ置いて、そこ立って」

そして今度は、モップをかけていた中塚に声をかけた。

「はい」

「で、そっち向きでガッツポーズ」

中塚はモップを壁に立てかけ、深山に背中を向けて両手を上げる。深山は手にしている資料と、ガッツポーズの中塚と頭を抱える明石を見比べてみる。

「これ、どんな状況なんだ？」

深山は考え込んだ。

「これは二〇一五年のニュージャパンカップで、一六七秒で棚橋選手を丸め込んだ矢野通さんですね！」

中塚は嬉々として「ヤノ・トー・ル！」と自分の頭を両手で指さすポーズを決めた。

でも深山の反応がないので、デニーロポーズをして下唇を突き出した。そんな中塚を見て、深山も思わず肩をすくめ、その顔とポーズを決めた。

＊

深山と舞子は、ガソリンスタンドに話を聞きに来た。運のいいことに、当時と同じ青いツナギを着た男性がいた。店長の三村だという。

深山が「何か覚えてることがないかと思いまして」と尋ねると、リーゼントヘアーの三村は写真を見ながら「事件があった日だろ?」と言い、考え込んだ。

「はい。二〇一〇年の三月三十一日ですね……あ、テレビ変わったんですね」

深山は、当時と店内の様子が違うことに気づいた。写真ではカウンター近くの棚に置いてあるが、今は天井からの吊り下げ式になっている。

「新しいの買ったんす……あ、これ俺っすね。頭抱えてる」

従業員の男性が写真を指さして言った。彼も店長と同じようにリーゼントヘアでキメている。そして当時も今も、オレンジ色のツナギを着ている。

「これ俺か、手上げてるの」

店長はテレビの前でガッツポーズしている自分を指さした。

「あー、逆転サヨナラホームランだぁ」

「逆転サヨナラホームランだぁ」

三村が思い出すと、従業員も頷いた。

「逆転サヨナラホームラン?」

舞子が首をかしげた。

「そうそう! スレッジが巨人戦でサヨナラホームラン打ったときだよ。俺、大のベイスターズファンでさ。めちゃくちゃ喜んだの覚えてるわ」

たしかに、三村はテレビで野球中継を見ながらガッツポーズをしている。テレビ画面に映っているのは当時のベイスターズの助っ人外国人、スレッジがダイヤモンドを一周するシーンだ。

「ほら、見たらわかるでしょ? 店長、素人そっくりさん大会で準優勝してるんす。三浦大輔投手のそっくりさんで」

店内には、三浦大輔と三村が記念撮影した写真が飾ってある。

「似てる」

深山は三村の顔を見て笑った。

「俺、大の巨人ファンでむちゃくちゃ落ち込んだっすよ」

従業員は逆転された夜を思い出し、今も悔しそうに言った。開幕して間もないこの日、巨人が一回表に四点を先制したものの、ベイスターズがこつこつ点を返して、五対五で迎えた九回裏、スレッジがサヨナラ3ランホームランを打ったのだ。

「今思い出しても気持ちいいなー」

三村は嬉しそうに声を上げた。

「逆転サヨナラホームラン、ですか」

深山はニヤリと笑う。そして店の隅に行き、佐田に電話をかけた。

「あの、三浦大輔って誰ですか？」

舞子は真面目な顔で、三村に問いかけた。

＊

刑事事件専門ルームに戻った深山は、佐田に取り寄せてもらった、二〇一〇年三月三十一日の横浜ＤｅＮＡベイスターズ対読売ジャイアンツ戦の映像を見ていた。

「はい」

深山は佐田に資料を渡した。ガソリンスタンド内の写真だ。

「何？」

「このシーンの映像を見たかったんです」

「だから取り寄せたんだろ？　俺がさ、この映像を取り寄せるのにどれだけの苦労をしたか。俺じゃなきゃできないんだよ」

佐田は横浜ＤｅＮＡベイスターズの顧問弁護士を務めている。そのツテで、急遽取り寄せたものだ。

「優しいなあ」

　明石が佐田をねぎらった。

「横浜にどれだけ俺が恩義を……」

　佐田はまだぶつぶつ言っている。

「これはラミレスですか？」

　藤野はバッターボックスに入った助っ人外国人選手を見て尋ねた。

「違うだろ、おまえ」

　佐田は言った。ラミレスはベイスターズの現監督だが、このときは対戦相手、巨人の四番としてレフトを守っている。

「バースですか？」

　中塚は八十年代に活躍した阪神タイガースの助っ人の名前を言う。

「違うだろ」

「ポンセですよね？」

　明石も間違えている。ポンセはたしかに横浜の選手だが、ホエールズ時代だ。

「一回なんか銀座連れてって飲んだんだよ、一緒に」

　そういう佐田も、なかなかこの選手の名前が思い出せずにいるが、彼がスレッジだ。

『どうだ――――?』

野球中継のアナウンサーが叫んだ。ボールが夜空に弧を描き、スタンドに向かって飛んでいく。

「うるさい」

深山は映像に見入っていた。

「カーッ、打ったよ、おまえ」

声を上げる佐田から資料を取り上げ、深山は映像と見比べた。

「あ、今のだ、戻して戻して」

「はい、戻します」

藤野がパソコンを操作して映像を戻した。

「三月だろ? この年、開幕ダッシュにも失敗して最下位。三浦がいなかったんだよ、頭から……」

佐田は野球の知識をひけらかしているが、深山はかまわずに「ここ」と指示をした。スレッジが一塁ベースを回りかけたところだ。

「止めて」

「はい」

藤野が止めた画面と、資料を並べると……。

「やっぱり一致してるね」

「ですね」

深山は確認した。

「ちょっともう一回戻してください」

藤野が映像を巻き戻し、スレッジがホームランを打った場面から流す。

「おまえもついに横浜ベイスターズのファンになった？」

「全然興味ないです」

深山は佐田に答えた。

「じゃあなんでこんなに何度も見てるんだよ？　何度見たって一緒じゃん。野球興味ないんだろ？」

佐田がからんでくるが、深山はもう一度藤野に巻き戻してもらった。

「一緒だよ。またこのなんたらがホームラン打つんだよ」

佐田は相変わらずうるさい。

「はいちょっと止めて。今の、スタンドが映ったところまで戻して」

深山は、ボールがスタンドに飛び込む直前で映像を止めるよう指示をした。

「はい、ちょっと戻します」

「止めて」

「うっ」

藤野はスタンドにボールが入る直前の画面で止めた。画面にはライトスタンドと眩しく光る照明、そして、左側に電光掲示板が写り込んでいる。

「あ……よく見てください」

深山は再び佐田に資料を渡した。

「……あ」

佐田も気づいて資料と画面を見比べた。

「あ!」

舞子も声を上げた。

「あ――――っ!」

「何?」

藤野が声を上げた明石に聞いたが、

「わかんないっす」

明石は笑ってごまかした。

「深山先生！」

舞子は深山を見て目を輝かせた。深山は真剣な顔で立ち上がり、画面を見て親父ギャグを言おうとした。

「横浜べーイ舌ーズ」

佐田が深山を遮り、ベーッと舌を出した。

「グッバーイ、ベイスボール！」

ホームランがスタンドに飛び込むときに実況のアナウンサーが叫ぶのを真似して言った。

「マイナス十点」

深山は辛い採点をした。

「なんでよ？　だってベイスターズだよ？」

佐田は深山に説明しようとするが、舞子は二人の間に割って入った。

「これで再審請求いけ……増田恵子はピンク・レディー」

舞子は深山の顔を見て言った。深山が何も言わないので「ＵＦＯ！」と振り付きで歌ってみたが、深山はくるりと背を向けてどこかへ行ってしまった。

「え、ダメですか？」

舞子はキョロキョロしていたが、パラリーガルたちはさっさと自分の仕事に戻る。

「なんで駄目だったんですか？」

舞子は佐田の方に振り返った。

「あのな、畳みかけ方が弱いんだ、畳みかけが。俺みたいに、いらっしゃーい、みたいな感じでいかないと」

二人のやりとりを、深山は少し離れた場所で冷ややかに見ていた。

＊

川上は自席で、再審請求書を見ていた。三月十四日に提出されたその書類には、斑目、佐田、深山、尾崎の名前が書き連ねてある。請求人の欄にあるのは久世貴弘の名前だ。

川上はダブルクリップで束ねられている書類をめくっていった。そして現在までの公判記録が記された書類で、手を止めた。

平成二十二年四月に起訴され、六月七日の公判で『東京地方裁判所　裁判官裁判長岡田孝範』とあり、平成二十四年六月八日の控訴を平成二十六年の二月に棄却。そこには『東京高等裁判所　裁判官裁判長　稲本真澄』とある。その二日後の上告は、平成三十年三月に棄却されている。

やはり、先日、岡田たちが言っていた府中市蕎麦屋放火殺人事件の再審請求の話だ。しかも、前回、藤堂の裁判で苦杯を喫する羽目になった斑目法律事務所だ。川上は大きなため息をつき、お茶をすすった。そのため息と湯気で、メガネのレンズが白く曇った。

＊

数日後、裁判所で再審請求の三者協議が行われることになった。弁護人側は深山たち三名。検察庁からは担当検事の犬養孝（いぬかいたかし）ともう一名が出席している。コの字型に並んだ机の向かい側に、弁護士たちと検事たちが向かい合い、裁判官の到着を待っていた。

やがて、川上を先頭に、裁判官が三名入ってきた。川上は深山たちに一瞥もくれず、残りの一辺に並んで腰を下ろす。

「川上さんが担当……？」

舞子は佐田と顔を見合わせた。

再審請求の協議が始まった。

深山が立ち上がり、ガソリンスタンドの防犯カメラ映像の写真を手に、説明を始めた。

「これは久世さんがガソリンスタンドで灯油を購入したときの防犯カメラの画像です。時刻は二十一時三十分となっています。事件当日の売り上げ明細書には、二十一時三十分に十五リットルの灯油が購入されたと、記録が残っています」

深山はガソリンスタンドの防犯カメラの写真と売り上げ明細書を照らし合わす。

「あなたたちはこれらを元に、久世さんが二十一時三十分に灯油を十五リットル購入したと断定したんですよね？」

深山は向かい側に座る犬養に問いかけた。

「ええ。そうですよ」

犬養はふてぶてしい態度で答える。

「では、こちらを御覧ください。これは、先ほどの画像の一部を拡大したものです。この、左側に手を上げている方がいらっしゃいますよね？」

「それがどうしたんですか？」

「なぜ手を上げていたのかというと、野球中継を見ていたんです。事件が起きた二〇一〇年三月三十一日には横浜ベイスターズ対巨人の試合が行われていました。この試合は、ベイスターズのスレッジ選手が逆転サヨナラホームランを打って勝利。熱狂的なベイスターズファンだった彼は大喜びしたそうです」

「……だから、なんなんですか？　裁判所が職権でヒアリングしたいと言うから来ましたけど。これ、意味あるんですか？」

犬養は鼻で笑った。

「もちろんありますよ」

深山は怒りを込め、低い声で言った。

「この試合の実際の映像を、球団からお借りしてきました。ご覧いただいてもよろしいでしょうか？」

深山は川上に尋ねた。

「どうぞ」

川上が許可をし、舞子がパソコンを操作した。会議室のモニターに、映像が流れる。

舞子はホームランがスタンドに入り、スレッジが一塁ベースを周ったところで一時停止のボタンを押した。

「今のこの映像と、先ほどの画像を重ねると……」

一時停止した画像は右半分に縮小され、左半分に三村がガッツポーズをしている画像が映し出された。舞子はパソコンを操作して防犯カメラのテレビを拡大した写真を重ねた。

「このようにぴったりと一致するんです」

深山は犬養の顔を見た。

「だからどうしたというんだ？」

「では、もう一度、今度はゆっくりにして、見てみましょう」

深山が言うと、舞子は映像を打った瞬間に戻し、スローで再生した。打球がライト方向に上がり、電光掲示板が映ったところで、映像を止める。そして電光掲示板の時計をアップにする。

「電光掲示板の時計は何時になっていますか？」

その時計の針は、二十一時四十分の少し前を指していた。犬養も、川上も、驚きの表情を浮かべた。

「この映像からわかるように、逆転サヨナラホームランを打った時刻は二十一時三十八分です。ではなぜガソリンスタンドの防犯カメラの映像は、二十一時三十分になっているんでしょうか？」

深山はもう一度ガソリンスタンドの防犯カメラ映像の写真を手にした。

「つまり、これは防犯カメラの時間が八分間遅れていたことを示しています。ということは久世さんが灯油を購入した時刻は二十一時三十分ではなく、本当は二十一時三十八分だったということです」

深山は売り上げ明細書を示した。

「では、もう一度、売り上げ明細書をご覧ください。二十一時三十分には十五リットルの灯油が購入されていますが、これは別の人物です。それでは、二十一時三十八分の欄を見てみましょう」

深山は売り上げ明細書の三つ下の欄を指した。

「この時刻に五リットルの灯油が購入された記録が残っています。つまり、これこそが、久世さんが購入した灯油だったんです。調書で明らかになっているように、久世さんの車の中には、五リットルの灯油が載っていました。ということは、灯油は一滴も減っていなかった。よって、久世さんが灯油を撒いて店に放火することは絶対に不可能だったということになります」

「ポリタンクに最初から灯油が入っていた可能性だってある！」

犬養が声を上げた。

「そもそも灯油を購入したのがこの二十一時三十八分。そして駐車場に戻ったのが七分後の二十一時四十五分なんですから、店に寄る余裕なんて……」

佐田が言いかけたところで、

「先に灯油を撒いたかもしれないだろ！」

犬養が遮った。

「それはおかしいじゃ……」

二人は口論になったが、川上がワーッと声を上げて仲裁に入った。

「双方の主張はわかりました。では、弁護側は検察の主張を覆すためにも、『ポリタンクに元々灯油は一滴も入っていなかった』ことを示す証拠を提出していただけませんか？」

「……川上さん？」

舞子は耳を疑った。

「それでは、また」

川上は立ち上がった。犬養たちも帰り支度を始める。深山はその場に立ったまま、川上の背中を見送った。

「ないことを証明しろなんて冗談じゃないよ。ポリタンクに元々一滴も入っていなかったなんて、誰が証明できるんだよ！」

「……できません」

佐田は怒り、舞子はため息をついた。

「……二人の親父ギャグがな」

深山はドスンと椅子に腰を下ろす。

「関係ないじゃないか」

佐田は深山を睨みつけた。

「イヤな予感したんだよなぁ」

深山は椅子を揺らしていた。

＊

川上が廊下を歩いていると、一緒に三者協議に出ていた若手裁判官の小島が追いかけてきた。

「なぜ、その場で再審請求を棄却されなかったんですか?」

問いかけられたが、川上は答えず、自席に着いた。

「即座に棄却しても、また何かしらの難癖をつけてくるだろう。そこで川上さんは極めて難しい無理難題を弁護側に押し付けた。もし証明できなければ、それは弁護側の責任になる」

遠藤がかわりに説明し、自席に戻り、ノートパソコンを開いた。

「そういうことですか！」

小島は納得して笑顔を見せた。

「無理難題って。人聞き悪いな。俺は公正な判断をしたいだけなんや」

川上は楽しそうに笑いながら言った。

「……ですよね」

遠藤はチラリと川上を見て、またパソコンの方に向き直った。その途端に川上の顔からすっと笑みが消えた。

＊

その夜、舞子は『うどん鳳亭』にやってきた。扉の前でしばらく迷っていたが、意を決して、ドアを開けて中に入っていった。

「はい、いらっしゃい！」

「こんばんは」

「あ〜、舞子ちゃん、久しぶりだね」

店主は舞子の顔を見たとたん笑顔になった。

「かけとおにぎりで」

舞子はいつものメニューを口にした。

「あいよ！　かけ一丁、おにぎり、鮭ね！」

店主は注文を通し、どこでも好きなところに座るように言った。舞子はちらっと奥のカウンター席を見た。定位置に川上の姿はなかったが、遠藤が一人で酒を飲んでいた。舞子は手前のテーブル席に、遠藤に背を向ける形で腰を下ろして座った。コートを脱いでいると、遠藤がお銚子を手にやってきて、向かい側の席に腰を下ろした。

「……遠藤さん」

「川上さんに会いに来たのか？」

遠藤は手酌をしながら尋ねた。舞子は何も答えずに、目を逸らした。

「川上さんは再審請求を絶対に通さない」

遠藤も舞子を見ずに言った。

「どういうことですか？」

舞子は眉をひそめ、遠藤の顔を見た。

「川上さんにはそうできない過去があるんだよ」

ようやく、二人の視線が絡み合った。

＊

翌日、舞子は斑目法律事務所のマネージングパートナー室で、斑目と佐田、深山に、昨夜遠藤から聞いた話をした。

「川上さんは、将来を嘱望されたエリート裁判官だったそうです。異例の早さで出世して、若くして事務総局にも勤め、東京地裁の裁判長になったそうです。あるとき、川上さんは再審請求の案件を任されました」

二十年前——。

川上は当時の上司に『再審請求書』の申請書類を渡された。

（川上くん、期待しているよ）

（はい！　任せてください！）

川上はやりがいのある仕事に、目を輝かせた。

「その案件で有罪判決を下した裁判官たちは、その頃、裁判所で重鎮として君臨していたそうです。しかし、川上さんは、その判決には重大な見落としがあり、被告人は無実であることに気付きました。そして、再審請求を認める決定を出したそうです」

（我々、裁判所はあなたに対し、耐え難いほど正義に反する判決を下してしまった）

判決を下し、被告人に詫びた川上に、周囲は冷ややかな視線を送るようになった。

「程なくして、川上さんに辞令が下ったそうです」

（川上くん、栄転だ）

上司が川上に渡した通知書には『金平島家庭裁判所・所長代行』と記してあった。川上は荷物をまとめ、東京地方裁判所を去った。

「栄転という名の左遷。川上さんはエリートコースから外されました……」

それが、昨夜、舞子が遠藤から聞いた話だ。

遠藤は最後に言った。

（川上さんが変わったのはそれからだった。自身の持つ正義感を持って、公正な判断を下していた人が、組織を重んじる人間になっていった。その頃からだよ。『ええ判決せえよ』そう声をかけ始めたのは）

と――。

「私も、その言葉をよくかけてもらいました。とても信頼できる上司でしたが、その言葉の意味は、私が思ったものとは違ったものだったのかもしれません」

舞子は暗い目で説明を終えた。

「いまや彼は、次期事務総長の地位さえ狙える立場になった。年齢的にも最後のチャンスだろう。今さら再審請求を通して、昇進をふいにすることなど考えられないってことだね」

斑目もそのあたりの事情はよくわかっている。

「まあ、どのみちやることは一つですから」

さっきから椅子を激しく左右に揺すっていた深山は言った。

「僕は当時の関係者に、話を聞いてきます」

立ち上がって歩きだした深山は、自分が回した椅子に思いきりぶつかった。格好悪くつまずいたが、何事もなかったように出ていった。

「ふらついてんじゃん。回らなきゃいいじゃん、だったらさ」

向かい側に座っていた佐田は呆れたように言った。

「一緒に行かないんですか？」

舞子が尋ねると、佐田は言った。

「いや、俺は俺でやることあるから。そっちは頼んだよ、なんかふらついてるし」

＊

数日後、中塚が刑事事件専門ルームのホワイトボードに、新たに書き込みをしていた。

「書けました」

中塚が、みんなの方を振り返ったとき、テレビからは『再審請求の弁護団代表、佐田弁護士の会見が始まります』と、ニュースキャスターの声が聞こえてきた。

「中原銀次さんは、久世さんが経営していた蕎麦屋の従業員。海老沢晋さんと島津ヤエさんは同じアパートの住人です。この三人の現住所がわかりました」

舞子がホワイトボードを見て、みんなに言った。そこには事件当時、久世の蕎麦屋で働いていた『中原銀次』、住人だった『海老沢晋』、『島津ヤエ』の名前と、それぞれの住所が書かれている。中原は埼玉県所沢市に、海老沢は東京都青梅市に、ヤエは神奈川県相模原市と、三人とも一時間ほどで行ける場所に住んでいる。

「じゃあ中塚さん、三人にアポ取ってください」

「かしこまりました」

中塚は深山に頷いた。

「あ、佐田先生の会見、始まりますよ」

藤野が言い、深山たちもテレビ画面に注目した。

『えー、今回はですね。八年前に起きました府中市蕎麦屋放火殺人事件について、我々の所見を述べさせていただきたいと思います。この事件は明らかに冤罪でございます。裁判所が認定した検察の主張を真っ向から覆すだけの証拠を、我々弁護団が見つけ出して再審請求をしたにも関わらず、裁判所はこれを、受け入れようとはしません』

佐田が言うように、速報のテロップにも『再審請求協議は難航　地裁は受け入れようとせず』とある。

『ではこの件に関しまして、久世貴弘さんのご長男、亮平さんからお話をいただきます』

強気の発言をする佐田の横で、亮平は俯いたまま、口を開いた。

『……父は絶対に無実なんです。もう一度公平な裁判が行われることを望みます』

亮平の隣で、トキ子もうなずいている。

『私たち弁護団は全力でこの事件の真相を明らかにし……』

佐田は亮平の言葉を受け、再び話しだした。すると、バシャバシャとフラッシュ音が聞こえてきた。かなりの数の記者を集めたようだ。

「ずいぶん大掛かりな会見だなあ」

明石は言った。

「再審請求という開かずの扉を開けるために、世論を動かして、裁判所にアピールするためには、これぐらい必要でしょう」

舞子は言った。

『久世貴弘さんの冤罪を晴らしてみせます！』

佐田の力強い声がテレビから聞こえてくる。

「まーた、足引っ張らないといいけど」

深山はため息交じりに言った。

「いずれにしても、何か早く手を打たないとですね」

藤野が深山に言う。

「ですね。あまり時間もないんで、手分けしていきましょうか」

「はい」

舞子をはじめ、みんなは声を合わせ、頷いた。

川上は自席で、パソコンの画面を見ながらマウスを操作していた。遠藤はその様子をうかがっていたが、席を立ち、部屋を出た。

＊

「どこにおるねん……」

ひとりごとを呟きながら、川上はネットニュースを見ていた。

「あー、おったおった。ここや」

『佐田弁護士が記者会見「府中市蕎麦屋放火殺人事件」に再審請求』というヘッドラインを見つけ、川上はマウスをクリックした。画面には記者会見の内容が大きく表示された。川上は佐田の写真を見ながら、不敵な笑みを漏らした。

＊

深山は埼玉県の蕎麦屋『鈍天』を訪ねた。八年前『音吉庵』で働いていた従業員、中原が独立して出した店だ。

「ありがとうございました」

ランチ営業時間、最後の客が帰っていくのを、中原が見送った。四十代前半だという中原は、常に笑顔を浮かべていて、実に人が好さそうだ。

「おまたせしました」

中原は大テーブルで待っていた深山に頭を下げ、向かい側に腰を下ろした。

「いえ」

深山は、湯呑みを置いてノートを広げた。

「あの事件のことですか……」

中原は向かい側に腰を下ろし、深山の名刺を見た。

「フカヤマさん？」

「フカヤマと書いてミヤマです。事件当日のことを聞かせていただけますか？」

深山は耳に手を当てた。

「あの日、夜の営業を終えて、片付けが終わったら、急に喧嘩が始まって……」

中原は事件当夜を思い出しながら話し始めた。二人は蕎麦粉のことで言い合いになったという。直美は儲けを考えたらもうちょっと安い蕎麦粉にしたいと提案したのだが、久世は妥協できないと言い張った。

「で、止めようとしたら、とんだとばっちりを受けて……」

(あのー)

中原は夫婦げんかの仲裁に入ろうと、おそるおそる声をかけた。

(うるせえな、さっさと帰れ!)

久世は中原を怒鳴りつけた。

(二人ともそのへんにしておいてくださいよ)

中原が直美に声をかけて、帰ろうとすると……。

(あんたね、いい年してこんなもの読んでるから、一人前になれないんだよ!)

直美は中原が手に持っていた『週刊バイブス』を奪い取った。普段はそんなことはしないが、よほど苛ついていたのだろう。

「で、廊下の廃品回収置き場に読んでた雑誌を捨てられて……実は、その雑誌は大将の息子の亮平くんが貸してくれたものだったんです。だから、いったん帰るふりをして一時間くらいしてから、ほとぼりが冷めた頃に取りに戻ろうと思ったんです」

中原は言った。

「その間って、何をしてたんですか?」

「自転車で近所をフラフラしながら、時間を潰しました。戻ってみたら、店が燃えてて

「……」

「燃えてて?」

「あ……燃えてました」

中原はうなずいた。

＊

佐田は個室で捜査資料に目を通していた。机の上の電話が鳴ったので、手を伸ばした。と、その手はサダノモンテカルロが汐鼓賞を制した記念の銅像に触れた。

「っぶない!」

落合が直してくれたばかりの銅像を落としそうになり、慌てて押さえ、受話器を取った。

「はい」

「受付です。佐田先生、東京消防庁の方が久世さんの事件のことで、お会いしたいそうです」

「……東京消防庁?」

＊

藤野と中塚は、元アパートの住人、海老沢の勤務先、新日本体育大学付属女子中学校を訪ねていた。運動部の生徒たちのかけ声が校庭に響く中、腹話術部の部員なのか、オーバーオールを履いた少年の人形を抱えた生徒たちが帰っていく。

「さよなら。気をつけて帰ってね」

海老沢は、担任を持っている教室で、帰りの会を終えて生徒を送り出した。藤野は自分の娘たちの数年後の姿を想像するかのように目を細め、下校する女生徒たちを見送った。そして、誰もいなくなった教室に、中塚と共に入っていった。

「ああ、あったあった」

海老沢は、教室の机のひきだしから黄緑色の画用紙を取り出した。

「見てくださいよ。こんな風に取り上げられて。いまだにヒーロー扱いされるんです。困ったもんで」

海老沢は頭を掻いた。サラサラの髪に黒ぶちメガネの海老沢は、細面で清潔感があり、女子生徒にも人気がありそうだ。

「『スーパーヒーロー海老沢』」

藤野はカメラを回しながら、海老沢から受け取った画用紙にピンクのペンで書かれた文字を読んだ。生徒が作ったものなのか、その画用紙にはいくつかの新聞記事が貼ってある。『火災から奇跡の救出　住民救った中学教諭に感謝状』などのタイトルで、当時二十八歳の海老沢の顔写真が載った記事もある。

藤野は、「火災にはいつ気が付いたんですか？」と尋ねた。

「あのとき、部屋で生徒たちのために、卒業文集を作っていたんです。そしたら、不審な物音が聞こえました。しばらくしたら、何か焦げたような匂いがして……廊下に出てみると、廃品回収置き場で山積みになっていた新聞とか『週刊バイブス』なんかが燃えているのが見えました」

店の奥の101号室に住んでいた海老沢がドアを開けて廊下に出ると、もうあたりは火の手が回っていたと言う。

「『週刊バイブス』」と、藤野はメモを取る。

「いったん、外に逃げようとしたんですが、二階に住んでたヤエさんのことを思い出して」

海老沢は思い直し、二階に続く階段を上っていった。

「先に火を消そうとは思わなかったんですか？」

中塚が尋ねた。

「ああ……。裁判でも証言しましたけど、火はもう私の頭の上くらいまでになってました。とても消せるような大きさじゃなかったですね。それから二階に駆け上がり、寝ていたヤエさんを起こして避難させました。そのあと、卒業文集だけでもと思って部屋に戻ろうとし……」

「待て、泥棒！　体操服泥棒！」

校庭から聞こえてきた女子生徒の声が、海老沢の話を遮った。

「泥棒？」

海老沢は立ち上がり、二階の教室の窓から校庭を見下ろした。藤野と中塚も外を見た。

「ちょ、ちょ、ちょ……違うんだ！」

校舎から校庭に飛びだしてきた明石が、竹刀を持った女子生徒たちに追いかけられている。

「明石くん？」

藤野は目を疑った。

「こらーっ！」

校庭に格闘技系の部活の顧問をつとめる女性教師が現れ、明石の前に立ちはだかった。

そしてすかさず明石の腕を取り、背負い投げを決めた。中塚はカメラを手にその様子をしっかり撮影していた。

「あーーー！　親父にも投げられたことないのに……あー痛たた」

明石は投げられた上に、腕を固められて、思いきり引っ張られている。

「シオミ先生、すごい！」

集まってきた女子生徒たちは拍手喝采だ。

「どうしたんですか？」

海老沢が教室から声をかけた。

「この不審者が廊下をうろうろしてたんです！」

制服姿の女子生徒が言った。

「違う！　違うんだって！　トイレから出てきたら、道に迷っただけだ！」

明石は身の潔白を訴えた。

「観念しろ、不審者！　今、警察を呼んだ！」

藤野が明石に向かって叫んだ。

「やってませんって！」

「もう顔も見たくないよ、あたし！」

中塚も明石を信用していない。

「やってないって言ってんだろ！」

明石は苦しそうにジタバタしていた。

「その人はお客さんだから。部活に戻って」

海老沢が言うと、生徒たちは言うことを聞いた。

「じゃあみんな、戻るわよ」

シオミ先生、と、女子生徒たちから呼ばれた教師が、ようやく技を解いてくれる。

「次から気をつけなさいよ」

そして明石を起こしながら言った。

「やってないんだって……」

明石の訴えはまったく届いていない。

「すみません。女子校なんで、たまに出るんですよ、そういう泥棒が」

海老沢は苦笑いを浮かべている。

「アイツが間違えられる顔してるんです」

藤野は言った。

「それでも俺はやってない！」

明石の声がむなしく校庭に響いた。

＊

相模原にヤエを訪ねた舞子は、ヤエが暮らす団地前の公園で並んでベンチに腰を下ろし、話を聞いていた。

「寝てたら、海老沢さんが助けに来てくれて。毛布かぶせて外まで逃がしてくれたんだ」

色とりどりのトレーナーにモスグリーンの上着を身につけているヤエは、スパンコールがついたカラフルなポシェットから煙草を取り出し、吸い始めた。銘柄は雄太の事件の真犯人、新井と同じ『Ｉｔｓｕｍｏｎｏ』だ。

「そうだったんですね」

頷く舞子の横で、ヤエはふうっと長い煙を吐いた。舞子はもろに吸い込んでしまい、ゲホゲホとむせた。

ヤエは、「ああ、煙草いい？」と今さら言った。

「……どうぞ」

「あのさぁ、ニュースで久世さんに死刑判決が出たって聞いたけど、でも、ずーっとやってないって言ってたんだろ？」

ヤエは舞子の横にぴたりと体を寄せてきた。

「ええ」

「実はね、ここだけの話。私も久世さんはやってないと思うんだよ」

「え？　なぜですか？」

「久世さんの奥さんを恨んでたヤツが他にもいたからね」

「その話、詳しく聞かせてもらえますか？」

舞子は身を乗り出した。

*

佐田は斑目法律事務所の応接室で、事件当時消火活動に当たった消防士と向かい合っていた。

「私はあの日、現場で消火活動をしてたんです。あれから、ずっと気になっていたことがあって。そこで、御高名な佐田先生が会見しているのをテレビで見て、お話をと」

「ああ、ええ……なんでしょう？」

御高名と言われ、佐田は頬が緩むのを抑えきれない。

「あのとき、現場に怪しい人物がいるのを見たんです」

「え?」

佐田の顔が引き締まった。

＊

夜、深山は刑事事件専門ルームで海老沢の聞き込み映像を見ていた。

『山積みになっていた新聞とか『週刊バイブス』なんかが燃えているのが見えました』

『火はもう私の頭の上くらいまでになってました』と、海老沢が答えている様子が映っていたかと思うと『体操服泥棒!』と声がし、カメラの映像が揺れ、校庭で明石が取り押さえられているシーンに変わった。藤野と中塚は盛大に噴き出した。

「違うんだ、これ……」

言い訳をしようとする明石に、

「これ何やってんの?」

深山は尋ねた。

「コイツ体操服泥棒と間違えられたんです」

中塚が明石を指して笑った。

「やめろって。コイツって言うんじゃない」

明石は中塚の手をはたいた。

「あー。まだやってたんだ」

深山は言った。

「誤解を招くようなことを言うな！」

「やってたでしょ?」

「やってない！」

「八回目でしょ?」

「やったことないわ！」

深山と明石が言い合っていると「お疲れさまです」と、舞子が戻ってきた。

「あ、おかえりなさい」

藤野と中塚が声をかけた。

「島津ヤエさんから、気になる人物の話を聞きました」

舞子は鞄を置きながら、みんなを見た。

「十五回目でしょ?」

「なんだ、十五回目って。やってない！」

深山と明石はまだ揉めていたが、舞子はかまわずにホワイトボードのところに行き、くるりと裏面にひっくり返す。そして何も書いていない面に『山岡』と書いた。

「山岡?」

中塚が読み上げた。

「士郎?」

藤野は『美味しんぼ』の主人公の名前を口にしたがみんなスルーだ。

「事件の二年ほど前まで、ヤエさんと同じアパートの二階に住んでいた男性なんですが」

舞子はヤエから聞いた話を説明し始めた。

(手癖の悪い奴でねえ)

ヤエは煙草の煙を吐き出しながら言った。

(人の部屋に忍び込んで、金目の物を盗んでたのよ)

「そのときは久世さんの奥さんが通報し、警察に逮捕されています」

舞子はホワイトボードに『事件の二年前までアパートの二階に住む』『金品を盗む↓

奥さんが通報』『前科七犯』と書いた。

（それだけじゃないよ。火事のときも現場にいたのよ！）

（現場に？）

舞子は自分にぴたりとくっついているヤエに尋ねた。

（アパートに近づこうとして騒ぎながら、消防士と揉めてたんだから）

「アパートに近づこうとしてた？」

深山は尋ねた。ホワイトボードには『火事の日も現場にいた』と書き加えてある。

「気持ちが悪い奴だなあ」

藤野は明石を見て顔をしかめた。

「なんでこっち見て言うんですか？」

明石が文句を言う。

「十五回目だもんね」

深山が明石に言ったところに、佐田が入ってきた。

「みんな、喜べ！ ○・一％が見えてきたぞ」

「本当ですか？」

舞子が尋ねる。

「私の会見が功を奏したんだよ！　あの会見を見てな。八年前に事件現場で消火活動をしていた消防士が、怪しい人物を目撃してたと私に報告してきたんだよ。その男の名前はな。ええー……」

佐田はホワイトボードのマーカーを握り乱雑な文字で『山岡』と書いた。

「あれ？」

そして、隣に舞子のきれいな文字で同じ苗字が書かれていることに気づいた。

「もしかして、その〇・一％って山岡さんの情報ですか？」

深山はからかうように言った。

「……なんで知ってるの？」

佐田はみんなの顔を見た。

「山岡さんのことなら、すでに把握しています」

舞子が余裕の笑顔を浮かべながら言うと、佐田はムキになり『山岡』の文字の下に『真一』と書いた。

「ここまでは知らなかっただろ？」

佐田は真一の横に何本も線を引いた。

「てっきり士郎と書くのかと」

藤野が言う。

「普通はそんな感じなんだよ。そこらへんなんだよ、普通は」

佐田は訳がわからないことを言いながら「山岡真一さん。真実が一つと書いて、おまえの大好物」と、深山を見た。

「だからそれで?」

「それで! 消防士の話によると、この山岡真一さんは……」

消防士は、あの火事の晩、消火活動をするために路地へ入るとそこにこの山岡という男がいたという。

(こんな風にガラケーで燃えるアパートを撮りながら『燃えちまえ!』と叫んでいたんです)

ガラケーをかざすように片手を上げる仕草をしながら、消防士は言った。

「燃えちまえ?」

深山は佐田を見た。

「そう言ったらしいんだよ」

「山岡さんが放火したってことですか？」

舞子が言う。

「その可能性が高い」

佐田は言った。消防士は警察にそのことを報告したが、その後すぐに久世に疑いの目を向けて逮捕に至ったので、山岡のことは調べなかったらしい。

「まずは山岡さんですね」

「その通り。でな、落合にこの山岡真一さんの現在の所在を調べさせてみたら、都が運営する宿泊施設、ここに出入りしていることまではつきとめた。今、落合にそこに向かわせてるから」

「佐田先生」

そこに、落合が入ってきた。

「山岡さんですが、ここしばらく姿を見せていないらしく、どこに行ったかわからない状況です」

落合は佐田の前を素通りし、舞子にぐいっと報告した。しかしその顔はかなり近い。

舞子は恐れおののきつつ、思いきりのけぞった。

「こっち向いて言えよ」

佐田が落合を自分の方に向けた。

「その親族とか親類とかそういうのはいないのか？」

「都にも問い合わせてみたんですが」

落合はそう言うとくるりと向きを変え、また舞子を見た。

「全く手がかりがありません」

「へえ、そうなんだ……って、こっちを見て言いなさいよ、それを」

佐田はもう一度落合を自分の方に向かせる。

「それと、今日発売の『週刊ＴＳＵＲＩＤＡＹ（ツライデー）』にけっこうヤバめの記事が載っています」

落合は佐田に週刊誌の表紙を見せた。

「それはこっちに見せるんだ？　何がヤバい記事なんだよ」

表紙には『ジョーカー茅ヶ崎熱海の旅館で熟年ロマンス』『藤堂正彦の闇　同情を買えばすぐ当選できる』などのタイトルと並んで『４大ローファーム斑目法律事務所荒稼ぎの実態　刑事弁護は金になる』とある。

「お借りします」

舞子は落合の手から週刊誌を奪って、佐田の記事を開いた。表紙と同じタイトルと共に、斑目と佐田の顔写真も載っている。

「『今回、府中市蕎麦屋放火殺人事件において、再審請求を試みた斑目法律事務所は、刑事事件部門での実績を過剰にアピールし、民事の契約数を三倍に増やし、膨大な利益を得ていた』……」

舞子は記事を読み上げた。

「大丈夫ですか？」

明石が尋ねる。

「ヤバいよ！」

佐田は声を上げた。

「『とくに佐田篤弘弁護士は……』」

今度は藤野が週刊誌をのぞきこみ、読み上げた。

「ちょっと待って！　俺のこと書いてあるの？　ヤバいよ」

佐田も慌てて藤野の方へ行く。

「『かつて太陽光発電の世界的発明家の刑事弁護を担当し、その後、特許に関して独占的な契約を交わした。その報酬は数億に上るという』」

藤野は佐田の顔をチラリと見た。

「……上らないよ」

佐田は小声で言った。

「事実だなぁ」

深山は佐田に近づいて言った。

「事実じゃない、事実じゃない。数億ももらってない……」

そこに、電話が鳴った。

「出まーす」

中塚が言うが、みんなは週刊誌に集中していた。

「『弱者の味方を気取った弁護士・佐田篤弘の正体は、数千万もする馬を何頭も所有する馬主だったのである』」

藤野は次のページをめくって、ナレーターのような声で一文を読み上げた。そこには優勝記念の銅像を手に満面の笑みを浮かべる佐田の写真が掲載されている。

「事実……だなぁ」

深山は言った。

「違うって！　事実じゃないよ！　モンテカルロは一億八千万」

「そんなにするんですか？」

明石をはじめ、みんなは騒然としている。

「二億だって言われたんだよ……」

言い訳をする佐田に、中塚が「佐田先生」と声をかけた。

「あの、久世さんの息子さんがお見えです」

それを聞いた深山たちは顔を見合わせた。

「この笑顔を見られてたとしたら……」

藤野は週刊誌の記事を掲げた。

深山はニヤニヤしながら、佐田と共に受付に向かった。

「説明できるかな～」

「説明するって言ってんじゃん、だからさ、あんな書かれ方したら俺だって心外だよ！」

佐田がそう言いながら受付に出てくると、椅子に座る亮平の背中が見えた。

「はい、ちゃんと説明して」

深山は佐田の背中を勢いよく押した。

「痛てっ、押さないで……って、なんで押す必要がある……わかってる、ちょっ……」

佐田は大声を上げて抗議しているが、深山は人差し指を唇に当てた。佐田は咳払いをし、気持ちを落ち着けて亮平に近づいていく。

「亮平さん、お待たせしました。どう……されました」

佐田が声をかけると、亮平が勢いよく立ち上がった。背の高い亮平は、怒りに震えながら佐田を見下ろしている。

「俺たちを利用してたんですね！」

亮平は手にしていた週刊誌を佐田に押しつけた。

「いや、これに関しては大きな誤解があるんですよ……」

「信じてくれてると思ったのに……」

亮平は佐田を睨みつけ、そして静かに目を伏せた。

*

事件が起こる少し前――。

塾に行く前、亮平はいつも店の厨房で夕飯を食べていた。

（はい、おまたせ）

その日は亮平の大好きなナポリタンスパゲッティで、直美の得意料理だ。

（今日は忙しいから母ちゃんのメシだ）

てんぷらを揚げている久世が振り返って言った。

（昔はあんなにおいしいって言ってたじゃないか）

直美がふざけて久世を睨む。

（ごめんな、俺の腕が上がっちまって）

久世の言葉に一瞬厨房が静まり返ったかと思うと……三人は同時に噴き出した。直美が笑いながら久世をバシバシ叩くのを見て、亮平も大きな声で笑った。

＊

「……あんなに仲よかったのに、父さんが母さんを殺すわけないだろう！」

亮平は佐田を怒鳴りつけた。

「それは理解していますから。あの、ちょっと……」

佐田が追いすがろうとしたが、亮平は速足で去っていった。

「久世さん。お待ちください」

舞子は亮平の前に立ちはだかった。

「他の弁護士さんにお願いします」

亮平は聞く耳を持とうとしない。

亮平は立ち去った。

「少しお話を……」

「二度と姿を現さないでください！」

亮平のあまりの怒りに、舞子は言葉が出なかった。立ちつくす舞子を残し、亮平は立ち去った。

「ちょっと待って……久世さん！」

佐田が追いすがろうとしたが、亮平は出て行ってしまった。

「あれ？　鞄、……鞄は？」

深山は椅子に置きっぱなしの鞄を指した。亮平は速足で戻ってきて、カバンを手にするとまたすぐに去っていった。

「あの、これ……」

佐田が鞄の脇に落ちていた週刊誌を差し出したが、亮平はそれを手ではねのけて帰っていった。

＊

佐田はそのままマネージングパートナー室に行き、週刊誌の件と亮平を怒らせてしまった件を報告した。

「出る杭はどうしても打ちたい人間がいるってことだね」

斑目は机の上に広げられた週刊誌の記事を見て言った。佐田は弱り切った表情を浮かべ、立っていた。舞子は何も言えず、隣に立っていた。

「まーた、足引っ張ってくれちゃったもんな」

深山は一人、椅子に座り、ゆらゆらと揺れていた。

「くれてないっ！」

佐田が深山を怒鳴りつけた。

「どうする、佐田先生」

斑目は問いかけた。亮平が新しい弁護士を決めてしまえば、資料も全てその弁護士に渡さなければならない。斑目法律事務所はこれ以上調査できなくなる。

「……とにかく久世さんが無実である手がかりをなんとか探して、それを元に息子さんの方を説得するしかないんじゃないですか」

「そうだね。頼んだよ」

佐田と斑目のやりとりを全部聞かないうちに、深山は立ち上がった。

「深山！　あれ？」

佐田が振り返ったが、深山はすでにドアを開けて出て行こうとしている。

「尾崎！　おいちょっと！」

舞子も深山に続いて出て行く。

「ちょっとこら！」

佐田は懸命に二人を追いかけた。

*

その日の帰り、斑目は一人『うどん鳳亭』にやってきた。ガラガラと引き戸を開けて店に入っていく。店主が常連客のプロレスラー、ヨシタツとしゃべっていた。

「世界タッグ、残念だったね」

「まだチャンカーありますから」

「もうハンターチャンスやらないんでしょ？」

「まだまだやりますよ」

「おおー、言って言ってー！　応援しちゃうよー！」

手前のテーブル席はいっぱいだが、奥のカウンター席の、川上の隣が空いている。

「へいいらっしゃい。どうぞ」

店長が斑目に気づく。

「ここいいですか？」

斑目が声をかけると、川上が顔を上げた。

「……どうぞ」

川上の言葉を聞き、斑目は隣の席に腰を下ろした。

「何にしましょう？」

「かけで」

「かけ一丁！」

店主が厨房に注文を通した。斑目は店内をぐるりと見回してみる。『お酒に合う野菜炒め最高菜』『ビールのおともに香菜』『子どもから大人まで果菜』などのサイドメニューが貼ってある。『オススメサワー』は『ほまれサワー』『たまきサワー』『あかねおおサワー』『たかおおおサワー』『としあきからサワー』などだ。

「はい、お待ち！　お客さん初めてだね」

しばらくすると、斑目の前にかけうどんが出てきた。

「ええ」

「ガタイがいいよなぁ。なんかスポーツとかされてました？　プロレスとか」

「ラグビーを」

斑目はかけうどんをすすりながら答えた。

「へー。あれさ、あんだけ激しくぶつかりあって、選手同士の喧嘩にならないの？」

「そういうことが起きないように、レフリーが試合を正しくジャッジしてますから」

斑目の意味深な言葉に、うどんをすすっていた川上が一瞬顔を上げた。

「レフリーは大事だなあ」

カウンターの向こう側にいるヨシタツが同意している。

「でも、レフリーが判定を間違えることだってあるでしょ？」

「あるある」

店主とヨシタツが頷き合う。

「そりゃそやろ。でもなあ、間違うてもレフリーへの信頼がなくなったら、試合は成立せえへんからな」

川上が言った。

「その通り」

ヨシタツが言う。

「だからこそレフリーはその信頼に応えるために、常にその身を正す必要があるんです」

斑目は店主に言った。

「そりゃそうやろ」

店主はおどけて川上の口調を真似した。

「いいこと言うなあ」

ヨシタツはすっかり感心している。

「ラグビーには『レフリーのあり方』っていうのがありましてね」

斑目は店主に言った。

「へぇ～」

「その一つには『事実の判定をすること。自分のラグビーを押し付けたり、先入観の入った判定をしてはならない』とあるんです」

「へえ～、ラグビーは奥が深いねぇ。いい話聞かせてもらったわ」

感心する店主に「ごちそうさま」と、ヨシタツが声をかけた。

「ええと、かけとビールで七百五十円ね。じゃあレジへどうぞ」

店主はカウンターを出て入口のそばのレジに向かった。

「うちの弁護士はどんなことがあろうとも、必ず事実を見つけ出します。そのときは、判定しっかり頼みますよ」

斑目は前を向いたまま言うと、箸を置き、立ち上がった。

「おもろいなぁ……」

川上は一人、呟いた。

＊

もう夜も更けたが、刑事事件専門ルームのメンバーたちはまだ全員残っていた。中塚がみんなにお茶を配っている。

「あれ？　ちょっとこれ、すっげえ手掛かりかもよ。みんな、通しナンバー二十の写真見て。二十！」

大テーブルにいた佐田が声を上げた。

「ん？」

深山や明石たちは手元の資料で二十番を探した。大テーブル近くの席の舞子は立ち上がって佐田のそばに行き、手元の資料をのぞきこんだ。『本葉は、本事件の火災現場を撮影したものである』という写真だ。

「このさ、割烹着が、上の方だけ燃えてるでしょ。火はね、床を伝ってたとするんだったら、下の方が燃えるじゃん、普通。これおかしいよな？」

たしかに、厨房の床に落ちている割烹着は、上の方は焼けてしまって残っていないが、下の方は焼けていない。

「たしかにおかしいですね」

舞子は言った。

「これなんかポイントになるよ、これ。あとね、二十九。二十九にも同じ写真のアングル違いが載ってるから。二十九！」

佐田は騒いでいるが、深山は割烹着のすぐ上にあるコンロ脇のステンレスの台の上に、黒い炭のようなものが散らばっていることに気づいた。

「これなんだ？」

深山は写真を凝視した。

「中塚くん、火災研究所に電話してくれ」

佐田は中塚に言った。

「二十と二十九がない……」

明石はまだ見つけられずにもたもたしていた。

＊

翌日、佐田たちは『富理木火災研究所』に出向いた。そして、研究室の応接スペースで火災専門家の内川愛理(うちかわあいり)と向かい合っていた。内川は佐田と同年代の女性だが、特徴的なおかっぱ頭をしていて、独特の雰囲気がある。

「俺が全権を持って質問するから黙っててくれよ。お願いします、先生」

佐田は隣の深山を制してから、昨夜見つけた通し番号二十の資料を内川に渡した。内川は目を細めて資料を見ている。

「下の方です。下……燃えてる……」

「ああ。これは普通のことですね」

内川は資料から顔を上げて言った。

「普通？　よく見てください」

佐田は声を上げた。

「普通です」

内川は声をかけに来た研究員に何やら指示を出し、立ち上がって自席に戻っていった。

「割烹着の上だけが燃えてるんですよ。明らかにおかしいじゃないですか！　下じゃないですか、普通。明らかにおかしいですよね？」

佐田も内川を追うように立ち上がった。

「見てもらいましょう」

内川は自席のパソコンを立ち上げ、佐田たちに手招きをした。画面には、実際に台所が燃えている実験映像が映し出される。画像の上方には『上部空間高温状態』という文字が入っている。

「普通、火災が起きるとですね。火は地面を這っていくんじゃなくて、上へ行こうとするんですね」

「はあ」

佐田は頷き、深山と舞子はノートを取る。

「上に上がっていった火は天井を伝って、燃え広がります。それで、燃え広がった火が干してあった割烹着の上の部分だけを焼いたっていってもこれは普通のことになりますね」

内川はそばにあったおもちゃのドールハウスの中から、ハンガーにかかった白いドレスを手にして言った。

「なるほど」

深山は納得して頷いた。

「これは普通のことなんですか？　おかしいなあ」

佐田はどうも納得いっていない様子だ。

「じゃあ、次の質問いいですか?」

深山が手を挙げた。

「あ、ちょっと待ってください」

内川は再度写真を見ると、手で深山を制した。

「あれ、これ普通じゃないね」

「え?」

佐田が反応した。

「これね、これ、上から燃えたんだとしたら、ここにこんなに煤がつくわけは、普通はないんですけどね」

内川は割烹着の裾の部分を指して言う。

「それ、どういうことですか?」

佐田は再び尋ねた。

「そんなことより、この黒い炭みたいなやつってなんだかわかります?」

深山は調理台の上にこぼれている黒いものを指した。

「今、だってこの問題を解決してないんだからさ」

佐田が口をはさんでくる。

「いや、終わったでしょ」

「煤の問題が出てきてる」

「普通の発見ってことで終わったでしょ？」

深山と佐田はいつものように言い合いになった。

「まあまあまあまあ」

内川が仲裁に入る。

「これですけどね。炭にせよ割烹着にせよ、これ、当時の店内の状況を知っている人に話を聞ければ、何かわかるかもしれませんですけれどもね」

内川は言う。

「います！」

深山は携帯を取り出し、すぐに中原にメールを送った。

「あ、写真届きましたよ」

すぐに中原から折り返しの電話がかかってきたので、スピーカーにしてみんなに聞こえるようにした。

「ではさっそく。この、ステンレスの台の上にある炭みたいのって、なんだかわかります？」

深山は中原に尋ねたが、横から佐田が携帯を取り上げた。

「いいからおまえ！　先生の質問が先でしょ」

「なんで？　もう終わったでしょ？」

「おまえ、たまには自分を殺せよ、ホントに」

佐田はそう言い「先生お願いします」と、内川の方に深山の携帯を向けた。

「あの、すみませんですね」

内川は携帯の向こうの中原に声をかけた。

「あ、はい」

「この、燃えた割烹着の写真見てもらえますかね？　これね、火のメカニズムからいってね、これ、普通じゃないんですよ。痕跡から見ても、上下逆に焼けているとしか思えないんですよ」

「上下逆？」

「この割烹着がかかっていた場所が普通じゃなかったとか、なんか当時のことで覚えていることはありませんですかね？」

内川に問いかけられて、しばらく中原は沈黙した。そして……。

「あーあ、それでしたら、割烹着はいつも上下逆さにして干してましたよ。その方が乾きやすいって大将のこだわりで」

と、当時を思い出して言う。

「それ、事件当日も逆さまに干してたんですか?」

深山は尋ねた。

「はい。これ、私の割烹着ですし。まちがいないですよ」

中原は言った。

「……どういうことですか、先生」

佐田は内川に尋ねた。

「普通に考えたら、この下に火があったっちゅうことですね」

内川は先ほどの白いドレスを手に取って、その真下から火が出たのではないか、と言う。

「え、でも燃えてるのは……」

佐田が言いかけたのを遮り、舞子は見取図を内川に見せた。そして放火場所を示した場所を指した。

「でも、火元は厨房の裏手にあるこの廊下なんです……」

舞子が説明している背後で、深山は携帯を手に中原に話しかけた。

「次の質問です。この黒い炭みたいなのって、なんだかわかります？」

「いいから！　今、先生の終わってないから……」

佐田が携帯を奪おうとしたが、深山は離さなかった。

「うーん……あ、天かすだ」

中原が言った。

「え？」

深山は聞き返す。

「天かすです」

「天かす？」

「はい。大将の店は天ぷら蕎麦が有名で、このざるに大量の天かすを入れていたんです」

「天かす関係あるの、これ」

佐田は首をかしげているが、内川は目を輝かせた。

「あ、これは普通じゃない実験ができそうですね。これ、食堂の厨房使えないか聞いてみてください」

内川は傍にいる研究員に言った。

「あ、はい。おい、急いで食堂に電話して」

研究員は研究室にいる若手たちに次々と伝言ゲームのように指示を出した。

＊

『厨房内での実験を禁ず』『実験するな！　厨房ですよ』と貼り紙があるが、内川は堂々と食堂で実験を始めた。調理員が天かすを揚げ、一部を新聞紙の上に出し、一部をざるに入れた。

「これはどういう実験なんですか？」

佐田は尋ねた。

「揚げたての天かすですね。この天かすの表面温度は……」

内川はざるの中の天かすに温度計を挿した。

「百六十度。普通に考えれば発火する温度じゃないですね。あの、ちょっとお時間いただきますよ」

内川は天かすをざるに入れたまま、放置した。

「カメラ回りました」

研究員が言った。時計は十一時三十七分を指していた。

二時間後――。

「あ、来た来た！」

コーヒーを飲んでいた内川が立ち上がった。ざるの中の天かすから煙が出始め、出火したのだ。

「ちょっと、火事火事火事火事……ダメダメ、危ないよ」

佐田は立ち上がり、厨房にやってきた。

「いやいやいやいや」

内川が制する。

「なんで？　消さないとダメじゃない」

「見てて見てて」

内川が言った途端に、天かすから火がついた。

「うわっ、火がついた！」

「きゃあ！」

佐田と舞子が驚きの声を上げた。火はけっこうな勢いで燃えている。深山は興味深そうに見つめながら、ノートを取っていた。

「これね、高温の天かすをこうやって一か所に集めておくと、油が空気中の酸素と反応し反応熱を出すんですね。発生した熱は逃げ場がないから。この中でさらに高温になって油の発火温度を超えてしまうっちゅうわけですね」

「へえー」

深山はすっかり感心している。

「それを二時間待ってたんですか？」

佐田は尋ねた。

「まあそういうことになりますね」

内川は腰に手を当て、得意げにうなずいた。

「じゃ、これはこのまま燃やしとこう」

そう言って内川は背後にある天かすを指した。先ほど揚げて、新聞紙の上に置いておいたものだ。

「こちらは冷めた天かすですね。これに火をつけますよ」

天かすをざるに移して、火をつけた。

「これでまたちょっとお時間いただきます」

「また時間ですか？」

「はいはい」

「今度は何分ぐらいなんですか？」

佐田は尋ねたが、内川は答えない。深山はのんびりと、舞子は我慢強く待っていたが、佐田は苛々した素振りを隠すこともなく、何度も腕時計を見る。コーヒーも何杯も飲んだので、佐田の前にはミルクと砂糖のゴミがたくさん置いてある。

「あ、先生、火が消えました！」

研究員が内川に声をかけた。

「ああ、はい」

内川は立ち上がった。

「やっとか。なんなんなんなんだよ」

佐田はぶつぶつ言いながら、厨房に行く。

「これ見てください。このようにですね。冷めた天かすに外から火をつけてもですね、全てが焼けこげるわけではありません」

内川が菜箸でざるの中の天かすをかきまぜると、表面は黒焦げだが、中は焦げていない。

「白い」

深山は中の天かすを見て言った。

「それに比べて天かすの酸化反応で内部から発火した場合、中身まで真っ黒に炭になるわけですね」

内川の言うように、自然発火した方は中まで真っ黒だ。

「いいですか？」

深山は内川から菜箸を借りて、中を見てみた。そして自然発火した方の天かすを菜箸でつまんで持ち上げてみた。

「黒い……」

「写真と同じ感じ、ね」

内川は資料の中の、燃えた厨房の調理台の上を指した。

「ということは、蕎麦屋の火災の原因は、天かすの自然発火だった可能性があるっていうことですよね？」

深山が尋ねると、内川は「うーん」と首をひねった。

「店の裏手が火元だったという当時の調査におかしなところはございませんでしたよ。つまりですね、この火災の火元は一ケ所じゃなく二ケ所だったっちゅうことになりますね」

内川は最初の応接スペースに戻り、腰を下ろした。深山たち三人も向かい側に座った。

「二ケ所？　警察や消防はなぜ気がつかなかったんですか？」

新説の可能性が浮上し、舞子は驚いていた。

「圧倒的に廊下の火の方が強くて、店内にまで燃えさかっていたから、まさか火元が二つあるとは思わなかったんじゃないですかね」

「火元が二つあったとしても、久世さんの奥さんは頭部に重傷を負って、倒れていたんです。久世さんがそれに関与していないと、どう説明できますか？」

「あー、それは……」

内川の答えを待たずに、

「それはあれですよね！」

佐田は意気揚々と立ち上がり、内川の隣に移動して尋ねた。

「二つの出火のうち、一つ目の、天かすの発火による煙で、奥さんは一酸化炭素中毒になって、気を失った。で、後ろ向きに倒れて、後頭部を何かに打ち付けたっていう可能性は考えられますよね」

「あ、ああ……その仮説は普通に考えられますね」

内川は佐田の圧に押され、頷いた。一酸化炭素を吸うと、本人が気づく前に動けなくなることもあるのだという。

「とにかくこれで新たな疑問が生じましたね。火元が二か所あったということは、蕎麦屋の店内が先に燃えていたのに、誰かが別にもう一か所、火をつけたことになる。そんなことをわざわざする必要があったのか？」

深山は言った。

「俺はこの説を持って、ちょっと久世さんの息子さんのところ行って、久世さんの息子さんを説得してくるから、な？」

せっかちな佐田は鞄を手に立ち上がった。

「しかしだよ。今言ったこのことだけじゃ再審請求は通らない。もっと、確固たる証拠を見つけないと。確固たる証拠！」

佐田はそう言い残し、慌ただしく出ていった。だが出入り口を間違え、一度戻ってくると「確固たる証拠だよ！」と、念を押して正しい出入り口に向かった。と、そこに、深山の携帯が鳴った。

「はい」

「め……藤野です」

「ウシオさん？」

「藤野です」

「ウチノさん?」

「藤野……」

「フジノ……あ、藤野さん? どうも」

「深山先生、山岡さんの親族の方を見つけました!」

「ホントですか?」

舞子が深山を見た。

「山岡さんの親族の人見つけたって」

「え?」

舞子が身を乗り出した。その間もずっと「深山先生? 落合です! 舞子さんいます? 舞子さーん!」と、電話の向こうで、落合が叫んでいる。

「舞子さん、舞子さーん! ちょっとスピーカーにしてもらえます?」

落合が大声で叫んでいるのが聞こえてきた。

「どうぞ」

深山がスピーカーにした。

「舞子さーん!」

落合の声が響き渡り、舞子は「うっ」と耳をふさいだ。

「山岡さんの実家の住所をあなたのメールに転送します。愛を……」

落合が言いかけたが、舞子は深山の電話を切った。

「なんでメールアドレス知ってるんだろう……」

『メへへへへメールですーーメへへへへメールですーーー……』

舞子のジャケットのポケットの中で、メールが着信する。

「メへへへへ」

真似をしながら、メールを見ろと指をさす深山に、

「そろそろやりますか？　腹話術？」

舞子は尋ねた。

「だからやんないって言ってんじゃん」

「……うわ」

舞子はメールを見て顔をしかめた。そして『舞子さーーーん♡♡♡』というタイトルのメールの画面を深山に見せた。

『あぁ、愛しの舞子さん、こちら山岡真一さんのご実家の住所です！』と、練馬区の住所が書いてある。そして『あぁ、こうしてメールができるなんて、この落合、幸せ者です！　愛を込めて♡』と、締めくくられていた。

「とりあえず、山岡さんの実家に行きますか」

舞子はメールの内容については何もコメントせずに、さっさと立ち上がった。

＊

私鉄沿線にある山岡の実家を訪ねた深山と舞子は、居間に通された。こたつのある和室に、仏壇があり、山岡の遺影が飾ってあった。メガネをかけた、ごく一般的な男性といった印象だ。深山と舞子は線香をあげ、手を合わせた。

「息子さん、亡くなられてたんですね」

舞子は言った。

「はい。最後は玉川の河川敷でのたれ死んでいたそうです」

山岡の母親が、二人にお茶を出しながら言った。

「バチが当たったんですよ。人様に迷惑ばっかしかけてるロクでなしのドラ息子でしたから」

母親は吐き捨てるように言った。

「あの、息子さんの遺品ってまだ保管されていますか？」

無神経に尋ねる深山を、隣に座った舞子は小突いた。

＊

同じ頃、佐田は亮平の家を訪ねていた。

「今更なんですか？　他の弁護士に頼みましたよ」

玄関先に出てきたトキ子は、顔をしかめた。

「わかってます」

佐田は頭を下げた。

「でも、久世さんは間違いなく無実なんです。私たちは弁護士として、無実の人間を冤罪から救い出すために、自分たちの誇りをかけてるんです！　久世さんをこのままにしておくわけにはいかないんです」

佐田は一歩進み出た。

「帰ってください」

トキ子は家の中に入ってドアを閉めようとした。

「待ってください！」

佐田は咄嗟に手を入れ、玄関の扉を押さえた。

「私のことを信じられないお気持ちはわかります。でも、私の部下たちだけは信じてやってください。彼らも、自分たちの身内が冤罪に巻き込まれて、苦しい思いをしてきました。彼らじゃなければできないことがあると、僕は思っているんです。現に彼らは今も尚、この事件に食らいついて、頑張ってます。その結果私たちは、新しい手がかりを見つけたんです。せめて、それだけは聞いてやってくださいませんか？　お願いします……お願いします！」

佐田は玄関先で、もう一度深く頭を下げた。

「信じてくれるんですか？」

すると、亮平の声がした。佐田が顔を上げると、玄関先に出てきた亮平がじっと見ていた。

「もちろんです。信じます。あなたも、私たちのことを信じてください」

佐田も亮平の目をしっかりと見返して言った。そしてさらに深々と頭を下げた。

「お願いします。父を助けてください」

亮平も佐田に頭を下げた。

＊

「どうぞ」

　山岡の母親は、居間に段ボールを持ってきた。

「拝見します」

　深山と舞子は白い手袋をはめて、中を見た。深山は財布、トートバッグ……と、出していき、中身をたしかめて舞子に渡した。舞子は受け取り、メモを取った。次に手にしたリュックを上から触ってみると、何かが入っていた。

「ん?」

　ファスナーを開けて確かめてみる。

「……あった」

　深山は二つ折りの携帯電話を手にしていた。

「ガラケー……あ!」

　舞子も思い出し、声を上げた。深山はボタンを押してみたが、もちろん充電は切れている。二人は母親に頼み、ガラケーを貸してもらった。

＊

　刑事事件専門ルームに戻った深山は、山岡のガラケーを充電器に差し込んだ。そろそろ充電完了かと明石が大テーブルの上のガラケーを開いた。だが深山はすぐに取り上げた。

「奪い取るなよ」

明石は深山を睨んだ。

「さあ、入るか」

深山は電源を入れた。起動するか、メンバーたちは息を飲んで見守った。

「おい、久世さんの……」

そこに佐田が戻ってきた。

「ああ――――！」

だがガラケーの画面に砂時計が表示されたので、みんなはそちらに集中していた。

「再契約を……交わしてくれたぞ」

佐田が声をかけた。

「あ、佐田先生、何も聞こえませんでした」

藤野が言う。

「久世さんのご家族が、再契約を交わしてくれた、うちと」

「あんなに頑なだったのに」

舞子はホッとして笑顔を浮かべる。

「誠心誠意頭を下げてきた。もう、勝手な行動はやめる」

「勝手おじさんから勝手が消えた」

「それじゃただのおじさんじゃないか」

明石が言うと、
藤野がツッコミを入れた。

「今なんか喜んでたよな、みんなで。なんかあったのか?」

佐田はみんなの顔を見た。

「これが、山岡さんの遺品の中から出てきました」

深山はガラケーを見せた。

「山岡さん、見つかったのか? てか今おまえ、遺品って言わなかった? 山岡さん亡くなってたのか?」

「あとはデータがあるかどうか……」

深山は驚いている佐田には答えずに、ガラケーを操作して、メモリーを見る。

「亡くなってたの? ねえ」

「うるさい」

深山はムービーリストを見てみたが、本体には『登録されていません』と出る。

「あ」

ＳＤカードの方を選択すると、ムービーのデータがずらりと表示された。

「ムービーのデータがありますよ。二〇一〇年四月十日……」

一番上にはそう表示されている。

「あ、三月三十一日って、事件の日ですね」

舞子は上から四番目の日付を指した。

「じゃあこれなんか残ってんじゃないの？　なんか残ってんじゃゃ、動画が残って……」

佐田はすっかり興奮している。

『２０１０／０３／３１　21：59』と表示された動画データを再生した。と、消防車のサイレン音とパチパチと火が燃え盛る音が聞こえてきた。人が叫ぶ声も聞こえてくるが、画面は真っ暗だ。

（俺の邪魔をするな！　あ、あ、あ、あああ燃えちま……）

どうやら山岡の声のようだ。

（ここ危ないから下がって！）

消防士の声も入っている。

「ねえこれ『燃えちまえ』じゃなくて『燃えちまう』って言ってません？」

深山は言った。

「え、ちょっともう一回やって、もう一回」

佐田が言い、深山は映像を巻き戻し、耳に手を当てる。その後ろで明石も深山と同じポーズをして、集中する。

（あ、あ、あああ燃えちまぅ……）

今度ははっきりと聞こえた。

「『燃えちまう』って言ってるね」

佐田は深山を見た。

「活舌の問題かな、ちょっと明石くん言ってみて」

藤野は隣にいる明石に言った。

「燃えちまえ！」

「どんだけ活舌が悪くても『燃えちまう』には聞こえないな」

「そんな悪いですか？」

明石は眉根を寄せ、考え込んだ。

「だとしたら、追い出されたアパートに、どうしてそんなこと言ったんだろう」

藤野は明石には答えずに言った。

「……何が映ってたんだろう？」

深山は呟いた。

「お任せください！」

と、いきなりテーブルの下から落合が出てきた。

「うわ、うわ、うわあ！」

佐田が声を上げた。椅子に座っていた深山が椅子ごと後ろに下がり、テーブルの周りに集まっていたみんなも飛びのいた。

「何やってんだ、おまえは」

佐田は顔をしかめた。

「舞子さんがいつ何時、僕を頼りにしてもいいように、ずっとここに潜んでいたんですよ」

「気持ち悪！」

「全然、気づかなかった」

「コイツ、マジか、コイツ……」

藤野も明石も中塚も引いている。

「そこのあなた、パソコン持ってきて！」

落合はまったく気にせずに明石を指さした。

「明石だよ！」

文句を言いながらも、明石はノートパソコンを持ってきた。

落合はさっそくガラケーをパソコンに接続し、キーボードを素早く叩きまくった。

「これちょっと、直せるの？　ねえ」

せっかちな佐田はパソコンをのぞきこみながら、うるさく尋ねる。キーボードを打っていた落合が手を止めてエンターキーを押すと、『ＥＲＲＯＲ』の文字が表示された。

「ああ――――」

「なんだよ――――」

周りで見ていたみんなが声を上げる。

「これはかなり厳しい状態ですね。この映像のデータの全てを修復するには二週間かかりますよ」

「『燃えちまう』って言ってた前後数秒だけでも、修復できませんか？」

深山は尋ねた。

「うーん、まあそれでも、三日か四日はもらわないと」

落合は渋い表情を浮かべている。

「ダメだ！　一日でやって！　できんだろ、おまえだったら」

佐田は厳しい口調で命令した。

「やる前からできないって言う奴があるか、バカヤロー！」

中塚がアントニオ猪木のマネをしながら言うと、

「バカヤロー！」

藤野と明石も猪木のマネで言った。

＊

『タイ・イカの海鮮丼』

『いし田三ついなり』

『がく問のスルメ』

『一休和しょうが焼き』

『あん政の大ゴクゴク牛乳』

『どく占禁止フォー』

『い伊直粥』

『つれづれ草もち』

『ザ！　楽市楽ざる蕎麦』

『いし田あんみつ成』

相変わらずふざけたメニューの並ぶ『いとこんち』のカウンターには、加奈子の新曲『また逢うひなべ』のＣＤが置いてある。

「私、やっぱり引退する……」

加奈子はなぜか落ち込んでいた。

たしかにＣＤの帯には『また逢う火鍋、逢えるモツ鍋　かたかなこ！　またも引退か』と書いてあるが……。

「引退？」

「なんだって？」

坂東と明石は一応薄いリアクションをしたが、坂東は「そんなことより」と、すぐに話題を変えた。

「そんなこと？」

加奈子は坂東を睨みつけた。

「そんなこと」

坂東は頷き、続けた。

「そんなことより加奈子、いいかげんお金払いなさいよ、ホントに。お金持ちのスポンサーいるんでしょ！」

深山はまな板の上で、旬の野菜、菜の花を切っていた。

山岡さんはアパートを見て『燃えちまう』と言っていた。火事の心配をしていたとすると、山岡さんは犯人じゃないのか？

考えはまったく、まとまらない。

「あんた部下なんだから、あんた払いなさいよ！」

カウンター席では、加奈子が明石に理不尽な要求をしていた。

「なんで俺が払うんだよ」

「払え！　払え！」

カウンターで加奈子と明石がもめていると、店の扉が開いた。

「こんばんはー」

入ってきたのはタイガーマスクだ。

「あ、あ、あ、あ、あ、タイガー？」

坂東が声を上げた。

「はい」

タイガーマスクは頷いた。

「ウッズ？」

坂東の背後で加奈子が首をかしげる。

「マスク！　タイガーマスク！」

坂東が説明していると、エアギターのポーズで棚橋弘至が入ってきた。

「えー、で棚橋弘至選手？」

坂東はまたもや目を丸くしている。

「ひろし？　ああ『泣かないで』の人？」

「どこがだよ！」

明石は加奈子にツッコんだ。

「あ、猫？」

「どこがだよ！」

「五木？」

「五木……違う！　棚橋選手だよ。疲れない、落ち込まない、諦めない！　百年に一人の逸材でしょうが！」

坂東が説明した。

「あたしと一緒じゃない？」

加奈子はいけしゃあしゃあと言った。

「一緒じゃない！」

坂東がすぐさま否定した。

カウンター席の喧騒をよそに、深山は鍋の中であさりとグリンピース、タケノコを茹でながら、考えていた。

そもそも犯人は、すでに火事になっていたのに、なぜもう一か所火をつける必要があったんだろう……。

そして深山は、鍋に菜の花をちりばめて蓋をした。

「どうして、今日は？」

坂東は棚橋たちに尋ねた。

「中塚で予約してあると思うんですけど」

棚橋が言った。

「中塚ちゃんの予約はさ来週ですけど？」

「あああああ」

「間違えちゃったなあ」

棚橋とタイガーマスクは顔を見合わせて笑った。

「まあ、空いてますけど」

坂東がどうぞ、とテーブル席を案内する。

「ああ、大丈夫です」

タイガーマスクが遠慮がちに言い、出て行こうとしたところに、深山は料理を持って出ていった。深山と棚橋は一瞬、見つめ合った。

「……どこかで、お会いしましたか?」

深山は尋ねた。

「……あ、いや。行きましょう」

「すいませーん」

棚橋とタイガーマスクは出ていった。

「はい、『弥生の酒蒸し』」

深山はカウンターの明石の前に『深山特製　弥生の酒蒸し』を出し、自分も隣に座った。

「では、いただき松平健、は暴れん坊」

「五点。明石、いただきまーす！」

明石が食べようとすると、お約束のように加奈子が背後から「いただきまーす」と横取りした。

「ちょっとちょっと、俺んだ俺んだ」

「ねえ、食べないで！」

二人が揉めているのを聞きながら、深山は酒蒸しを堪能していた。

「加奈子、加奈子、おい」

坂東が、行儀悪く立ち食いをしている加奈子に声をかけた。

「ん？」

「今日さ、ファンキーなレコード探しに、老舗のショップに行ったんだけど、そこでなんと、こんなの見つけちゃいました！」

坂東が掲げているのは『月間のど自慢』という雑誌だ。二〇〇六年十月号で、表紙を飾っているのはセーラー服姿で歌う加奈子だ。『発掘！　ど田舎の歌姫』というタイトルで紹介されているおさげ髪の加奈子は、七三に分けた前髪といい、メガネといいかなりダサい。しかも、歯の矯正が目立っている。

「うわ――――――――――っ！　おい、やめて！」

加奈子が雑誌を奪おうとしたが、坂東は高く掲げた。小柄な加奈子はなかなか届かないが、ついに取り上げ、悲鳴を上げながら一目散に厨房に入っていく。

「返せ、俺のネタだから」

坂東は言ったが、加奈子はコンロに雑誌を置いた。

「何すんだ？」

明石も驚いている。

「私の消したい過去なの！」

加奈子はコンロに火をつけた。

「あああああああ！」

坂東と明石が慌てて飛んで行った。深山も驚いて目を丸くする。

「危ない危ない」

「おい！　火事になる火事に！」

坂東が慌てて火を止め、明石が水に濡らした布巾をかけた。

「マスターがこんなもの持ってくるから！」

加奈子はわなわなと震えている。

「火はダメだよ！」

明石は加奈子を叱りつけた。

「こんな過去はまっ……、しょうしてやるのよ」

加奈子の言葉を聞き、深山はハッとした。

「フッフッフ」

火を消した坂東が不気味な笑い声を上げた。

「そんなこともあろうかと、携帯で、画像を保存しておいたのよ！」

「うわ――――！」

加奈子はまた取り上げようとする。

「これを拡散されたくなければタダ飯代、全て払いなさい！」

そう主張する坂東だが、加奈子は携帯を取り上げた。

「おい、俺の返せよ」

「データ完全削除」

加奈子は携帯を勝手に操作し、データを全て削除した。

「え――、オーマイアンドガーファンクル！」

坂東は声を上げた。

「抹消……したかった」

深山は呟いた。そして上着とコートを手に取り、店を出ていった。

「深山！」

明石も深山を追いかけようとした。そこに、棚橋とタイガーマスクが再び入ってきて、ぶつかりそうになったが、大男二人をよけながら、店を飛び出していく。

「ちょっとすいません」

「GO ACE！」

坂東は声を上げた。

「いいすかね」

結局二人は、店で食事をしていくと言う。

「いいですよ、食べ物ちょっとできないスけど」

坂東はテーブル席に案内した。

＊

刑事事件専門ルームでは、落合がパソコンを前にコーヒーを飲んでいた。

「できたんですか？」

藤野が入っていき、声をかけた。

「あっ……まだです」

落合は慌ててコーヒーカップを置いた。

「あ、今、休憩してましたよね？」

「いや、してません、してませんよ」

落合はごまかすようにしてキーボードを打ち始めた。藤野の後ろから、中塚と舞子も入ってくる。

「いや、するわけないじゃないですか」

落合が言ったとき、

「できたか？」

佐田が入ってきた。

「できてませんよ！」

「なんだよおまえ、だって深山がすぐ来いって言ってるからさ」

佐田は手には鞄を持ち、コートを着ている。ほかのメンバーたちも深山に言われて集合したのだ。

「いやいやいやいや」

「一日でやれっつったじゃないか！」

「一日経ってませんよ！」

「もうだいたい経ってるよ、一日！」

「とっととやれ、このでかっ鼻」

藤野が舞子に囁いた。

「とっととやれ、このでかっ鼻！」

舞子はそのまま落合に言った。

「え？」

落合は驚いて舞子を見ると「ありがとうございます！」と、目を輝かせた。

「え、なんで？」

舞子は怯えた表情を浮かべた。

「僕、燃えてきました！」

高速でキーボードを打ち始める落合に、舞子は怯えた表情を浮かべた。

「できました？」

そこに深山が入ってきた。

「いや、まだです！」

落合が意気揚々と言う。

「なんだよ、早くしろよ」

佐田は文句を言った。

「わかりましたよ」

深山はそう言いながらホワイトボードに向かった。

「何が?」

佐田が尋ねた。

「おそらく、犯人は火災に乗じて燃やしたいものがあったんです」

深山は、中原、海老沢、ヤエ、山岡ら、参考人たちが書かれたホワイトボードを指して言った。

「そして、それが、山岡さんにとっては燃えたら困るものだったとしたら……」

深山は佐田の方を振り返って言った。

「できた! 十秒ぐらいですけど」

落合が声を上げた。

「見せてください」

深山はパソコンの方にやってきた。

「早く!」

佐田に急かされ、

「再生します」

落合はキーボードを押した。深山は自分の方にパソコンを向け、耳に手を当てて食い入るように画面を見つめる。

「ちょっとそっち持ってかないでって」

佐田は文句を言いながらのぞきこんだ。画面には『10、9……』とカウントダウンの数字が現れる。

「何、何？」

「何これ、できてないじゃん」

みんなは口々に文句を言った。

「僕の渾身のカウントダウンですよ！」

落合が自分のこだわりを主張する。

「4って……まだか？」

佐田が苛ついた声を上げる。

「出ますから、はい！」

「どこから……ああ、きたきた！」

佐田が言うように、画面は暗いが、ブロック塀が映っているのがわかる。

「うるさい！」

深山は両手を耳に当てた。やがてブロック塀の中に火が上がっているのが映った。アパートの一階部分だ。

（燃えちまう！）（下がって下がって）と、山岡と消防士の声が聞こえてくる。そして（おい、君、何してんだ）と、止めに入った消防士の顔が映り込んだ時点で、映像が終わった。

「おい――っ」

みんなが残念そうに声を上げた。

「出てくんなよ。ちょっと、もう一回だよ」

佐田は文句を言っているが、深山は表情を変えた。

「もう一回だよ。画像が汚すぎるだろう」

映像をめぐって佐田が騒いでいるが、深山はホワイトボードに向かった。

「ちょっ、うるさい！」

みんなに注意しながら、深山は考えをまとめようとする。

「うるさい、静かに！」

深山は両耳の穴に指を入れて耳をふさぎ、ホワイトボードの参考人たちの写真と、それぞれの証言を見た。

中原の証言は『夜の営業後突然喧嘩が始まった。仲裁に入ったら逆上され、持っていた週刊バイブスを奪われた。ほとぼりが冷めるまで、自転車で近所をフラフラしていた』

海老沢は『焦げたような臭いがして廊下に出て見ると廃品回収置き場の新聞や週刊バイブスが燃えていて、炎は頭の上くらいまでだった。二階に住んでいた島津さんを避難させた』

ヤエは『寝ていたら海老沢さんが助けてくれた。山岡という人物が怪しい。住人の部屋から金品を盗み、直美さんが通報。アパートを追い出された。その後もアパート周辺をうろついていた。火事の日も現場にいて消防士と揉めていた』

そして山岡は『火事の日、携帯電話で撮影しながら「燃えちまえ」と叫んでいた』とあり「燃えちまえ」に取り消し線が引かれ「燃えちまう」と直してある。

次に深山は、建物の見取図を見に行った。

（火のメカニズムからいってね、これ、普通じゃないんですよ）

（自転車で近所をふらふら……）

（頭部に裂傷……）

（スレッジがさよならホームラン）

（消したい過去なの！）

（火はもう私の頭の上くらいまでになってました）

（読んでた雑誌を捨てられて）

など、これまで聞いてきた言葉が頭の中を駆け巡る。

「深山！　なんか言ってやれよ、おまえも」

パソコンの前で揉めていた佐田が、深山に声をかけた。深山は耳に指を入れたまま振り返り、スポン、と抜いた。

深山が何を言うか、みんなは注目した。深山はそばにあった山岡のガラケーを手に取った。

「このガラケー、傷ガラケー？」

ウヒヒ、と笑う深山を見て「九点」みんなが声を揃えていった。でもその中で佐田だけが思いきりツボにはまっている。

「それ、軽く来たね。ってことは？」

佐田は深山の次のギャグを待ちかまえている。深山はガラケーを手に、佐田に近づいていった。

「すんごいの来るよ、来る来る来る！ でっかいの来る！」

ワクワクしている佐田の前で、深山はガラケーをパン、とはたいた。

「けっこう毛ガラケー、猫灰ガラケー、お尻の周りは糞ガラケーってね」

深山は『男はつらいよ』の渥美清の声マネをして言った。

「寅さんキターッ、おいちゃん、帰ってきた」

佐田は大興奮だ。

「おい、さくら」

「さくらって言われちゃった！ もう、千恵子の気分！ だって灰だらけとさ、火事と、燃えるが、全部かかってる」

佐田が爆笑しながら言ったが、深山は急に真顔になった。

「なんで笑わないの？ 笑うとこじゃん」

佐田はポカンとしている。

「あれ？ ここどこでしたっけ？」

深山は芝居がかった口調で言い、あたりを見回した。

「いやだから、灰だらけと火事が、かかってるんだからさ」

「そうだ……」

深山は大テーブルの上のファイルを手に取った。そして『雑居ビル内放火事件　斑目法律事務所』という背表紙を見せた。

「来るの？　フィニッシュ？」

佐田が身構える。

「まガラケー法律事務所だ」

深山の言葉に、佐田が盛大に噴き出す。

「ついにうちの事務所でフィニッシュしてグッバイベースボール！」

実に楽しそうな佐田を見て、深山も満足げに笑った。もちろん、それ以外の全員は、この時間が過ぎるのをただただじっと待っていた。

*

二回目の三者協議の日――。

「裁判長の職権を使って、検証機会をもうけていただけませんか？」

舞子は立ち上がり、川上に要望を出した。川上は何も答えず、黙っている。

「火災の再現実験を行えば真犯人がわかります。この犯行を行えたのはたった一人しかいませんでした」

深山は座ったまま言った。

「何をバカなことを！」

犬養が鼻で笑う。

「この実験に失敗したら、我々の息の根は完全に止まります。ご自身の主張に自信があるのでしたら、受けて立っていただきたい」

佐田も真剣に頼み込んだが、川上はじっと黙ったままだ。と、深山が立ち上がった。

「裁判長」

深山の真剣な態度に、一点を見つめて押し黙っていた川上が顔を上げた。

「よろしくお願いします」

深山はまっすぐに川上を見て、言った。佐田も立ち上がり、三人で川上を見つめた。

＊

川上が自席に戻ると、遠藤が待ちかまえていた。

「なんで、再現実験をすることにしたんです？　あんな弁護士の挑発に乗る必要なんてないでしょう」

そして、遠藤は川上に一歩近づいた。

「将来を棒にふるおつもりですか？　万が一があれば、川上さんは……」

遠藤は声をひそめて言った。

「二度と誤った判断はできんのや」

川上の言葉に、遠藤は口を開け、小さくのけぞった。そんな遠藤を見て、川上はニヤリと笑った。

＊

内部実験当日――。

富理木火災研究所には、裁判所から川上を含む四名と、検察庁から犬養ともう一名の検事がやってきて、コの字型に並んだ机に前回と同じように座った。この日は中原、海老沢、ヤエ、そして亮平も来ていて、部屋の残りの一辺に置いてある椅子に並んで座っている。

「検証の実施に加え、立会人も集めていただくなど、無理を聞いていただいてありがとうございます」

深山が立ち上がって川上に礼を言った。川上は小さく頷いた。

「それではまず、事件当時の証言に基づき、この模型を使いながら、状況を確認したいと思いますが、よろしいでしょうか」

部屋の真ん中には大テーブルがあり、そこには蕎麦屋の模型が置いてある。

「問題ありません」

「ありがとうございます」

深山はそう言うと、模型の屋根を取った。舞子も進み出て、モニターの準備をした。

「それでは、中原さんからお願いします」

「はい」

茶色いジャンパー姿の中原が立ち上がった。深山は部屋の中央に置いた椅子に座ってもらい、中原に質問を始める。

「事件当日、久世さんは奥さんと本当に喧嘩をしていたんですか？」

「はい。していました」

「あなたは二人の喧嘩を仲裁したんでしたっけ？」

「でも、とばっちりを食らって……読んでた『週刊バイブス』を奥さんに捨てられました」

「では、捨てられた場所を示してください」

深山が模型を示すと、中原は「はい」と立ち上がって模型のそばに立った。

「あ、一階の」

中原に言われ、深山は模型の二階部分をはずした。

「どうぞ」

一階部分が現れると、中原は模型の廊下がある場所を指さした。

「ここの廃品回収置き場ですね」

「なるほど。ちなみに、その『週刊バイブス』はあなたのものでしたか？」

「いえ。大将の息子さんの亮平くんに借りたものです」

「亮平さん、貸したことは覚えていますか？」

深山は後ろに控えている亮平の方を見て尋ねた。

「はい。覚えてます」

亮平の返事を聞き、深山は中原に向き直った。

「それで、捨てられた後はどうしましたか？」

「ほとぼりが冷めた頃を見計らって、取りに帰ろうと思っていました。一時間くらい自転車で近くをフラフラして時間をつぶしました」

中原の言葉を聞き、深山は一呼吸置いた。そしてこれまでの丁寧な態度とは一転、ぐっと目に力を込めて中原を見る。

「本当に時間をつぶしていましたか？」

「……もちろんですよ」

「店に戻ったりしていませんか？」

「していませんよ！」

中原は激しく否定した。

次は、海老沢に前に出てもらった。海老沢は白いシャツにチノパン姿で、その上に白いジャンパーという爽やかないでたちだ。

「海老沢さん、あなたが住んでいた場所はどこですか？」

動線を示してもらおうと、深山は海老沢に棒を渡した。棒の先には小さな人の形の人形がついている。海老沢は立ち上がって模型に近づいていった。

「二階のこの部屋です」

海老沢が店の奥にある部屋を指すと、モニターに大写しになる。

「あなたはなぜ、火事が起きたことに気がついたんですか？」

「廊下で物音がした後、何か焦げた匂いがしたんです」

「焦げた匂い？」

「あ、はい」

「灯油の匂いではなくて?」

「ああ、そうでした。たしかに灯油の匂いもしました」

「うん、それで?」

「それから確認のために部屋を出たんです。そしたら、廊下の廃品回収置き場の新聞や『週刊バイブス』などの雑誌が燃えているのが見えました」

「その『週刊バイブス』の表紙がなんだったか覚えていますか?」

「ええ? なんだったかなぁ」

海老沢は首をかしげた。

「『ドラゴン急流』です」

亮平が口を開いた。

「え?」

深山と海老沢、そしてみんなも亮平を見た。

「『ドラゴン急流』です。間違いありません。当時、俺は『ドラゴン急流』が大好きで、だから中原さんにもそれを読むように勧めたんです」

「あ、そうだった。たしかに『ドラゴン急流』でした」

海老沢が言うのを、深山はじっと見た。

「そうですか。ちなみに、あなたは雑誌が燃えているのを見たのに、なぜ火を消さなかったんですか?」

深山の質問に、海老沢は苦笑いを浮かべた。

「無理ですよ。火はもう頭の上くらいまで達してたんですよ」

「頭の上？　具体的に、どれくらい?」

深山は片手を上げてみせた。

「ええと……このくらいですかね?」

海老沢は自分の頭の十センチほど上を示した。

「たしかにそう証言していましたね」

「それで、ヤエさんを助けに、二階へ駆け上がって」

海老沢は棒を動かして、事件当夜の自分の動きを再現しはじめた。

「二階へ」

深山は二階部分の模型を、一階に載せた。

「で、この部屋から連れ出して、階段を下りて、火をよけて、表に連れ出しました」

「そのあとは?」

「部屋にあった生徒たちの文集を取りに行こうと思ったんですが、火が強くて近づけませんでした」

海老沢の証言に、深山は無言でうなずいた。

次はヤエだ。

「ここで、寝てたところを起こされたんだよ」

舞子が団地に訪ねて行ったときと同じような派手な色の服を着たヤエが、面倒くさそうに棒で二階の和室をトントン、と叩く。

「本当に寝ていたんですか？」

深山が尋ねると、ヤエは露骨にムッとした表情を浮かべた。

「そう言ってるだろ！」

そして、棒を机に叩きつけ、椅子に座りこんだ。

「いつ目を覚ましたんですか？」

「『火事だ』って、海老沢さんの声が聞こえたときだよ。で、ドアを開けたら海老沢さんがいて、表の道路まで避難させてくれたんだよ。もう生きた心地しなかったね」

「ドアを開けたとき、煙はどんな感じでしたか？」

「かなり充満してたね」

「火はどんな感じだったか覚えていますか？」

「部屋を出るとき毛布をかぶせてくれてたから、見てないね」

＊

最後は、亮平だ。

「俺が塾から戻ったときには、もう……」

亮平は当時を思い出したのか、目を伏せた。

「そうですか。ご両親はよく喧嘩をしていたんですか？」

「店のことではよく喧嘩をしていましたが……普段は本当に仲が良かったんです」

「そうですか。わかりました。お戻りください」

亮平への質問は、すぐに終了した。

「みなさん、ありがとうございました。それでは、これから実際に火をつけてみましょう」

深山が言い、舞子がモニターをつけた。

「明石さん、行くよ」

深山が呼びかける。

『おはようございます、明石です。ええ、私は今、八年前の火災現場を再現した場所に来ております』

消防隊のユニフォームを着た明石が、寝起きドッキリのようにモニターに現れた。明石がいるのは火災研究所の敷地内の広場で、背後には、白衣を着た研究所の研究員が控えている。

『ここで実際に、この週刊バイブスを燃やしてみたいと思います！　こちら、中野ブロードウェイで999円もしましたけどね』

実験に使うのは、『いとこんち』のそばの中野ブロードウェイで調達した、八年前の『週刊バイブス』だ。表紙は、亮平が言ったように『待望の連載再開　完全復活!!　ドラゴン急流　三蔵山龍』とある。

「これは、事件当時、放火されたアパートの廊下を再現したものです」

深山は言った。

モニターには、復元した当時のアパートのドアを開け、廊下を進んでいく明石が映っている。

『廊下をまっすぐ歩いていきますと、ここにお蕎麦屋さんの厨房があるわけですね』

「いいから、早く」

深山はトランシーバーで指示をした。

『ここが問題の火災現場と言われている場所でございます。こちらに週刊バイブスを置きました！』

「明石さん、それじゃあ灯油を撒いて」

深山が指示を出す。

「了解！　では、お願いします！」

明石は防火衣を着た研究員に言った。研究員は雑誌や古新聞の上に灯油を撒きはじめる。

「実はこの中に一人だけ、証言が矛盾している人物がいます。それは……」

深山は中原たちの方を振り返った。四人はそれぞれ、複雑な表情を浮かべている。

「火をつければわかります」

研究員が火をつけた。するとたちまち火は勢いよく燃え上がり、天井を伝った。火は瞬く間に燃え広がる。『週刊バイブス』の表紙は一瞬で燃え、燃えカスになっている。炎は激しい煙と共に階段を伝い、一気に二階へと燃え上がっていった。

「そういうことかいな」

呟く川上を、佐田はじっと見つめていた。

「火をつけたのは……あなたですよね、海老沢さん」

深山は海老沢を見た。

「……な、何言ってるんだ！」

海老沢は顔を引きつらせながらも、どうにか感じのいい笑顔を作ろうとしている。

「あなたは『週刊バイブス』が燃えているのを見た。そうおっしゃいましたよね？」

「それが何か？」

「そんなことはありえないんですよ」

深山がきっぱりと言うと、海老沢の顔から血の気が失せていく。

「今の映像でもわかるように、灯油を撒いて火をつけると、新聞や雑誌はあっという間に燃えて、なくなってしまうんです」

「……それだけで俺を犯人だって……」

海老沢は声を震わせた。

「それだけじゃありませんよ」

深山はぴしゃりと言い、説明を続けた。

「火は横へではなく、上へ上へと燃え上がっていく。そして、天井を伝って……あっという間に二階まで燃え広がっていくんです」

深山は海老沢の前に立ち、言った。亮平は、ヤエをはさんで座っている海老沢の方に顔を向けてはいるものの、正視できずに目を伏せている。

深山は片手を自分の頭より上にあげて、続けた。

「頭の上まで火が達しているのをあなたが本当に見たのであれば、その時点でもう、二階のヤエさんを助けに行くことは絶対に不可能だったんです」

深山は、先ほど四人に話を聞くときに座ってもらった椅子に腰を下ろし、海老沢と同じ高さの視線で向かい合った。

「おそらく、あなたは廃品置き場で火をつけるときに、一番上に置いてあった『週刊バイブス』を目にしたんでしょう。だから、警察に聞かれたときに、つい『週刊バイブス』が燃えているのを見たとウソの供述をしてしまった」

「私は見たんだよ! 燃えている『週刊バイブス』を……」

海老沢が逆上し、立ち上がった。その勢いで椅子が倒れた。常軌を逸したその様子に、両隣にいた中原とヤエは驚いて立ち上がり、左右によけた。深山は怒鳴りつけられながらも、ニヤついていた。

「なぜ私が火をつける必要があるんだ！」

「そうだ。海老沢さんには動機はなかったじゃないか！」

犬養も立ち上がり、深山に反論した。

「動機ならありますよ」

深山も立ち上がり、再び海老沢と同じ視線の高さで向かい合った。

「裁判長、見ていただきたい動画があるのですが」

舞子が立ち上がった。

「聞いてないぞ！」

犬養が舞子を怒鳴りつけたが、舞子は気にせず続けた。

「事件当日、火災現場で撮影された重要な動画です。もちろん再審請求を決定づける、新証拠になるものです」

「……拝見させてもらいましょうか」

川上は言った。

「裁判長！」

犬養が声を上げた。けれど川上は片手を上げ、黙るように伝えた。

「これは以前このアパートに住んでいた山岡真一さんの携帯で撮影された動画です。その映像と音声を解析しました」

舞子はパソコンを操作し、動画を再生した。モニターでは5、4、3……と、カウントダウンが始まり（俺の邪魔をするな！　あ、あ、あ、あああ燃えちまう……）（ここ危ないから下がって！）（ああああああ）（危ないから離れろ！）と、声が聞こえてくる。モニターにはコンクリートの塀が映ったかと思うと、だんだんと上にあがっていき、燃え盛る窓の中が映った。

「今映ってるのは、海老沢さんの部屋です」

舞子が言い、

「停めて」

深山は映像を停止させた。アップにすると炎の中に一階の部屋の窓が見え、その中には体操服を着たマネキンとハンガーにかかった無数の体操服があるのがわかる。

「なんやこれは？」

川上は顔をしかめた。

「あなたの学校では、女子生徒の体操服が盗まれる事件が昔からよく起きていたそうですね」

深山は海老沢を見た。

「海老沢さん、あなたはこの事件よりも前に、この山岡さんに、部屋に泥棒に入られたことがあったでしょう？　そのときに、気づかれたんじゃないですか？　あなたのご趣味のこと。そしてそれをネタに、あなたは脅されていたんじゃありませんか？　この映像で山岡さんが『燃えちまう』と叫んだのは、火事で、脅しのネタ元である体操服が、燃えてなくなってしまってはまずいと彼が思ったからです。だからせめて、あなたの部屋を映像に残そうと、携帯で撮影をしたんです」

佐田が言った。

「咄嗟にヤエさんを助けに行ったのは、善意の行動でしょう。ところが、ヤエさんを助けたあとでアパートに戻ってみたら、火は、そこまで広がっていなかった。このまま警察や消防が来れば、自分の部屋も検証され、体操服のことがばれてしまう。だからあなたは全てを焼き尽くすために火をつけた。違いますか？」

天かすから出た火が厨房を燃やし、煙がアパートの方にも充満してきたので、とりあえずヤエを連れて逃げた。けれど、その火はアパートの部屋まで延焼することはなかった。そのため、海老沢が廊下に灯油を撒き、火をつけたのだ。

「俺は犯人じゃない」

海老沢はそう言うと、深山が反対向きに動かした椅子を、神経質そうにもとの向きに戻した。

「……そんなことは知らん！」

海老沢はくるりと向きを変えて歩きだした。そして出入口のそばに突っ立っていた亮平の肩を掴んでどかし、そのまま出て行った。

「海老沢さんの部屋、調べた方がいいんじゃないですかね？」

深山は身を乗り出し、犬養に声をかけた。犬養は露骨にムッとした表情を浮かべ、無言で出て行った。

「裁判長、再審請求、通していただけるということでよろしいですね？」

佐田は川上に近づいていき、声をかけた。川上は佐田を見上げ、ニンマリと笑った。

「弁護側の主張はわかりました。追ってご連絡さしていただきます」

川上は立ち上がり、部屋を出ていった。三人の裁判官たちも後に続いた。

部屋に深山たちしかいなくなると、亮平が床に崩れ落ちた。

「こんなことのために、母さんは死んだ。父さんはやってもないのに殺人犯にされた……。なんなんだよ……これで、父さんは助かるんですよね？」

亮平の言葉には答えずに、舞子は川上を追いかけて、廊下に飛び出していった。佐田も舞子を追い、深山も出ていった。一人、部屋に残された亮平は、床に膝をついたまま、動けなくなっていた。

「川上さん！　川上さん！」

廊下を歩いている川上を見つけ、舞子は必死で呼び止めた。

「車回しといてくれ」

「回してきます」

川上が部下たちに命じ、廊下には舞子と二人きりになった。

「公平に判断してくださいますよね？」

舞子は正面から川上を見据えた。川上はそんな舞子をじっと見ていたが、すぐに破顔した。

「おまえもわかってるやろ。わしはいっつもええ判決ができるように心がけてるやないか」

「ええ判決……本当にそうでしょうか？」

舞子は川上につられて笑うこともなく、むしろ、これ以上はないほどの厳しい表情を浮かべ、尋ねた。

「尾崎」

川上は笑顔を浮かべて舞子に呼び掛け、だがすぐに冷酷な表情になって言う。

「弁護士と裁判官はな、ええ距離感を保たなあかんで」

「いつも歪んだ距離感にしてるのは、あなたたちじゃないですか?」

舞子は川上を恐れることなく、言った。川上は先日の裁判で、衆議院議員、藤堂正彦の妻、京子にいきなり「裁判所からいいですか」と尋ね、弁護士側に不利になるような誘導をした。今回も三者協議で証拠を示した弁護側に『ポリタンクに元々灯油は一滴も入っていなかった』ことを示す証拠を提出しろと言った。

「裁判官と検察が距離を縮めることで、均等であるはずのトライアングルに歪みが生まれ、冤罪を作り出しているんです」

舞子は川上に近づいていき、強い口調で言った。背後に佐田と深山が追ってきていたが、舞子はそのことにも気づかないほど怒りに満ちていた。

数か月前、裁判官時代の先輩、山内がジョーカー茅ケ崎に無罪判決を下し、北海道の家庭裁判所へ飛ばされた。そのことを舞子に報告したときの山内の後ろ姿も、忘れられない。さらに先日、遠藤から聞いた川上の話……。舞子の中で、かつて川上に抱いていた尊敬と信頼の気持ちはもはや、どこにもなくなってしまった。

「言いがかりもええとこやな。ええか。わしが一番大事にしてんのは『司法への信頼』

や。それだけは何があっても揺るがしたらいかんのや」

「一つだけいいですか」

深山が川上に近づいてきた。

「なんやっ?」

川上は眉間にしわを寄せ、舞子を睨みつけたまま言った。

「『司法への信頼』ってなんですか?」

深山は川上の目の前に立った。

「司法とは、いったい誰のためにあると思ってるんですか?」

深山の問いかけに、川上は答えない。

「あなたは自分の大義のために、誤った判決に目をつぶってきた」

そして深山は、川上から目を逸らし、数歩歩いて足を止めた。

「でも、あなたの大事な人が、誤った判決によって罪をかぶることになっても、本当に同じことができますか? 裁判官、検察、弁護士、この三者が、本来あるべき形から崩れてしまったとき、被告人は、圧倒的な不条理に晒されてしまう」

深山の頭の中に、アクリル板の向こう側で(私のことはどうでもいい。でも、亮平を……妻を殺した殺人犯の息子にしたくないんです)と泣き崩れた久世の姿が浮かんでくる。そして、久世の背中に、連行されて二度と戻ってこなかった父、大介の姿が重なる……。

「だからこそ、その不条理から被告人を守るために、僕たち弁護士は、法廷に立つんです」

深山は再び、川上の正面に戻ってきて、言った。

「たった一つしかない事実を追い求めて、これからも僕は、あなたたちの前に立ち続けますよ。あなたはなんのために法廷に立つんですか？」

深山は川上の体を視線で貫くほど強く見つめ、くるりと背中を向けて戻っていった。

その後ろに、舞子も続いた。

「なかなか骨のある奴らやな」

川上は、その場に残っている佐田に言った。

「昔のあなたと、同じです」

佐田は川上に笑いかけた。川上は目を細め、破顔した。佐田はそのまま数歩下がり、背中を向けて歩きだした。川上はその場に一人、立ち尽くしていた。

裁判所に戻った川上は、誰もいない法廷に入っていった。暗く、静まり返った法廷で、川上は証言台に立ち、しばらく考え込んでいた。

＊

数日後――。

「失礼します」

佐田は緊張の面持ちでマネージングパートナー室に入っていった。舞子、そして深山も続く。

「再審請求の結果が来た。開けてもいいかい？」

斑目の机の上には、茶封筒が置いてある。

「お願いします」

佐田は机の前に立って言った。斑目がカッターで封を切り始めると、佐田はぐっとこぶしを握り締め、うつむいた。舞子と深山は佐田より少し下がった位置で、斑目の手元をじっと見ていた。

斑目は中に入っていた用紙を取り出してまず自分が読み、佐田を見た。佐田も顔を上げ、斑目と視線を交わす。斑目は無言で用紙を差し出した。佐田が重々しく受け取ると、舞子が横から用紙をさっと奪おうとした。

「ちょっと待て！ ダメだダメだ、見せるから待ってろ。鼻息が荒いよ」

佐田は舞子を制し、自分だけに見えるように、胸元に引き寄せてチラリと見た。そして佐田は、すぐに斜め後ろにいる舞子に渡した。

「はっ！」

受けとった舞子は声を上げた。そして、泣き笑いの表情で、深山に向かってその用紙を掲げた。

『決定要旨 有罪の言渡を受けた者 久世貴弘 主文 本件について再審を開始する。有罪の言渡を受けた者に対する死刑及び拘置の執行を停止する』

用紙にはそう書いてあった。斑目と佐田は笑顔で頷き合っているが、深山はそれを見て小刻みに頷いただけだ。

「ちょっと、これ喜ぶところ」

佐田が言うと、

「よかったですね」

深山はとってつけたような笑顔を浮かべる。

「やったーってアガるところだって」

「アガってますよ」

「いや、アガってないよ。だってすっげー頑張ったじゃん、俺……」

佐田と舞子が深山に言う。

「それより」

深山は斑目の机の上のカッターを手に取った。ペン型のカッターだが……。

「これ、すごいな。最新ですね～、最新」

「あ、最新と再審？」

佐田がまた盛大に噴き出した。

*

再審裁判の日――。

深山たちは弁護人席にいた。被告人席にはスーツ姿の久世が、傍聴席にはトキ子と、亮平が並んで座っている。亮平の手には、直美が生前に店で撮った家族写真の入った写真立てがしっかりと握られている。写真の中で、直美は満面の笑みを浮かべながら、亮平を愛おし気に抱きしめていた。その二人の後ろで、久世も幸せそうに笑っている。

やがて、川上が入ってきた。全員が立ち上がり、頭を下げた。

「判決を言い渡します。被告人は前へ」

着席した川上が言い、久世がぎくしゃくと証言台に進み出た。法廷内に、緊張が走る。

「主文、被告人は……無罪」

「ああ！」

傍聴席がどよめく中、トキ子が声を上げた。亮平は写真立てを握りしめていた。久世はぼんやりとその場に立っている。記者たちは慌てて外に飛び出していったが、深山はまっすぐ前を見たまま、座っていた。すると、川上が口を開いた。

「警察、検察の捜査は十分とは言えませんでした。それぞれの段階で、担当した裁判官に真相を見抜く力があれば、あなたの無実は証明されたはずです。私たちは、あなたの人生を台無しにしてしまった。これまで、この事件に関わった全ての人間を代表して、あなたに深くお詫びします」

川上をはじめ、裁判官たちが立ち上がり、久世に対し深く頭を下げた。亮平は涙を流し、久世の背中を見つめている。佐田はなんともいえぬ複雑な表情で、舞子と深山はただ静かに、川上を見つめていた。

閉廷後、久世は泣き崩れるトキ子の背中を抱きしめた。そして、亮平としっかり抱き合った。

「苦労かけたな……」

久世はホッとしたように笑顔を浮かべた。

「これからはおまえの好きなことやってくれ」

久世は亮平の背中をポン、と叩いた。

「俺は……」

亮平は抱擁を解いて久世を見つめた。

「父さんと蕎麦屋をやりたい」

亮平の言葉を聞き、久世は驚きの表情を浮かべた。そして何度も、頷いた。

「一から頑張ろう。父さん」

久世の声は声にならない。二人はまた強く抱き合った。そんな二人を見ていた深山は、そっと視線をはずした。

「ありがとうございました」

トキ子が佐田に深く頭を下げた。久世と亮平も、抱擁を解き、頭を下げた。

「よかったね」

佐田は言った。後ろに立っていた舞子と深山も、無言で頭を下げた。

「尾崎、お送りして」

「はい。みなさん、こちらへどうぞ」

舞子が久世たちと法廷を出ていく。

「お気をつけて。ありがとうございました」

佐田は三人を見送り、深山の方に向き直った。

「深山、一つ言っていいか」

リュックを背負った深山は、きょとんとした顔で佐田を見た。

「おまえとはずっと、考え方が正反対だと言い続けてきたが、俺の、利益を優先するやり方と、おまえの、事実だけを追求するやり方とは、この歪められがちな司法のトライアングルの中では、実は、同じ方向を向いたものだったのかもしれないな」

佐田は満面の笑みを浮かべて深山を見た。視線をはずして話を聞いていた深山も、佐田を見た。

「よくやった、深山」

佐田は、深山に向かって右手を差しのべた。深山はしばらく黙ってその手を見つめていたが、やがて自分も右手を出した。

「一ついいですか?」

がっちり握手を交わしながら、深山は言った。

「うん」

「一緒にしないでください」

深山に笑顔で言われ、佐田は苦笑いを浮かべた。

＊

数週間後――。

遠藤が裁判所の廊下を歩いていると、階段から、沈鬱な表情を浮かべた岡田が下りてきた。遠藤は足を止め、無言でその背中を見送った。

廊下を進んでいった岡田は、前から歩いてくる川上に気づいた。すれ違いざまに、二人は足を止めた。

「ええ判決させてもらいました」

川上は岡田に笑いかけ、またすぐに歩きだした。岡田が無言でこぶしを握り締めるのを、後ろから歩いてきた遠藤は見ていた。

「お、遠藤。穴子食いに行こうか。またええ店見つけたんや」

川上が遠藤に気づき、歩きながら声をかけた。遠藤はしばらく迷っていたが……。

「そこがまたなあ。天ぷらにすんねん、それ」

かまわずに階段を上っていく川上を、遠藤は追いかけた。

「はいっ！」

「塩でなあ、こうやって……」

遠藤は川上の話に相槌を打ちながら、一歩後ろを歩き続けた。

＊

斑目はマネージングパートナー室で新聞を読んでいた。

『川上氏「異例の昇格」最高裁事務総長』

川上が東京地方裁判所所長代行から最高裁判所事務総局事務総長に就任したという顔写真入りの小さな記事が載っている。

「これが最終的な狙いだったのかな。元々、久世さんに死刑判決を下した二人は邪魔な存在だった。その二人を追い落とし、事務総局のトップに成り上がったか」

斑目は言った。

「川上さんにも裁判官として、一抹の良心が残っていると思っていたんですが……私たちは利用されただけ……ってことでしょうか？」

舞子は尋ねた。

「それは今後を見てみないとわからないね。彼の組織人としての思惑がどこにあっても、結果的に彼の下した判決そのものは正しかった。その事実はなんら変わらない。君たちは弁護士としての務めを立派に果たした。よくやった。ご苦労さん」

斑目が言うと、窓の外を見ていた深山が立ち上がった。

「お疲れさまでした」

深山は斑目に一言言って、去っていく。

「お疲れさま」

二人のやりとりを見ていた舞子も「失礼します」と、仕事に戻っていった。佐田も続いて立ち上がった。

「あ、佐田先生。君にここを譲るって約束だが……」

斑目は佐田に切り出した。

「ああ、それは遠慮いたします。私を求めるクライアントはまだまだいますので。失礼します」

「そうか。ま、君が望むなら、私はいつでも譲るからね」

斑目が言うと、佐田は振り返った。

「何？」

「顔にウソ、って書いてありますよ」

佐田は笑いながら出ていこうとして、まだ振り返った。

「……何？」

「私、引退しないので」

佐田はいたずらっぽく笑った。

「……心の声が聞こえました」

そう言って、今度こそ、部屋を出ていった。

「……何を言ってんの」

斑目は呆れながら佐田を見送った。

「深山先生」

舞子は前を歩く深山に声をかけた。だが深山はスタスタと歩いていってしまう。

「深山先生！」

「ん？」

ようやく深山が振り返った。

「これからもよろしくお願いします」

　舞子は深山に近づいていき、笑みを浮かべながら右手を差し出した。深山も笑顔で近づいてくる。そして……。

「ごめんなさい！」

　深山は深く頭を下げた。

「ええっ？」

　ぎょっとしている舞子を残し、深山はニヤリと笑って歩いて行った。

「ええ――――っ？」

　舞子は宙ぶらりんになった右手を見つめていた。すると深山が戻ってきて、その手に飴を載せてくれる。

『青糖辛子　AOTOGARASHI』だ。以前、佐田に『唐辛子　TOGARASHI』を食べさせて咳き込ませたが、舞子には辛さ十倍の新しいバージョンだ。

「あげる」

「……ありがとうございます」

　舞子は歩きながら、飴を口に放り込んだ。

「うわ、辛っ！　ダメだ、舌が痺れ……」

　舞子の反応を見ながら、深山は満足げに笑った。

＊

その夜、深山は『いとこんち』の厨房で腕を振るった。

「はい。『レタス包み』」

豚肉の薄切り、牛ひき肉、海老・ホタテ・しいたけ・筍・銀杏などの炒めものに大葉、ミント、カラー大根、卵など、色とりどりの具が並んでいる。それらをもう一つの皿に盛ってあるレタスに巻いて食べる『深山特製レタス包み～いとこんちスペシャル』だ。

「あら、かわいいじゃない」

この日、明石と一緒に来ていた藤野が声を上げた。中塚も来ているが、棚橋とタイガーマスクと、テーブル席で打ち合わせをしている。

加奈子は『深山大翔』『かたかなこ』の名前を入れて、携帯で『ラブ・マッチング』をしていた。

「ああもう！　何度やってもヒロトとの相性は〇・一％！」

『絶望的に相性が悪いです。あきらめが肝心でしょう』とある。

「じゃあその〇・一％に賭けてみればいいじゃない」

坂東は、嘆いている加奈子に声をかけた。

「〇・一%に事実が隠されている……かも？　ヒロト、いつ……、しょになろ？」

加奈子はカウンターの中に戻った深山に声をかけた。

「え、やだ」

深山は即答だ。

「え――――、ぎゃふん！　やっぱり無理じゃん！　あたしやっぱり引退する！」

カウンターには新曲『ウィー・アー・ザ・なーると』のCDが置いてあるが、加奈子はまた引退を口にし、騒ぎ出した。帯には『かたかなこの為に！　ブギウギレコードとサダオールスターズが結集！　かなこの挑戦はまだまだ続く！』とあり、ジョーカー茅ヶ崎らミュージシャンがコラボしている。

「やめろやめろ！」

明石がレタス包みを食べながら言い、

「すればいいじゃん」

深山もカウンターの中から冷たく言い放った。

と、そこに、ドアが開いた。

「はい、いらっしゃい……あ？」

坂東が声を上げ、みんなの注目が集まった。

「あ――――――!」

坂東も明石も藤野も加奈子も、そして深山も声を上げた。立っていたのは立花彩乃……以前の深山の同僚弁護士だ。

「わ――――――!」

相変わらずぱっつん前髪の彩乃は、キャリーケースを引きながら、笑顔で両手を広げて、中に入ってきた。明石たちは立ち上がり、彩乃と喜び合おうと思ったが……。

「素通りかよ!」

明石が言うように、彩乃は彼らを素通りして、一直線に奥のテーブル席に向かった。

「棚橋選手♡」

彩乃が働いている頃からも、よくこの店には真壁刀義や田口隆祐、矢野通などプロレスラーが来ていたが、棚橋とは会えなかった。タナに会いたかったと心残りを口にしながら、彩乃はアメリカに留学したのだ。

「はい」

棚橋が返事をする。

「タイガーマスク選手♡」

「はい」

「うーわあー！」

彩乃は大興奮だ。

「写真撮っていいですか？」

彩乃はさっそく携帯を取り出した。

「あーちょっとごめんなさい。今プライベートなんで」

手前に座っていた中塚が立ち上がり、彩乃を制した。

「……副団長？」

彩乃は中塚を見て目を丸くする。

「彩乃ちゃん！」

中塚は自分のおでこの前で指をチョキチョキ動かしながら、前髪ぱっつんのジェスチャーをした。二人は手を取り合い、キャーキャーと盛りあがった。

「いろいろ聞きたいんだけど、二人は知り合いなの？」

藤野が尋ねた。

「帰れよ、おい！」

加奈子は背の高い彩乃を上目遣いで睨みつけた。大翔に近づく女性は、みんな加奈子の敵だ。

「副団長はすごい人なんですよ。新日本プロレスの全大会を横断幕掲げて応援に行ってるんですよ。ねえ〜」

彩乃は中塚に微笑みかけた。

「それは知ってるんだけど……」

「挨拶はないのかよ、挨拶は」

藤野と明石は彩乃に文句を言った。

「あれ、知り合いですか？」

彩乃は中塚と明石たちを順番に指して尋ねた。

「中塚も一緒に働いてるんだよ」

明石は言った。

「パラリーガルです」

「ウソウソー！」

「彩乃ちゃんは？」

「私、今、留学中なんですけど……」

「どこに？」

藤野が尋ねると、彩乃は口を「バ」の形に開きながら、

「……ボストゥン」

ボストンなまりの発音で答えた。

「斑目法律事務所で働いてたの」

そして、中塚に説明した。

「えー、ホントに？」

中塚はあまりの偶然に驚いている。

「二人はプロレス会場では会ってるけど、お互いの仕事は知らなかったの？」

藤野は尋ねた。

「いやそんなことより、棚橋選手。愛してまーす」

彩乃は棚橋のマイクパフォーマンスを真似て右手を上げた。

「愛してまーす」

棚橋もやってくれた。

「いやー、アハハー！」

彩乃は大盛り上がりだ。

「タイガーマスク選手も……♪ゴーゴータイガー」

「♪ゴーゴータイガー」

タイガーマスクも遠慮がちに入場テーマソングを歌ってくれる。

「写真撮ってもらっていいですか?」

棚橋たちに許可をもらい、自撮りをしようと上機嫌で後ろを向いた彩乃は、カウンター内の深山に気づいた。しばらく見ていると、深山も顔を上げた。彩乃は無言でぺこりと頭を下げた。深山は目を見開き、片手で前髪を切る仕草をする。彩乃は短い前髪に手で触れた。

「相変わらず……変な携帯ケース!」

深山は笑った。新日本プロレスのライオンマークがデコってあるケースは、彩乃と深山が初めて一緒に仕事をしたときに、深山が「センスのないケース」とディスったケースだ。

「はーあ?」

彩乃が顔をしかめる。

「変わらねえなあ」

明石は笑った。

「私も同じなんですけど」

中塚は色違いのケースをつけた自分の携帯を並べて見せた。

「そんなことより、早く食べないと冷めるよ」

深山は言った。

「あ――――、いただきまーす」

加奈子は明石と藤野に出されたレタス包みを食べ始めた。彩乃は深山の態度に一瞬ムッとしたものの、坂東に携帯を渡して写真を撮ってもらう。

「じゃあ棚橋選手、ジャーンプ！」

坂東が言うと、棚橋がポーズを決める。

「イエーイ」

「逸材！」

彩乃と坂東が声を上げてはしゃいでいるのを見て、深山は微笑んだ。

*

その後、舞子は弁護士の仕事にも慣れ、一人で事件を担当するようになった。

「♪男と女のマスカレード……」

接見室で待っていると、被疑者の中年女性が歌を口ずさみながら現れた。

「斑目法律事務所の尾崎です。では、生い立ちからお願いできますか？」

「生い立ち？」

「ええ。ご出身は？」

「トルコです」

「トルコ？」

「五歳までイスタンブールにいました」

「イスタンブール……」

舞子は目の前の被疑者を見つめた。

＊

佐田は自宅マンションのリビングで不機嫌を露わにして座っていた。今日はかすみが彼氏を連れてくる日だ。

「いつもかすみがお世話になってありがとね」

由紀子の声が聞こえてきて顔を上げると、かすみが自分より頭一つ背の高い外国人と腕を組んで、リビングに入ってくるところだった。

「パパ、彼氏のアレキサンダーくん」

「△$♪×●%#▲☆=¥>×&◎£!」

アレキサンダーはかすみの肩を抱き寄せながら、自己紹介をしたが、佐田にはまったく何を言っているのかわからない。

「な、な、何語？　ていうか、何人？」

「ウクライナ人」

「ウクライナ？　ウクライナ……」

「娘のしあわせを、素直に祝福したら？」

由紀子が佐田に言う。

「ごめん、祝福、できませんので。彼氏なんて言葉も、わかりませんので……トウカイテイオー、おまえだけだよ！」

佐田はソファから立ち上がり、トウカイテイオーを抱き上げた。

「パパ！　ダサい！」

「ダサい！」

かすみに続いて、由紀子が言い、

「ダサイ！」

続いてアレキサンダーも言った。

「おまえまで言うな！」

佐田は叫んだ。

「あれ、ちょっと待って」

ふとキャビネットを見ると『ＳＡＤＡ』と並んでいたオブジェが『ＤＡＳＡ』になっている。佐田はトウカイテイオーを床に置き、歩いて行った。

「これちょっと誰がやったの？　ちょっと！」

佐田は背伸びをして直そうとするが、届かなくてオブジェを倒してしまう。

「ダサい……！」

かすみたちは佐田を見て呆れていた。

＊

刑事事件専門ルームでは、しばらく担当案件がなく、平穏な時間が流れていた。

『ドルアーガの糖』『珍解糖』『無人糖』『納糖』『青糖辛子』

深山は机の上に新商品の飴を並べ、どれを食べるか迷っていた。そして真ん中の『無人糖』を手に取って口に放り込んだ。

その隣で、舞子はもはや恥ずかしげもなく自席で腹話術をやり、一人二役でしゃべっている。

「舞子、今日は雄太と食事に行くのかい？」

サリーが尋ねる。

「うん。サリーも一緒に行く？」

舞子が答える。

「一緒に行っていいのかい？」

「いいよお。話したいこといっぱいあるんだー」

「ホッホッホ。それはよかった」

サリーの声が響く中、明石は次の司法試験に向けて勉強していた。

「今年こそ！断固、大合格！」

でも……。

「受かる気がしない！」

明石は早くも行き詰っているが、中塚はご機嫌で、先日、棚橋とタイガーマスク、そして彩乃と撮った写真を写真立てに飾っていた。

「愛してまーす！」

中塚は写真に向かってポーズを決めた。

『パパへ　いつもおしごとおつかれさま。パパおしごとがんばってえらいね！　お休みの日におでかけいっしょに行こうね。お勉強がんばるからマジカルキラキラメイクセットかってほしいなぁ～♪　ももあより』

藤野は双子の娘からの手紙を読んでいた。ここあからの手紙にもほとんど同じような文章が書いてあって、やはりマジカルキラキラメイクセットを欲しがっている。藤野は便箋の可愛い文字を見て微笑んでいた。

刑事事件専門ルームにはつかの間の平和な時間が流れていたが……。

「なんか殺気がする、来る！　鬼が来る！　鬼の顔した人が来る！」

藤野が立ち上がったとき、

「君たち！」

鬼の形相をした佐田が、刑事事件専門ルームに飛び込んできた。

「鬼が来た……」

「今まで、外国の男の人とおつきあいしたことある？」

佐田が舞子に尋ねた。

「おはようございます」

舞子はサリーの声で挨拶をした。

「そんなこといいんだよ！　娘がさ、結婚してウクライナに永住するって言ってんだよ！　俺の墓は誰が面倒みるんだよ、ホントに！」

佐田はすっかり取り乱している。

「あー、ＤＡＳＡ先生、飴食べた方がいいですよ」

深山が飴を差し出した。

「いりませんよ！　ったく娘っていうのは……今、ＤＡＳＡ先生って言わなかった？」

佐田は振り返って深山を見た。

「言ってません」

「言ったよね？　ＤＡＳＡっつったよね？　おまえか！　おまえがやったんだろう！　うちのキャビネットの、あの、あれを入れ替えて、SとDを！　いつやった？」

佐田は目を見開いて深山に迫っていった。

「さあ」

深山は立ち上がり、佐田と正面から向かい合って首をひねる。

「いつだ？」

「さあ、さあ……DA、ＳＡ」

「うるせー！　今、ＤＡＳＡって……」

「そろそろいいかな？」

入ってきた斑目が声をかけた。深山と佐田は斑目に向き直り、舞子もサリーを窓辺に置いて斑目を見た。

「新しい弁護依頼だ。本人は犯行を否認している。お願いできるかな？」

斑目は深山と舞子に書類を渡した。二人はさっそく出かける支度を始める。

「あ、所長、これで一段落ついたじゃないですか」

佐田は斑目に尋ねた。

「うん」

「この流れでこう……」

佐田が言いかけたところに、

「接見行ってきます」

「私も行ってきます」

深山と舞子が声をかけて部屋を出ていく。

「民事の方に、戻らせてくださいと言ったら、許していただけますか？」

佐田は尋ねた。斑目はその質問には答えず、突然両足を開いたかと思うと、右足左足をドンドンと踏み鳴らして、最後にパンと手を叩く。

「行かなくていいの？」

「全部許してもらえると思って……行ってきますよ、もう！」

まだ鞄を持ったままだった佐田はそのまま深山たちを追って出ていった。

パラリーガルたちは立ち上がって斑目と並ぶと、みんなでドンドンと足踏みをし、パン、と手拍子を入れて佐田を見送った。以前、斑目と明石がよくやっていたクイーンの『ウィ・ウィル・ロック・ユー』かと思えば……。

「ドンドンパンパンドンドンパンパン！」

明石は足踏みに合わせてドンパン節を歌いだした。

「おい、ちょっ、待てよ」

廊下に出てきた佐田が深山と舞子に声をかけた。だが深山は走り出した。

「待……おい、ちょっと！」

佐田は深山を追いかけた。

「なんだよ、なんで走んだよ！」

佐田が追ってくる足音を聞きながら、深山は曲がり角を曲がったところで足を止め、身をひそめた。

「おい！ ちょっと、深山！」

「わっ！」

深山は角から顔を出して脅かした。

「わあ━━っ！ はあ━━っ！ バカじゃないのおまえ」

佐田は走っていたところに驚かされたので、うまく止まることができずに勢いよく飛んでいった。

「もう行くんですか、行かないんですか」

舞子は笑いが止まらない。

「行きますよ！ ったく小学生かおまえ、びっくりすんじゃんかよ！」

自分こそ小学生みたいな佐田を見て、深山も笑いをこらえることができなかった。

Cast

深山大翔（みやまひろと） …… 松本潤
佐田篤弘（さだあつひろ） …… 香川照之
尾崎舞子（おざきまいこ） …… 木村文乃

明石達也（あかしたつや） …… 片桐仁
藤野宏樹（ふじのひろき） …… マギー
中塚美麗（なかつかみれい） …… 馬場園梓
落合陽平（おちあいようへい） …… 馬場徹
佐田由紀子（さだゆきこ） …… 映美くらら
坂東健太（ばんどうけんた） …… 池田貴史
加奈子（かなこ） …… 岸井ゆきの
尾崎雄太（おざきゆうた） …… 佐藤勝利

川上憲一郎（かわかみけんいちろう） …… 笑福亭鶴瓶
斑目春彦（まだらめはるひこ） …… 岸部一徳

TV STAFF

脚本 …………………… 宇田学

トリック監修 ……… 蒔田光治

音楽 …………………… 井筒昭雄

プロデュース ……… 瀬戸口克陽
東仲恵吾

演出 …………………… 木村ひさし
岡本伸吾

製作著作 …………… TBS

BOOK STAFF

脚本 …………………… 宇田学

ノベライズ ………… 百瀬しのぶ

装丁 …………………… 市川晶子（扶桑社）

校正・校閲 ………… 株式会社ゼロメガ

DTP …………………… Office SASAI

編集 …………………… 中垣内麻衣子（扶桑社）

企画協力 …………… 塚田恵
（TBSテレビメディアビジネス局
マーチャンダイジングセンター）

日曜劇場『99.9』
刑事専門弁護士
SEASONⅡ(下)

発行日　2021年12月2日　初版第1刷発行
　　　　2022年2月20日　　　第3刷発行

脚　　本　宇田学
ノベライズ　百瀬しのぶ

発 行 者　久保田榮一
発 行 所　株式会社 扶桑社
〒105-8070 東京都港区芝浦1-1-1 浜松町ビルディング
電話 (03)6368-8870(編集)
　　 (03)6368-8891(郵便室)
www.fusosha.co.jp

企画協力　株式会社TBSテレビ

印刷・製本　株式会社広済堂ネクスト

ISBN 978-4-594-09009-8